Manatee Summer

マナティーがいた夏

エヴァン・グリフィス

多賀谷正子 訳

マナティーがいた夏

Japanese edition published by Holp Shuppan Publications, Ltd., Tokyo.
Printed in Japan.

アーサーへ

1

マナティーと出会ったときのことを、おじいちゃんはよく話してくれる。

おじいちゃんが子どものころの話だ。まだおばあちゃんとも出会っていないし、ぼくなんてこの世に存在《そんざい》すらしていないころのこと。おじいちゃんは夕食のおかずにする魚をつるために、父親のカヌーをかりて、よくインディゴ川へ行っていた。あまりお金がない家だったから、少しでも足しになればと思ってのことだ。そんなある日、おじいちゃんは魚ではなくマナティーを見つけた。

そこで、魚をつるのはやめてマナティーを追いかけ、どんどん町からはなれていった。すると、ヤシの木にかこまれた入り江《いえ》に出た。空はくもっていたけど、雲のあいだから太陽が顔を出すと、マナティーがもう一頭、カヌーの近くを泳いでいるのが見えた。気づいたらあっちにもこっちにもいて、入《い》り江《え》はマナティーでいっぱいだったそうだ。

おじいちゃんは日が暮《く》れるまでそこにいた。マナティーたちはカヌーのまわりをゆらゆらと泳いでいたらしい。夢《ゆめ》みたいな日だったなあ、っておじいちゃんはいう。カヌーの上からマナティーを見ていたら、心がとてもおだやかになったって。ずっとここにいたいと思うくらいに。昨日のことや明日のことを心配する気もちも消えて「だいじょうぶ、なんとかなる」と思えたそうだ。

ぼくはこの話が大好きだし、この話をするときのおじいちゃんも大好きだ。片方《かたほう》の口もとをくいっと上げてほほえみ、モジャモジャのまゆげをふるわせながら、マナティーの体は灰《はい》色《いろ》ですごく大きいんだぞって教えてくれる。声も大好きだ。あんなに深い声はきいたことがない。まるで海の底からひびいてくるような声。ひとつひとつの言葉が海の底にねむる宝物《たからもの》みたいなんだ。

でも、おじいちゃんがアルツハイマー病という認知症《にんちしょう》にかかってから、マナティーの話は少しずつ変わってきた。ぬけている部分があったり、新しい話が足されたりするようになった。いまでは太陽がしずんで星が出るころまで入《い》り江《え》にいたことになっている。マナティーは水中でダンスや宙《ちゅう》がえりをしていたらしい。宙《ちゅう》がえりは本当かも、と思わなくもないけど。

正直にいうと、自分がおじいちゃんの話をいまでも信じているのか、よくわからない。インディゴ川ぞいの道はよく自転車で走るけど、ヤシの木にかこまれた入り江《いえ》なんて見たこともない。あの川にいるはずのマナティーも見たことがない。生まれてからずっとさがしているのに。十一年間ずっと。

おじいちゃんの話は信じたい。信じていたい。でもそれは、海で波をつかまえるようなものだ。小さくてまだものもわかっていなかったころ、ぼくはよく波をつかまえようとした。腰《こし》まで海に入って、つま先が砂《すな》にめりこむくらいぎゅっとふんばり、波が打ちよせてくると、腕《うで》を大きく広げてつかまえようとした。でも、波はいつも腕《うで》をすりぬけていった。

波にさらわれてしまったこともある。足をすくわれて、まわりが水だらけになって、一瞬《いっしゅん》、上も下もわからなくなった。どっちが空でどっちが海の底なのか、わからなくなった。暗やみでもがいていたぼくの手をつかんでくれたのは、おじいちゃんだった。

2

「いたぞ！」運河《うんが》の土手ですばしこく動いている、小さなブチ模様《もよう》のあるトカゲを指さした。トミーがよく見ようとしゃがみこむ。「外来種のブラウンアノールだ。発見番号22。前に見つけたのと同じ種類だよ」めがねを押《お》しあげながらいう。「ねえピーター、ぼくたちはもう、中央フロリダ固有のトカゲはほとんど発見ずみだと思う。ぼくの計算では、78パーセントの確率《かくりつ》で、新しい種類は見つけられない」

ぼくは顔をしかめた。「まだ見つけられる可能性《かのうせい》もあるってことだろ？」

「まあね。姿《すがた》を見かけないからって、いないとはかぎらない。重力や葉緑素《ようりょくそ》だって目には見えないけど存在《そんざい》してるし」トミーがいった。

「ようりょ……なんだって？」

「葉緑素《ようりょくそ》。植物にふくまれる色素《しきそ》のことだよ。それがあるから植物は緑色をしてるんだ」トミーが早口になった。覚えたての言葉を使うときは、いつもこう。「ポッドキャストで『サイエンス・デイリー』をきいてたら、植物の生殖《せいしょく》サイクルの話をしてて――」

「わかった、わかった」ぼくはそういって、顔の汗《あせ》をシャツでふいた。

今日は夏休みの初日だ。太陽もそれを知っているのか、ギラギラと照りつけてくる。ここはフロリダだけど、それでもこの暑さときたら。肌《はだ》はヒリヒリするし、道路はゆらめいて見える。大きくてぬれた毛布《もうふ》を頭からかぶせられたみたいなむし暑さだ。息もしづらい。でも、息をするときも口はあけないほうがいい。顔のまわりには一億匹《おくひき》くらいの蚊《か》がブンブンとんでいるし、インディゴ川からは死んだナマズのにおいがただよってくる。

道路は熱すぎて足の裏《うら》がやけどしそうなので、トミーとぼくは、インディゴ川からこのあたりに流れこんでいる運河《うんが》の土手の芝生《しばふ》にいる。といっても、運河《うんが》のそばにいるのはぼくだけで、トミーはちょっとはなれたところにいる。春休みに海で流されそうになってから水がこわいらしい。リスク分析《ぶんせき》の仕事をしているお父さんに、トミーがあのまま海に流されておぼれた可能性《かのうせい》は7パーセントだっていわれたそうだ。

「日焼け止め、使う?」トミーが半ズボンのポケットから日焼け止めの容器《ようき》をひっぱりだした。「SPF《エスピーエフ》100のやつ。いちばん高いSPF《エスピーエフ》だよ」

ぼくはいらない、と手をふった。「日焼け止めをきらいなの、知ってるだろ?」

「でも、去年、日焼け止めをぬらないで一日じゅう日にあたってたら、すごく日焼けしちゃって、一週間ずっと皮がむけて大変だったじゃないか」

「覚えてない」口ではそういったけど、もちろん忘《わす》れちゃいない。思いだすだけで肌《はだ》がヒリヒリしてくる。

トミーが日焼け止めを腕《うで》と脚《あし》にぬりたくっているあいだ、ぼくは生き物をさがした。ぼくたちが住んでいる町は運河《うんが》をU《ユー》字型《じがた》にかこんだ形をしていて、水辺にはいつもたくさんの鳥や、は虫類がいる。トミーによると、運河《うんが》にはちょっとした独特《どくとく》の生態系《せいたいけい》――これも『サイエンス・デイリー』で覚えた言葉らしい――があるそうだ。

オークの木の枝《えだ》のあいだで、なにか赤いものがチラついた。

「双眼鏡《そうがんきょう》かして!」

トミーからあわてて双眼鏡《そうがんきょう》を受けとり、赤いものに焦点《しょうてん》を合わせる。思わずため息が出た。

「なんだ、ハゴロモガラスか」

「発見番号72」トミーが日焼け止めを頬《ほお》にぬりながらいった。

なにかを発見するときにやっかいなのは、発見すればするほど、新しいものを見つけるのがむずかしくなるってことだ。それでも、小学校最後の夏休みに、トミーとぼくは「生き物発見ノート」を完成させるつもりでいる【註：アメリカでは夏休み明けから新年度。小学校は五年までで、六年目からが日本でいう中学校】。ぜったいできる。ぼくにはわかる。二か月半の長い夏休みのあいだに、あと六種類の生き物を発見すれば完成だ。目を大きく見ひらいていればきっと――

「おやおや！　もう夏休みか？」

しまった。生き物をさがすのに夢中《むちゅう》で気づかなかった。運河《うんが》のむこう岸にある、どぎついカラシ色をした家の前の船着き場に、レイリーさんが立っていた。血がふつふつとわきたって、すごく熱くなった。レイリーさんはぼくの天敵《てんてき》だ。

「は、はい、おっしゃるとおりです」トミーが答えた。レイリーさんには、そんなにていねいな言葉を使わなくてもいいって何度もいっているのに。

「ふむ……」レイリーさんがいう。「なにかよからぬことをたくらんでるんじゃないだろうな？」

レイリーさんは運河《うんが》のむこう岸から、ニヤリと笑ってぼくたちを見た。大きな麦わら帽子《ぼうし》に、やせ細った腕《うで》。だれかがまちがえて命をふきこんでしまったカカシみたいだ。麦わら帽《ぼう》子《し》で太陽の光をほぼ完全にさえぎっている。レイリーさんらしい。

船着き場に浮《う》かんでいるモーターボートに目をやった。側面に赤いギザギザの文字で〈レコナー号〉と手書きされている。カッコいいつもりで書いたんだろうけどダサいだけだ。これもまたレイリーさんらしい。

「子どもは散歩もしちゃいけないんですか?」ぼくはいいかえした。

レイリーさんは骨《ほね》ばった肩《かた》をすくめて、あごを左右にゴリゴリと動かした。ずっと前に嚙《か》みタバコはやめたみたいだけど、いまだに口を動かすクセが直らないらしい。「どこに散歩に行くかによるな」レイリーさんがいった。

日光にあたりすぎてひび割《わ》れた革《かわ》のような、レイリーさんの年老いた顔をにらみつけた。ちっともこわくなんかない。インディゴ川ボートクラブの会長をしていて、去年あたった宝《たから》くじで新しいピカピカのモーターボートを買ったみたいだけど、そんなのは関係ない。ぼくにとっては、ただの人だ。初めて会ったとき、レイリーさんは自分の家の庭にぼくとトミーがいるのを見つけて、どなりつけてきた。ぼくたちはただ、トウブワタオウサギをよく見たかっただけなのに。それ以来、レイリーさんがどういう人か、よく知っている。いじわるな人だ。

百個《こ》くらい悪口をならべて、いいかえしてやりたかった。ユニークな悪口も思いついた。でも、去年のできごとを思いだしてやめた。去年の夏、ぼくとトミーは、レイリーさん家《ち》の裏《うら》庭《にわ》にある木からアボカドをもぎとったところを見つかったのだ。といっても、じっさいにアボカドをとったのはぼくだけで、トミーはゴミ箱の後ろにかくれて、ぼくをまっていた。そのことをレイリーさんからきいた母さんは、ぼくにまるまる一週間の外出禁止《がいしゅつきんし》をいいわたした。だから、この夏はレイリーさんを怒《おこ》らせるようなことはしないほうがいい。レイリーさんを怒《おこ》らせるのは得意《とくい》なんだけど。

レイリーさんもその事件《じけん》を思いだしたみたいだ。「裏《うら》の木にいくつアボカドがなってるか、ちゃんと数えてるからな。ひとつでもなくなったら、すぐにわかるぞ」

「でも、あなたはアボカドを食べないじゃないですか。地面に落ちて、くさらせるだけですよね！」

「わたしだってアボカド・トーストをつくったことはあるぞ」レイリーさんは顔をしかめてそういったあと、トミーをちらりと見ていった。「おい、ご両親はポーチの網戸《あみど》を直してるか？」

「はい、レイリーさん、あの――」トミーがくしゃみをする。「そうだと思います」

「そうか、そいつはよかった」レイリーさんはそういうと、レコナー号にとびのった。

レイリーさんとトミーが、どうしてポーチの網戸《あみど》の話なんかしているのかわからなかったけど、くわしくきくつもりはない。「行こう、トミー」すぐにトミーが立ちあがる。いつでもにげる準備《じゅんび》は万端《ばんたん》だ。トミーはなんでもすぐににげたがる。

でも、ぼくたちが一歩ふみだすかふみださないかのうちに、レイリーさんのモーターボートのエンジン音がきこえてきて、ものすごいスピードで運河《うんが》を進んでいった。よごれた川の水が雨のようにぼくたちの上に降《ふ》ってくる。運河《うんが》の制限速度《せいげんそくど》は時速十六キロなのに、それをはるかにこえるスピードだ。

トミーがせきこんで、口からペッペッと水をはきだしているあいだ、ぼくはこぶしをにぎりしめてレイリーさんとレコナー号を追いかけた。息があがる。こんなにスピードを出すなんてゆるせない。

でも……おそかった。レイリーさんは運河《うんが》をぬけて、インディゴ川に出ていってしまった。思わず太いヤシの木を素足《すあし》でけとばした。クソッ！　めちゃくちゃいたい！　ついきたない言葉が口からとびだした。母さんから使っちゃだめだといわれている言葉だ。母さんだって年じゅう使っているくせに。

「だいじょうぶだよ」トミーがいった。「インディゴ川にはバクテリアがいっぱいいて、それがいま、ぼくたちの肌《はだ》の上をはいまわってる確率《かくりつ》は93パーセントだけど、ぼくにはとってもよくできた免疫《めんえき》システムがあるから――」そこまでいって、またくしゃみをした。トミーは年じゅうアレルギーを起こしている。

「だから、だいじょうぶだよ」

「ちっともだいじょうぶじゃないよ。生き物発見ノートもぬれた？」

トミーがリュックをのぞく。「ぼくの体でふせげたみたい」

とりあえず、よかった。

ぼくは腕時計《うでどけい》も無事かどうか、たしかめた。

この腕時計《うでどけい》は、おじいちゃんが誕生日《たんじょうび》にくれたものだ。病気になってぼくと母さんの家に引《ひ》っ越《こ》してくるまで、おじいちゃんは時計を修理《しゅうり》するお店をもっていた。おじいちゃんからもらった腕時計《うでどけい》はいくつかあるけど、なかでもこれは、いちばんカッコいいやつだ。文字盤《もじばん》のところが太陽系《たいようけい》のデザインになっている。短針《たんしん》の先に地球、長針《ちょうしん》の先に木星、秒針《びょうしん》の先には冥王星《めいおうせい》がついている。トミーによると、冥王星《めいおうせい》は惑星《わくせい》じゃなくて準惑星《じゅんわくせい》というものらしいけど。とにかく、おじいちゃんにもらってから、毎日これをつけている。この夏は腕時計《うでどけい》を見る回数が増《ふ》えるはずだ。おじいちゃんのお世話係をまかされたから。

腕時計《うでどけい》は少しぬれていたけど、地球と木星と冥王星《めいおうせい》は、まだちゃんと太陽のまわりを回っていた。時刻《じこく》は二時四十五分だから、まだ家に帰らなくてもいい。おじいちゃんに次の薬を飲ませてあげるのは三時だ。それに、きっとまだ昼寝中《ひるねちゅう》だろう。おじいちゃんは昼食のあと、たいてい昼寝《ひるね》をする。

トミーとふたりで運河《うんが》にそって歩いた。犬みたいに頭をブルブルッとふって、ぬれた髪《かみ》から水分をふりとばす。トミーは服でめがねをふこうとしているけど、どこもかしこもずぶぬれだ。おまけによろけはじめた。めがねをかけていないと、いつもこうだ。まちがって運河《うんが》に落ちるといけないので、ふたりで芝生《しばふ》に腰《こし》をおろした。トミーはぼくよりもちょっと水からはなれたところにすわった。

「運河《うんが》には波がないって知ってるだろ?」

「うん」トミーが答えた。それでも、がんとして運河《うんが》に近よろうとしない。おじいちゃんと海に行って波に飲まれたときの話をしてやろうかとも思った。すごくこわかったし、海がぼくを飲みこもうとしているみたいだった。流されそうになったのは自分だけじゃないと知ったら、トミーの気もちも軽くなるかもしれない。

でも、あれはずいぶん前の話だ。まだ小さいころのこと。いまのぼくにこわいものはない。海だってレイリーさんだってこわくない。

「あのじいさん、大きらいだ」草の葉をむしり、ふたつに切りながらいった。「どうして、あなんだろうな」

「レイリーさんは、ちょっと気むずかしい人なんだよ」

「いじわる、っていえばいいじゃないか」

トミーはいつも、ちょっとむずかしい言葉を使う。少なくともぼくと出会ってからはそうだ。出会ったのは数年前。それからずっと友だちだ。母さんはトミーのことを、変わった子、っていう。でもぼくは天才だと思っている。トミーのお母さんはNASA《ナサ》の科学者だし。でも、トミーは天才のわりに、ぬけているところがある。

「かしてみ」ぼくはトミーからめがねを取り、短パンのぬれていないところでふいてやった。それがよかったのか、めがねをかけたとたん、トミーはこの夏いちばんの発見をした。いや、今年いちばんの発見だ。いやいや、千年に一度の大発見だ。

「ピーター、見て！」

目をこらして運河《うんが》を見た。ぼくたちがすわっているところから二、三メートル先の運河《うんが》に、灰色《はいいろ》の物体が浮《う》かんでいる。数秒間、水の中に消えたかと思うと、また浮《う》かんできた。

「あれはもしかして……」トミーがいった。「ひょっとすると――」

「マナティーだ」ぼくは声をひそめていった。

四つんばいになって水ぎわに近づいていった。浅瀬《あさせ》に生えているアシの葉がそよ風でゆれ、首の後ろにあたってチクチクする。マナティーはいったん水にもぐったあと、また浮《う》かんできた。今度は一瞬《いっしゅん》、水から顔がのぞいた――大きくてヒゲの生えた鼻、ふたつの鼻の穴《あな》、そしてビーズのようにキラキラした黒い目。

発見番号54のノドアカハチドリの羽みたいに、胸《むね》がパタパタとおどった。息をしろ、と自分にいいきかせた。ぼくは興奮《こうふん》すると長く息を止めるクセがあって、胸《むね》がいたくて死にそうになることがある。

「生き物発見ノート、かして」トミーから受けとり、真っ白なページをひらく。いちばん上に「発見番号95：マナティー」と書いた。それからスケッチをはじめた。

「背中《せなか》の白い線はなんだろう？」マナティーがおどろいてにげてしまわないように、うんと声をひそめていった。

トミーが少し前に進みでる。「マナティーには一体ずつ、とくちょうがあるんじゃないかな。ほら、キリンの網目模様《あみめもよう》だってそれぞれちがうでしょ。あくまでぼくの仮説《かせつ》だけど」

ぼくたちはそのまましばらく肩《かた》をならべてすわっていた。生き物発見ノートの左側のページには、ぼくがマナティーを観察して絵をかき、トミーが右側のページに気づいたこと、観察したこと、疑問《ぎもん》に思うことを書いていく。太陽がぼくたちを丸焼きにするかのようにジリジリと照りつけてきた。「ぼくたちが熱中症《ねっちゅうしょう》になる確率《かくりつ》は12パーセント」トミーがいう。でも、そんなことどうでもいい。マナティーが本当にいたんだから。

自分がバカみたいなことをいってるのはわかってる。もちろんマナティーは実在《じつざい》する生き物だ。でも、いまのいままで、うたがっていた。たしかめるすべもなかったから。

マナティーが本当にいるのなら、おじいちゃんの話も本当かもしれない。

しまった、おじいちゃんのことを忘《わす》れてた！　腕時計《うでどけい》を確認《かくにん》した。木星は三時を二十二分すぎたところを指している。あわてて立ちあがったはずみに生き物発見ノートをけりとばしてしまった。トミーが悲鳴をあげる。ぼくはとっさにとびついて、運河《うんが》に落ちるギリギリのところでつかまえた。そのあいだに、マナティーは水中に消えてしまっていた。

「帰らなきゃ」本当は帰りたくなんかない。ここにすわって何時間でもマナティーをスケッチしていたい。でも、それはできない。

「え、もう？」トミーが立ちあがり、ズボンから草をはらいながらいった。「きみの家にいっしょに行ってもいいよ。そうすれば、きみのパソコンでマナティーのことを調べられる。もちろん、まずはシャワーをあびて、バクテリアをきれいにあらいながし――」

「だめだ！　いや、えっと……それはいまじゃなくていいって意味。あとでまた話そう。トランシーバーで」

ぼくは生き物発見ノートをトミーにわたした。そうすれば、発見番号95について調べたことを、トミーが書きこめる。

「ピーター、じつは話したいことがあるんだ。話したいことってのは、つまり……」

「トランシーバーでな！」ぼくはそういって走りだした。

何度か運河《うんが》のほうをふりかえったけど、マナティーの姿《すがた》は見えなかった。運河《うんが》の水はにごっているので、水中にあるものは見えない。でも、マナティーはきっとまたここに来るだろう。来てくれるはずだ。

素足《すあし》がアスファルトの道路にふれ、思わずとびあがった。熱く燃《も》える炭の上をとびはねるようにして家まで帰る。運河《うんが》と国道にはさまれた区域《くいき》にある小さな家が、ぼくの家だ。そろそろ外では靴《くつ》をはいたほうがいいかもしれない。

すぐに、おじいちゃんの寝室《しんしつ》にむかった。おじいちゃんはいつもそこで昼寝《ひるね》をしている。

「おじいちゃん！　今日ぼく、なにを見たと思う？」

寝室《しんしつ》に、おじいちゃんはいなかった。

3

「おじいちゃん？　おじいちゃん？」

エアコンは効《き》いているのに、汗《あせ》をダラダラ流しながら家の中をさがしまわった。いまのぼくの心臓《しんぞう》はノドアカハチドリよりも速く鼓動《こどう》を打っているかもしれない。まあ、それはちょっと大げさだけど。トミーによると、ノドアカハチドリの心臓《しんぞう》は一分間に千二百回も鼓動《こどう》をうっているらしいから。

先週、おじいちゃんのお世話係として必要なことを母さんから教わった。毎日午後の三時きっかりに薬を飲ませるのが大切だという。飲みわすれると、頭が混乱《こんらん》するらしい。昼寝《ひるね》から起きたときも、よく混乱《こんらん》する。ということは、いま、おじいちゃんはすごく頭が混乱《こんらん》している可能性《かのうせい》がある。

リビングの、にせものの暖炉《だんろ》のそばにあるリクライニングチェアにはいなかった。

チョコミントのアイスが食べたくて、冷凍庫《れいとうこ》をさぐっているのでもなかった。

玄関《げんかん》ホールにも、母さんの部屋にも、トイレにも、洗濯室《せんたくしつ》にもいなかった。

最後にぼくの部屋をのぞいてみた。すると、いた。ドライバーでクローゼットの取っ手をはずそうとしているおじいちゃんを見つけたとき、ぼくの体は確実《かくじつ》に三十センチはとびあがったと思う。人をさがしているときでも、いざ見つかると、びっくりしてしまうことってある。

よかった。心の底から安心した。今日はお世話係としての初仕事だ。初日から失敗なんてありえない。失敗なんてできない。

「おじいちゃん、なにしてるの？」

おじいちゃんはクローゼットのとびらをいじるのをやめ、ゆっくりとふりかえった。ドキリとした。調子がいいときのおじいちゃんの目は生き生きとして、やさしそうで、宇宙《うちゅう》の秘《ひ》密《みつ》さえ見とおせそうなのに、いまはどんよりとした目をしている。ぼくがだれかもわからないみたいだ。

「マリアンのお友だちだね？」おじいちゃんがいった。

「ぼく、ピーターだよ」できるだけ落ちついた声で答える。おじいちゃんが混乱《こんらん》しているときは落ちつくことが大切だと母さんがいっていた。母さんだって、いつも落ちついているわけじゃないけど。

おじいちゃんはモジャモジャのまゆげをぎゅっとよせた。「マリアンをよんできてもらえるか？　そろそろホテルを出なきゃならん」

「ここはホテルじゃないよ、おじいちゃん。母さん、ううんマリアンは、今日から仕事に復《ふっ》帰《き》してる。忘《わす》れちゃった？」

おじいちゃんはクローゼットのとびらを見つめてから、足もとに広げて置いてある赤い道具箱に目を移《うつ》した。昔、おじいちゃんは工具を使って、こわれたものをよく直していた。でもいまはその工具を使って、こわれていないものをこわしてしまうことがよくある。

「心配はいらん。エレベーターを直したら、すぐに出発しよう」おじいちゃんがふるえる手でぼくの肩《かた》をたたいた。

「それはエレベーターじゃ――」

そこまでいって言葉を切り、目をとじて深呼吸《しんこきゅう》をした。母さんは落ちつこうとするとき、よくこうしている。大きく息を吸《す》って、大きくはく。

でも、落ちつくなんて無理だった。腕時計《うでどけい》を見ると三時を三十分もすぎているし、おじいちゃんはぼくのクローゼットをエレベーターだと思いこんでいる。ひとりでこの場をどうにかできるだろうか。でも、ぼくがなんとかしなければ、この夏、母さんは仕事にもどることができないし、スペース・コースト不動産でもう一度、最優秀社員賞《さいゆうしゅうしゃいんしょう》を取ることもできなくなる。それに――

もう一度、深呼吸《しんこきゅう》をしてみる。一度じゃ足りないのかもしれない。

おじいちゃんの、なにももっていないほうの手を取ってひっぱり、クローゼットからひきはなそうとした。でも、おじいちゃんは少しも動こうとしない。

「まて。もう家に帰らなきゃならん。マリアンをよんできてくれ」おじいちゃんの声には、思いがけずトゲがあった。

目頭《めがしら》が熱くなってきた。ぼくは泣かないぞ。これは涙《なみだ》じゃない。アレルギーのせいだ。トミーみたいに年じゅうアレルギーを起こしているわけじゃないけど、夏にはときどきアレルギーがひどくなることがある。というか、おじいちゃんがぼくのことを忘《わす》れたときは、いつもこうなる。

ろうかに出てかべによりかかり、もう何回か深呼吸《しんこきゅう》をした。

なにか作戦を考えないと。それなら得意《とくい》だ。ぼくはどんなことにも作戦を立てられる。でもいまは、頭がぜんぜん回らないし、どんよりしている。トミーとアメリカトキコウ（発見番号17）を見つけた沼《ぬま》みたいだ。あのときはトミーが沼《ぬま》に足をつっこんでぬけなくなり、ぼくがひっぱりあげるはめになった。そのあいだトミーは泣きさけびながら、足を切断《せつだん》しなくちゃならない可能性《かのうせい》を計算していた（もちろん切断《せつだん》はしていない）。

スマホをポケットから取りだした。母さんに電話しようかまよったけど、仕事にもどった初日にわずらわせたくはない。それに、母さんはぼくがうまくやれると信じてくれている。一か月前、おじいちゃんが転んで大腿骨《だいたいこつ》にヒビが入ったとき、母さんはおじいちゃんの世話をするために仕事を休んだ。でも、今日から仕事にもどっている。今度はぼくが、がんばる番だ。

スマホをしまい、先週母さんから教わった、お世話をするときに大事な点を思いかえした。

指を折って数えながら、小声でひとつずつ確認《かくにん》する。「工具であぶないことをさせない。足がふるえているときは歩行器を使わせる。薬を飲むときは一杯《いっぱい》の水を飲ませる」でも、ここはホテルじゃないとおじいちゃんに納得《なっとく》させる方法なんてきいていない。

そのとき、思いだした。家に帰ってきてすぐに、おじいちゃんに伝えたいことがあったじゃないか。ぼくは自分の部屋にいそいでもどった。「ねえ、おじいちゃん。今日、トミーといっしょになにを見つけたと思う?」

おじいちゃんは、まだぼくがだれかわからないみたいな目でこっちを見た。ぼくは目をこすって——いまいましいアレルギーだ——こういった。「マナティーだよ。運河《うんが》にいたんだ」

はじめ、おじいちゃんはただこっちを見つめているだけだった。でも、ゆっくりと目がすんできて、片方《かたほう》の口もとがくいっとあがった。

「マナティー?」まゆげを動かしながら、おじいちゃんがいった。「昔、マナティーの群れを見たことがあるんだよ。その話、ききたいか?」

とつぜん、息をするのが楽になった。肺《はい》が広がり、世界がカチッともとにもどった。

おじいちゃんはぼくに手をひかれるまま歩いた。キッチンに行って薬を飲ませて、チョコミントのアイスを食べさせてあげた。そのあいだ、おじいちゃんは、ぼくがもうすっかり暗記しているマナティーの話をしてくれた。

4

毎年、夏はおじいちゃんといっしょにすごしていた。でも、こんな夏は初めてだ。おじいちゃんが時計店をたたむ前は、夏になるとお店の手伝いに行っていた。母さんが大きな不動産屋の仕事でいそがしかったからだ。作業台の前にあるサビついたいすにすわって、腕時計《うでどけい》の電池の替《か》え方や、ボロボロになったベルトの直し方を教えてもらった。金属《きんぞく》の部品やガラス面を、お店のライトにあたってピカピカ光るまでみがく方法も教わった。

腕時計《うでどけい》だけじゃない。おじいちゃんは、なんだって直すことができた。だから、お客さんはこわれたものをなんでもお店にもってきた。壁《かべ》かけ時計とかトースターとか自転車とか。おじいちゃんは、あっという間に直したものだ。

修理《しゅうり》するものがないとき、おじいちゃんは発明品のデザイン画をかいていた。発明といっても、世の中をちょっとよくするためのものだ。たとえば、塩水を飲み水に変えるための〈塩分さよならフィルター〉とか（ちなみにこの名前を考えたのはぼく）。デザインはあくまで「理論上《りろんじょう》のもの」だと、おじいちゃんはいっていた。つまり、紙の上ではよさそうに見えても、じっさいはうまくいかないかもしれないってことだ。本当のところはわからない。うまくいくはずだとぼくは思っていた。

だから、冬に母さんから、おじいちゃんがうちに引《ひ》っ越《こ》してくるときいたときは、すごくうれしかった。認知症《にんちしょう》になって、ひとりで暮《く》らせなくなったからだとは知っていたけど。「もう前と同じというわけにはいかないのよ」と母さんはいったけど、また昔みたいな日々《ひび》がもどってくると思っていた。おじいちゃんと一日じゅういっしょにいて、修理《しゅうり》したり、発明品を考えたり、コーンチップスをたくさん食べたりできると思っていた。コーンチップスはふたりの大好物だ。

昔と変わらないこともある。おじいちゃんはいまでも毎朝、ぱりっとした白T《ティー》シャツとジーンズを身につけ、スニーカーをはく。白髪《しらが》はブラシで一方向になでつける。カッコいい発明品のデザインもしている。

でも、昔とはちがうこともたくさんある。いまでは一日に四回も薬を飲まないとならない。左足がふるえてしまって、うまく歩けないときもある。それに、ぼくを見るたび、知らない人を見るような目つきになるから、ぼくの胃《い》はプレッツェルみたいにねじれてしまう。いっしょにすごした日々《ひび》のことを忘《わす》れてしまったみたいだ。

人は老いるものだとわかってはいる。病気になることもあれば、頭が混乱《こんらん》することだってある。でも、おじいちゃんはそうなるはずじゃなかった。なんていうか……太陽光で充電《じゅうでん》できる電池いらずの腕時計《うでどけい》〈せんねんまんねん時計〉（これもぼくが名づけた）みたいに、いつまでも変わらないと思っていた。それか、百年生きるというアナホリゴファーガメ（発見番号43）みたいになるとか。アナホリゴファーガメは地面に穴《あな》をほるのだけど、いろいろな動物がその穴《あな》を避難場所《ひなんばしょ》として使う。

トミーから、父さんがいなくてさみしいか、ときかれたことがある。両親はぼくが七歳《さい》のときに離婚《りこん》して、いま父さんはノースカロライナ州に住んでいる。会うことはない。でも、それほど会いたいとも思わない。トミーにもいったけど、ぼくたちを見すてたりしないおじいちゃんがいるのに、自分から出ていった父さんにわざわざ会いたいなんて思うはずがない。おじいちゃんはずっとここにいてくれるんだから。

でもいま、おじいちゃんの心はいつもここにあるわけじゃない。いっしょの部屋にいるときでも。そのせいで、ぼくはアレルギーが出てしまう。

だけど、この夏、ぼくがしっかりおじいちゃんのお世話をしていたら、おじいちゃんの調子もよくなるかもしれない。それほど混乱《こんらん》しないようになるかもしれない。脳《のう》みそも時計と同じで、うまく動かすためにはちょっとだけ手をかけなきゃいけないのかもしれない。そうすれば世界がカチッともとどおりになるかもしれない。

だから、ぼくは世界でいちばんのお世話係になろうと思っている。

5

母さんがハリケーンみたいな勢《いきお》いで家に入ってきた。ハイヒールがタイルの床《ゆか》にあたってカツカツと音をたてる。「お父さん？　ピーター？　ふたりとも変わりない？」

ずっと走って帰ってきたかのように、息を切らして汗《あせ》をかいている。なにをそんなに心配しているんだろう。二十分前、会社を出るときに電話をかけてきたから、なにも問題ないといっておいたのに。

「100パーセント、問題なし」一日うまくお世話係の仕事をやれた人が浮《う》かべそうな笑顔をつくって答えた。

ぼくはソファにすわってアイスを食べていた。細長くて、いろいろな味があるやつだ。おじいちゃんはリクライニングチェアにすわって、足をフットレストにのせている。ぼくにいつものマナティーの話をしたあと、薬を飲んで、アイスを食べて、いまは最新の発明品、水力発電の芝刈《しばか》り機のデザイン画をかいている。ちなみに、今日の話では、マナティーがカヌーの真下を泳いでいて、もう少しでカヌーがひっくりかえりそうになっていた。

「マリアン、おまえも、あのマナティーを見たのか?」

「マナティー? どのマナティー?」母さんが仕事用のかばんをソファの上にドサッと置きながらいった。

「今日、運河《うんが》にマナティーがいたんだ」ぼくは説明した。「95番目の発見生物だよ。あと五種類の生き物を見つけたら、トミーとぼくは——」

「おじいちゃんを外に連れだしたの?」

「ちがうよ。おじいちゃんが昼寝《ひるね》をしてるあいだに、トミーと遊んでたんだ」

「おじいちゃんを、あんまり歩かせないでよ」母さんはそういうと、カツカツとヒールを鳴らしておじいちゃんのところへ行き、肩《かた》についている糸くずをはらった(ぼくの肩《かた》に糸くずがついていないかどうかは見もしなかった)。

「わたしにもまだ二本、足があるんだぞ。じょうぶとはいえんが、まだ足はある」

「ゆっくりしてなくちゃダメ。また転んだら今度こそ骨《ほね》が折れるわよ」

おじいちゃんがクスクスと笑った。「マリアンらしいな。いつもなにかしら心配しとる」

おじいちゃんはデザイン画をかかげて母さんに見せた。「これどうだ？　水力で動く芝刈《しばか》り機だぞ！」

「お願いだからケガしないでね。でないと、また工具を取りあげなくちゃいけなくなる」

母さんがいった。たぶん、先週、おじいちゃんがコンセントの差しこみ口をいじっていてビリビリきたときのことを思いだしているんだろう。あのあと、母さんは工具箱を自分の寝室《しんしつ》にかくした。でも、おじいちゃんは次の日に工具箱を見つけだした。ぼくがさがすのを手伝ったのはないしょだ。

母さんがアイスを食べおわったおじいちゃんのお皿を流しにもっていくとき、おじいちゃんがぼくを見て、ほんのかすかにため息をついた。だから、ぼくもかすかに肩《かた》をすくめてみせた。おじいちゃんの調子がいいときは、ふたりだけの秘密《ひみつ》の言葉が通じる。いつもこうならいいのに。

アイスを食べながら、母さんについてキッチンへ行った。

「なにも問題ない？」母さんが小声できいてきた。

「ないよ」すかさず答える。いまはおじいちゃんも調子がいいから、クローゼットをエレベーターだと思っていたことを母さんに報告《ほうこく》するつもりはない。そんな話をしたら、ぼくが時間を忘《わす》れてトミーと遊んでいて、三時きっかりに薬を飲ませなかったことまでいわなきゃいけなくなる。そしたら、最低のお世話係だと思われる。

どうか、おじいちゃんもその話を母さんにしませんように。たぶんいわないと思うけど。調子がいいときは、頭が混乱《こんらん》していたときのことを話したがらない。

「おじいちゃんに、ちゃんと――」母さんがいった。

「薬ならちゃんと飲ませたよ」

「明日はお客さんを家の見学に連れていく仕事が入ってるの。だいじょうぶかな？」

「ぼくたちなら、だいじょうぶ」

母さんが長い長い息をはいた。一日じゅう、息をこらえていたみたいに。「ホントに、あなたは最高の息子《むすこ》」

最近の母さんは、あっちもこっちも見なきゃいけなくていそがしい。おじいちゃんの様子を見て、パソコンを見て、冷蔵庫《れいぞうこ》にはってある「やることリスト」を見る。でもときどき、いまみたいにゆっくりとぼくの目を見てくれる。そういうときはうれしい。

母さんがこっちを見て目を細めた。顔にアイスでもついているんだろうか。「だんだん似《に》てくるわねえ」母さんがやさしい声でいった。

「父さんに？」ぼくはむっとした。

「ううん、おじいちゃんに」母さんは笑いながらぼくの髪《かみ》をクシャクシャッとした。

おじいちゃんが若《わか》いころの写真を見たことがある。髪《かみ》はぼくと同じ砂色《すないろ》で、目はくぼんでいて茶色だった。いつか、ぼくのまゆげもモジャモジャになる日が来るんだろう。そう思ったら笑えてきた。

「そういえば……」母さんがキッチンカウンターの上にある郵便物《ゆうびんぶつ》を確認《かくにん》しながらいった。「あなたあてにカーター中学校から手紙が来てた」母さんが一通の封筒《ふうとう》を差しだした。「ピーター・ハリソン様」って書いてある。なんだかカッコいい。

中に入っていたのは中学校の課外活動についての手紙だった。スポーツチームや放課後のクラブ活動のリストがのっている。すごい数だ。そのリストを見ていたら、お腹《なか》のあたりがムズムズしてきた。ナメクジの一種、フロリダ・レザーリーフ・スラグ（発見番号87）をうっかり飲みこんでしまったみたいに。

小学校のことなら、よくわかっている。すみからすみまで知っている。先生のことも、通ってる子たちのことも、校庭のことも。でも、中学校のことを考えようとすると、頭に霧《きり》がかかったみたいに大きなクエスチョンマークが浮《う》かぶ。それがいやでたまらない。

でも、わくわくする気もちもある。トミーが通っていたのはものすごく頭がいい子が行く私立《しりつ》小学校で、ぼくは公立小学校だったけど、ふたりともカーター中学校に行くことになっている。やっといっしょの学校に通える。教室や食堂《しょくどう》でとなりにすわることもできるし、どこに行くにもいっしょにいられる。

もちろん、トミーしか友だちがいないわけじゃない。だけど、夏をずっといっしょにすごしたいと思える友だちはトミーだけだ。真夜中まで自然のドキュメンタリー番組をいっしょに見てくれるのもトミーだけ。

正直にいえば、ぼくのことを変わったやつだと思わないでいてくれるのもトミーだけだ。

母さんがぼくの肩《かた》ごしに手紙をのぞきこんだ。「ロボットクラブもあるの？　トミーが気に入りそうね」

たしかに。そうすると、ぼくも必然的にロボットクラブに入ることになる。課外活動はもちろんトミーといっしょにやるつもり。

手紙をポケットにつっこみ、夕食をつくるのを手伝った。今夜はスパイシーなチャーハンにスクランブルエッグをのせて、からいソースをかけたもの。ぼくとおじいちゃんがコーンチップスと同じくらい好きな料理だ。

料理をしながら、母さんは今日あったことを話してくれた。「ロバートソンさんっていう新《しん》婚夫婦《こんふうふ》がいるんだけどね。お金がぜんぜん足りないのに、メリル・ヒルズにある川ぞいの家を見たいっていうの。宝《たから》くじにあたってから出なおしておいでって感じ」

「でも、ありえないことじゃないよ」ぼくはいった。「レイリーさんだって宝《たから》くじにあたったんだから」

「ああ、あの宇宙人《うちゅうじん》ね」母さんは目玉をぐるりと回すと、チャーハンのついたお玉をこっちにむけていった。「こんなこと、外でいうんじゃないよ」

ぼくは肩《かた》をすくめた。トミー以外、だれに話すと思ってるんだろう？　トミーにはなんでも話すけど。

母さんはハーレーさんのことも話してくれた。犬を七匹《ひき》飼《か》っている家族で、裏庭《うらにわ》に日よけとベンチのある家しか見学したがらないそうだ。母さんは信じられないとでもいうように首をふりつつ、でも楽しそうにその話をしてくれた。

母さんはこの仕事が大好きなんだと思う。去年、母さんは地元の新聞で、スペース・コースト不動産の最優秀社員《さいゆうしゅうしゃいん》として、写真つきで紹介《しょうかい》された。売った家の数も多いし、お客さんからの評判《ひょうばん》もとてもよかったからだ。その記事の切りぬきは、いまでも冷蔵庫《れいぞうこ》のドアの「やることリスト」の下に、貝殻《かいがら》の形をしたマグネットでとめてある。

母さんはまだしゃべりつづけている。「日よけがほしいなら自分たちでつくればいいじゃない？　ねえ！」母さんが腕《うで》を組んでにっこりとほほえみながら、大きな家の前庭に立っている姿《すがた》を想像《そうぞう》した。これぞ不動産のプロって感じだ。

母さんがスペース・コースト不動産の最優秀社員《さいゆうしゅうしゃいん》にもう一度なれるのかどうかは、わからない。一か月も仕事を休んでしまったから。でも、この夏、ぼくがしっかりとおじいちゃんのお世話をしていれば、少なくとも数か月は母さんも仕事にもどって、たくさん家を売ることができる。そうすればまた、新聞に写真をのせてもらえるかもしれない。

それに、お金の心配もせずにすむかもしれない。母さんはぼくの前ではお金の話をしないけど、ぼくはぬすみぎきの天才だから、電話で父さんに話しているのをこっそりきいたことがある。「いいえ、経済的《けいざいてき》な援助《えんじょ》は必要ない」でもこれは、本当は経済的《けいざいてき》な援助《えんじょ》が必要だっていう意味だ。母さんはときどき、思っていることと反対のことをいう。とくに父さんと話しているときは。

どうしていまだに父さんと話をしているのかは知らない。ぼくは父さんから電話がかかってきても出ない。そのほうが父さんの存在《そんざい》を忘《わす》れていられるから。

夕食のあと、スケッチブックを取って、おじいちゃんにわたしてあげた。足がふるえて、リクライニングチェアから立ちあがるのに苦労していたからだ。「芝刈《しばか》り機の製造業者《せいぞうぎょうしゃ》も、きっとびっくりするぞ」おじいちゃんがいった。背中《せなか》を丸め、スケッチブックにおおいかぶさるようにしてデザイン画をかいている姿《すがた》は、まるで宿題をする子どものようだ。こんなにおじいちゃんが小さく見えたのは初めてだ。なんだかへんな気分になったので、自分の部屋へ行ってトランシーバーを手に取った。

「フォックス、こちらファルコン、どうぞ」

数秒後、トランシーバーのスピーカーからトミーの割《わ》れた声がきこえてきた。「ファルコン、きこえてます。どうぞ」

これは去年、トミーがお父さんからもらったお下がりのトランシーバーだ。トミーのお父さんは、よく仕事仲間と沼地《ぬまち》に行ってサバイバルゲームをしていた。でも、あるとき木から落ちて腕《うで》を骨折《こっせつ》してしまい、それ以来トミーのお母さんから禁止《きんし》されている。ぼくたちもやってみようとトミーをさそったことがあるけど、トミーはこわがってやろうとしなかった。お父さんが腕《うで》を骨折《こっせつ》したのが大きな理由だったみたいだ。きくところによると、おとなしい人がサバイバルゲームで大きなケガをする確率《かくりつ》は37パーセントらしい。そんなこと知るか！

でも、おかげで本物のトランシーバーが手に入った。トミーの家は運河《うんが》のむこう側にあるから、おもちゃのトランシーバーではつながらないけど、本物ならつながる。

「カーター中学校からの手紙、見た？　ぼくたちによさそうなクラブを、もう七つも見つけたよ。あ、ちがう、八つだ。やっぱりディベートクラブははずせないよな」

「えっと……うちにはまだ届《とど》いてないみたい」トミーがいった。

「おかしいなあ。郵便物《ゆうびんぶつ》の中にあると思うよ。それより、運河《うんが》を見にいかないか？　マナティーがまだいるかもしれない」

「どうかなあ。今夜はいままでにないくらい蚊《か》が多いんだって。ニュースでいってた」

「それがなに？」

「蚊《か》はいろいろなウイルスを媒介《ばいかい》する可能性《かのうせい》があるんだ。ぼくの免疫《めんえき》システムは、昼間に受けた川のバクテリアのダメージから、まだ回復《かいふく》しきってないと思う」

ぼくはため息をついた。「じゃあ、自然のドキュメンタリー番組を見るのはどう？」

「きみの家で？」

「いや、おまえの家で。あの大きなテレビ画面で見ようよ」

答えはない。

「フォックス。きいてるか？」

「えっと……無理だよ。でも、きみの家に行ってもいいかって、お母さんとお父さんにきいてくるよ」

「いや、うちも無理。めちゃくちゃ散らかってるから」

それほど散らかってはいないけど、本当のことをいうよりいい。

トミーはおじいちゃんがうちに引《ひ》っ越《こ》してきたのは知っているけど、おじいちゃんの認知《にんち》症《しょう》のことは知らない。このあいだトミーがうちに来たときは、パンツ一枚《まい》でリビングをうろついていたおじいちゃんを、あやうくつかまえた。頭が混乱《こんらん》していたみたいで、電子レンジを修理《しゅうり》しようと道具箱をさがしていた。トミーはぼくの部屋にいたから、おじいちゃんの姿《すがた》は見ていない。でもそれからは、なにかと理由をつけてはトミーがうちに来ないようにしている。

でも、トミーがぼくを家によんでくれないのは初めてだ。なんだかちょっとへんだ。

「マナティーについて調べてたんだけどね」トミーがいう。「あの背中《せなか》の白い線がなにか、わかったよ」

ビーズクッションにドサッとすわった。クッションには穴《あな》があいていて、おじいちゃんがテープでとめてくれたけど、まだそこからビーズがこぼれてくる。「生まれつきのもの?」

「あれは傷《きず》あとだよ。ほとんどがボートに衝突《しょうとつ》されてできた傷《きず》らしい。五十か所も傷《きず》があるのもいるんだって」

「五十か所？」今日見たマナティーの背中《せなか》にあった白い線は数えていないけど、たくさんあったのはたしかだ。

「地元の新聞にも記事がのってたよ。フロリダ・マナティー協会っていう地元の団体《だんたい》と、インディゴ川ボートクラブのあいだで問題が起きてるらしい。フロリダ・マナティー協会は、ボートクラブの人たちに、自分たちの提案《ていあん》するガイドラインを守ってほしいといってるみたい。たとえば、マナティーが群がってるところではスピードを落とすとか」

「群がってる？」

「たくさんいるっていう意味だよ」トミーがいった。

ぼくは窓《まど》の外を見つめた。もう暗い。でも、そこには運河《うんが》がある。マナティーもいるかもしれない。

「ボートクラブの人が、それを守らなかったら？」

「ボートクラブの会長がいうには――」

「レイリーさんだな！」急に立ちあがったら、立ちくらみがした。「よし、トミー。明日の二時きっかりに、レイリーさん家《ち》の前に集合な！」その時間なら、おじいちゃんが昼食を食べたあとに昼寝《ひるね》をするからだいじょうぶだ。今度はもっと早く家に帰ってくればいい。

「えっと、ピーター……ぼく、なにかトラブルに巻《ま》きこまれようとしてる？」

「いままでぼくがおまえをトラブルに巻《ま》きこんだことがあるか？」

「あるよ。たくさん」

冷たい窓《まど》ガラスにおでこを押《お》しつけた。黒々《くろぐろ》とした運河《うんが》が見える。「元気出せよ、フォックス。世界を救《すく》うときが来た」

「世界を？」

「だれだって、いつかは世界を救《すく》わなくちゃならない。ぼくたちはマナティーを救《すく》うところからはじめよう」

6

トミーとぼくは小学三年生が終わったあとの夏に出会った。トミーと両親はその数週間前に、このあたりでいちばん大きな家に越《こ》してきていた。出窓《でまど》がいくつもあって、青色の雨戸がついていて、玄関前《げんかんまえ》にポーチのある家だ（NASA《ナサ》の科学者とリスク分析官《ぶんせきかん》だから、こんなステキな家に住めるんだと思う）。自転車で町のすみからすみまで走っていたぼくは、二階の窓《まど》から双眼鏡《そうがんきょう》で外をながめていたトミーを見つけた。

「なに見てるの？」ぼくは大きな声でたずねた。

おどろかせてしまったみたいで、トミーはぎゃっとさけんで双眼鏡《そうがんきょう》を落としそうになった。その様子がおかしくて、つい笑ってしまった。ちょっとだけ。

「ハマヒメドリだよ」トミーがいった。

トミーのくるくるした黒髪《くろかみ》が、なんだかハマヒメドリの巣みたいだな、と思ったのを覚えている。その瞬間《しゅんかん》に、トミーと友だちになろうと思ったのだ。その日、トミーにも面とむかっていった。「いまからぼくたちは友だちだ」

すぐに、ふたりとも生き物が大好きだということがわかり、夏休みにふたりで「発見クラブ」を結成した。コンビニで黄色いノートを買い、表紙に動物のシールをたくさんはって、モコモコした大きな字で『ピーターとトミーの生き物発見ノート』と書いた。最初のページには発見クラブの誓《ちか》いを書いた。「ピーター・ハリソンとトミー・ソンダースは、見つけた生き物をすべて記録し、生き物発見ノートを完成させることを、ここに誓《ちか》う」調べものが得意《とくい》なトミーが文章を書き、ぼくが絵をかく。

このクラブはぼくのアイデアだ。天才的だったと自分でも思う。その夏、母さんは仕事でいそがしかったので、おじいちゃんの時計店に行かない日のぼくは、ものすごく退屈《たいくつ》していた。学校の友だちはみんなテレビゲームをしたがった。おもしろくないわけじゃないけど、ぼくは画面の中よりも現実《げんじつ》の世界で冒険《ぼうけん》をしたかった。

トミーも、すぐに冒険《ぼうけん》につきあってくれたわけじゃない。窓《まど》から外をながめているだけでなく、じっさいに外に行ってみようという気になるまで、少し時間がかかった。「ぼくの免疫《めんえき》システムは、まだこの地域《ちいき》のアレルゲンに慣《な》れてないんだ」とかいって。でも、二秒ごとにくしゃみが出るなくなると、ずっとかんたんに生き物をさがしにいけるようになった。

最初のころに見つけたのは、とくにめずらしくもないものばかりだった。シロボウシバト、トウブハイイロリス、フロリダカケス、ガーターヘビ。町中や運河《うんが》のあたりで見つけられるものばかりだ（近所のペットは数えない。ペットは発見したとはいえないから）。

そのうち、ぼくたちはインディゴ川ぞいを自転車で走るようになった。そうして見つけたのが、アカハシリュウキュウガモ、地中海イエヤモリ、口のせまいヒキガエル。魚もたくさん見つけた。コモンスヌークとか、はん点のあるマスとか。マホガニースナッパーには、トミーがつま先をかじられた。アリゲーターを見つけたこともある。でも、よく観察しないうちにトミーはにげだした。ていうか、じつはぼくもにげたんだけど、トミーのほうがずっとこわがっていた。

学校があるうちは生き物発見ノートに取りくむのはむずかしかった。それぞれちがう小学校に通っていたから。でも、週末にはときどきトミーの両親が車でぼくたちを自然公園に連れていってくれたから、そこでめずらしい生き物を見つけることができた。ビーバー、アルマジロ、コキコサギなんかがいた。

トミーとぼくは、中学校に入学するまでに生き物発見ノートを完成させようと約束した。そうはいっても新しく発見できる生き物が少なくなってきているので、なかなか大変だ。でも、そのぶん、見つけたときの喜《よろこ》びは大きい。

それにしてもマナティーだなんて！　これまでで最高の発見じゃないか。おじいちゃんの話をきいてからずっとさがしていたマナティーを、とうとう見つけたんだ。もうだれからも傷《きず》つけられないように守ってあげないと。もちろん、レイリーさんからも。

7

　レイリーさん家《ち》のドアをリズミカルに三回ノックすると、トミーがびくっと体をふるわせた。

「これがよくないアイデアだっていう確率《かくりつ》は、すごく高いよ」ふるえる声でトミーがいう。

「はっきりとパーセンテージはいえないけど……すごく高い」

「もう考えるな。ぼくの中では、ここ数か月でいちばんいいアイデアだ。いや、ここ数週間でいちばんかも。ぼくが考えつくのは、ぜんぶいいアイデアだけどね」

　レイリーさんの奥《おく》さんがドアをあけた。けばだった服を着て、頭の上でまとめあげた髪《かみ》にはカーラーが巻《ま》いてある。エアコンで冷やされた空気が流れてきて、ぼくの汗《あせ》ばんだ顔をなでていった。

「あら、こんにちは！　夏休み、楽しんでる？」

「はい、奥《おく》さん」トミーとぼくはいった。

レイリーさんにはていねいな言葉づかいをするつもりはないけど、レイリーさんの奥《おく》さんにはていねいに話すようにしている。レイリーさんとちがって、奥《おく》さんはいじわるじゃない。奥《おく》さんは一日のほとんどを前庭の芝生《しばふ》にあるいすの上ですごしていて、顔の前に車用の日よけをかざしながら日にあたっている。それならマナティーを傷《きず》つけることもないだろう。肌《はだ》にとってはよくなさそうだけど。それに、奥《おく》さんはレイリーさんのことが、あまり好きじゃないみたいだ。結婚《けっこん》しているのに（結婚《けっこん》ってなんなんだ？）。

「ずっといまのままでいられないのは、さみしいわね」なぜか奥《おく》さんはぼくたちにむかって悲し気にほほえみながらいった。「でも、それも人生よね。そうじゃない？」

「はい、奥《おく》さん」ぼくたちは答えた。なんのことをいっているのか、ぜんぜんわからなかったけど。トミーはもじもじしながら、玄関《げんかん》の横にある植え込《こ》みのほうに身をよせた。

奥《おく》さんがうなずきながらいった。「じつはね、わたしも生活を変えようと思ってるの。たまには思いきってやることも必要よね。そうしないと、あっという間に時間だけがたっちゃうでしょう?」

「あの……レイリーさんはいらっしゃいますか?」ぼくはいった。

「エディー! ちょっと来て!」奥《おく》さんは肩《かた》ごしに大きな声でよびかけた。

ぼくが天敵《てんてき》をまっているあいだ、奥《おく》さんはドアのわくにもたれ、悲し気にほほえみながらぼくたちを見つめた。外がすごく明るいので部屋の様子はよく見えないけど、バカでかい薄《うす》型《がた》テレビと、エアホッケー台があるのは見えた。外から見たレイリーさんの家は、あまりステキとはいえない。壁《かべ》は毒々《どくどく》しいカラシ色だし、庭はあれていて、くさったアボカドがたくさん落ちている。でも、家の中は豪華《ごうか》だ。宝《たから》くじにあたるってすごいことなんだな。

しばらくして、レイリーさんが部屋の暗がりからつかつかと出てくると、トミーはさらに植え込《こ》みのほうに身をよせた。ぼくはどっしりかまえて立っていた。

「おやおや、だれかと思えば」レイリーさんがいった。花柄《はながら》のシャツはボタンをかけちがえているようで、シャツの左側が右側よりも下にたれている。

奥《おく》さんが、ひじでレイリーさんのお腹《なか》をつっついた。「いじわるなことをいうんじゃないわよ、エディー。じゃあね」そういうと、奥《おく》さんは家の中に入っていった。歩くのに合わせて頭の上でカーラーがポンポンとはねた。

ぼくはできるだけ背《せ》が高く見えるように背《せ》すじをのばし、せきばらいをした。これからまじめな話をすると示《しめ》すためだ。「レイリーさん、マナティーの中には四十か所以上も傷《きず》を負っているものがいるって知ってましたか?」

「五十か所だよ」トミーが植え込《こ》みのところから小声でいった。

「マナティーの中には、ボートとぶつかって五十か所以上も傷《きず》を負っているものがいるって知ってましたか?」

レイリーさんが顔をボリボリとかく。ごわごわした頰《ほお》をつめでかく音がきこえてゾッとした。「それで?」レイリーさんがいった。

「あなたはインディゴ川ボートクラブの会長だから、ぼくたちは——」トミーを見ると、ぼくは植え込《こ》みです、って顔をしている。「ぼくたちは、あなたにマナティーを守る責任《せきにん》があると思ってます」

トミーにむかって、おまえもこの件《けん》にかかわってるんだぞって顔をしてみせると、やっとトミーも話しはじめた。ぼくの顔がこわかったのかもしれない。

「えっと……あの……インディゴ川ボートクラブが、たとえばマナティーがいる区域《くいき》ではボートのスピードを落とすなどの対策《たいさく》をしてくれれば……そしたら……」トミーの声は調子の悪いモーターボートのエンジンみたいに、少しずつ小さくなっていった。

レイリーさんはふんっ、と鼻で笑った。「ボートとぶつかりたくないなら、じゃまをしなければいい。おまえたちならボートが近づいてくるほうにむかって泳ごうとは思わんだろう?」

「はあ? マナティーだってボートにむかって泳ごうなんて思ってない!」ぼくはいった。

「この世にはな、ヒエラルキーってものがあるんだよ」レイリーさんは得意気《とくいげ》な顔でいうと、片手《かたて》を頭の高さにあげた。「いいか、ここにいるのが人間だ」それから、もう片方《かたほう》の手を腰《こし》のあたりにかざす。「動物はここ。この世は人間が管理してる。それが世の中ってもんだ。そういうのを、なんといったかな。ああそうだ、食物連鎖《しょくもつれんさ》だ」

「食物連鎖《しょくもつれんさ》ってのは、そういう意味じゃない。人間じゃなくても、動物は大事な存在《そんざい》です。人間が動物よりも強いなら、人間には動物を守ってあげる力があるってことです!」

レイリーさんは笑おうとして、せきこんだ。「子どものころを思いだしたよ」レイリーさんは自分の頭をぽんぽんとたたきながらいった。「子どもってのは、やたらと感傷的《かんしょうてき》で大きなことばかり考えたがる。大人になったらわかるだろうが、世間はそれほど甘《あま》くはないぞ。人間だってマナティーだって自分の身は自分で守らなくちゃならない。くだらない動物のことなんかに気を取られて時間をむだにしていたら、いまのわたしがあると思うか？　とてもインディゴ川ボートクラブの会長にはなれなかっただろうな」レイリーさんは親指で肩《かた》ごしに家の中を指さした。「それに、最高級のエアホッケー台なんて、とても買えない。よく働きよく遊べだ」

「ちゃんと働いて買ったんですか？　宝《たから》くじにあたっただけじゃないんですか？」

レイリーさんは口をゆがめて、どなりだした。「いいか、よくきけ。ここはわたしの私有地《しゆうち》だ。勝手に入るなと前にもいったはずだ。すぐにここから出ていけ。さもないと――」

そのとき、奥《おく》さんの声が家の奥《おく》からきこえてきた。

「エディー、いじわるしてないでしょうね？」

「もちろんだよ、エレーン」レイリーさんはしわがれた声で肩《かた》ごしに答えると、長い首をぐいっとつきだした。日に焼けてバリバリになった顔が、ぼくの顔にふれそうになる。噛《か》みタバコをかんでいるかのように、あごをゴリゴリと動かす音がきこえてきた。

「おまえたちのことを報告《ほうこく》してやるぞ。えーと……あそこに……そう、住民管理組合に」それからトミーのほうをむいていった。「それとも、おまえの両親と話をしようか？　このことをきいたら、ポーチの網戸《あみど》を直すだけじゃすまなくなるだろうな」

「話をきいてください！」思わずどなった。どなるつもりなんかなかったけど、血がふつふつとわきたって、口から火をふいてしまいそうで、どうしようもなかった。「マナティーの背《せ》中《なか》を見たことがありますか？　あの傷《きず》を見たことがありますか？　インディゴ川ボートクラブがフロリダ・マナティー協会と協力すれば――」

バタン、と鼻先でドアがしまった。

こぶしをかかげてドアをたたこうとしたけど、トミーがぼくの腕《うで》をおさえた。「もう一度ノックするのは、100パーセントよくないアイデアだよ」

「なんでわかるんだよ？」ぼくはトミーの腕《うで》をふりはらい、足音をたててドアの前からはなれた。「おまえはこわがってるだけだろ」

深呼吸《しんこきゅう》をしようとしたけど、空気がじゅうぶんに体の中に入ってこない。きっとこのむっとした空気のせいだろう。まるでシチューの中を歩いているかのように空気がどんよりしている。蚊《か》と、くさった魚のシチュー。これ以上ないくらい最悪のシチュー。

「ごめん」しばらくしてからぼくはいった。罪悪感《ざいあくかん》で胸《むね》がちくりといたむ。トミーにきついことをいってしまったときは、いつもこうなる。「レイリーさんが大きらいなんだ。あんなに冷たい人がいるなんて信じられないよ。それに、どうしてぼくたちをバカな子どもあつかいするんだろう」

「ぼくたちはバカじゃないよ」アメリカギンヤンマ（発見番号39）をよけようと、頭をかがめながらトミーがいった。「でも、社会の中でぼくたちが子どもなのはたしかだ」

「中学校に入ったら、もう子どもあつかいされないよな？」

そうだね、といってくれるのをまっていた。中学生になったら大人あつかいしてもらえる確率《かくりつ》は110パーセントだって。でも、トミーはなにもいわず、双眼鏡《そうがんきょう》の調節をしていた。心ここにあらずといった感じで。きっと浸透作用《しんとうさよう》とか、ブラックホールとか、葉緑素《ようりょくそ》のことなんかを考えているんだろう。

トミーの腕《うで》をこづいた。「フォックス、きいてるか？」

トミーがおどろいてとびあがらなかったことにおどろいた。いつもちょっとしたことでおどろくのに。「きこえてるよ、ファルコン」トミーが静かにいった。

「なあ、どうしてレイリーさんは、おまえの家のポーチの網戸《あみど》のことばかりきくんだ？」

トミーは口をあけてなにかいいかけたけど、なにもいわずに肩《かた》をすくめた。なにをいおうとしたんだろう。ときどきトミーの頭の中が読めたらなあと思うけど、それがいいかどうかはわからない。リスク予想や科学的事実でいっぱいかもしれない。

ふたりで運河《うんが》ぞいを歩いた。ぼくが水に近いほうを、トミーは水から一メートルくらいはなれた芝生《しばふ》の上を歩いて、昨日、マナティーがいた場所まで行った。今日は灰色《はいいろ》の体は見あたらない。

「もうどこかに行っちゃったと思う？」ぼくはいった。

「かもね。でも、調べたところによると、マナティーは一度に二十分間も水にもぐっていられるらしいよ。そのあと水面に出てきて息をするんだって」

太陽光で動く腕時計《うでどけい》をたしかめた。短針《たんしん》の先についている地球は、もうすぐ三時を指そうとしている。

「浮《う》かんでこないかなあ。ほかになにかわかった？」

トミーは生き物発見ノートをめくって、マナティーのページをひらいた。ページの右側はものすごく小さい文字でびっしりとうまっている。

「海牛目《かいぎゅうもく》のマナティーは海にいる草食動物で、ゾウを祖先《そせん》とする」トミーが読みあげる。「三種類のマナティーがいて、ウェスト・インディアン・マナティーという種類は、フロリダ州沿岸《えんがん》の浅瀬《あさせ》で見ることができる」

トミーが読みあげているとき、水の中でなにかが動くのが見えた――なにか大きなものが、ゆっくりと岸にむかってくる。ぼくたちのほうに。アシのあいだにかがんで水中を見ようとしたけど、太陽の光がキラキラ反射《はんしゃ》して、よく見えない。そうこうするうちに見えなくなり、気のせいだったのかもしれないと考えた。

「体長四メートル、重さ六百キロになる個体《こたい》もいる」トミーがつづける。「寿命《じゅみょう》は六十年ほどで、長期記憶《ちょうききおく》にすぐれている」

あれ、またいるぞ！　しかもめちゃくちゃでかい。巨大《きょだい》なやつがぼくたちのほうに、どんどん近づいてくる。どんどん、どんどん、どんどん……。

「通常《つうじょう》、マナティーは寝《ね》たり水生植物を食べたりして日中をすごしている。水生植物を食べるときは、胸《むな》びれを使って川底の砂《すな》の上を歩く」

とつぜん、マナティーが目の前に浮《う》かびあがった。灰色《はいいろ》のぷっくりした背中《せなか》は、藻《も》がからまった島みたいだ。ちょっとこわい。どうしてだろう。これまで動物のことをこわいと思ったことはない。でも、これはでかすぎる。

「マナティーは性格《せいかく》がおだやかなことで知られている」トミーが最後の文を読みあげる。

それをきいたぼくは安心して、運河《うんが》にそっと近づいていった。

「わあ！」やっと生き物発見ノートから目をあげたトミーが声をあげた。「その子、いつからそこにいたの？　見たところメスみたいだけど」

「おまえがノートを読んでるあいだに近づいてきたんだ。それより、どうしてこれがメスだってわかるんだ？」

「知識《ちしき》に基《もと》づいた推測《すいそく》だよ。ふつう、メスのマナティーはオスよりも大きい。これはすごく大きいからメスかなって」

「へえ！」

マナティーをさわってみたい気もちもあった。でも、発見クラブには「野生動物に敬意《けいい》をはらう」というルールがある。見るだけで、けっしてさわらない、ということだ。だから、じっくり観察した。背中《せなか》の傷《きず》をゆっくりとながめる。大きな灰色《はいいろ》の地図に無数にかかれた道のように、あちこちの方向にむかって傷《きず》がついている。

「昨日いたやつと同じだ。背中《せなか》の傷《きず》あとに見覚えがある。Z《ゼット》の字みたいじゃない？」

トミーはめがねを押《お》しあげ、目を細くして見た。「そうだね」

「もっと近くに来いよ」

トミーはほんのちょっぴりだけ近よってきた。まったく、こわがりなやつだ。

そのとき、マナティーが水面から鼻を出し、ぼくの顔にむかってへんなにおいのする息をブオーとはいた。思わず笑ってしまった。ビーズみたいな目を見ていたら、レイリーさんへの怒《いか》りもおさまり、おじいちゃんの心配も消え、トミーが水をこわがりすぎるのも気にならなくなった。アメリカギンヤンマみたいに、心がとても軽くなった。この蒸《む》し暑い空気の中をふわふわととんでいけそうな気がする。おじいちゃんがマナティーと出会ったときも、こんな気もちだったんだろうか。

「灰色《はいいろ》のぷっくりした体がきれいだなあ」おじいちゃんがマナティーの話をするときみたい

にまゆげを動かそうとしてみたけど、へんな顔になっただけで、マナティーをこわがらせてしまったかもしれない。マナティーはまた水の中に鼻をもぐらせてしまった。

でも、はなれてはいかなかった。近くの浅瀬《あさせ》でそのままゆらゆらとしていて、数分後、また息をしに水面に出てきた。

しばらくのあいだ、ぼくとトミーとマナティーは、そのままそこにいた。日が暮《く》れるまでだっていられると思った。

だけど、そろそろ帰らなきゃならない。おじいちゃんが昼寝《ひるね》から起きる時間だ。薬を飲ませてあげないと。

帰るまぎわに生き物発見ノートをつかんだ。家でマナティーの絵をかいてくることにしよう。

「ゾーイ」ぼくはいった。

「え?」トミーがききかえす。

ぼくはマナティーの背中《せなか》にある、Z《ゼット》の形をした傷《きず》あとを指さした。「Z《ゼット》からはじまる名前にしよう。あの子の名前はゾーイ《Zoe》だ」

「きっと名前なんかないと思うよ。ほかの個体《こたい》からは鳴き声で区別されてると思うけどね」

でも、ぼくはすでに生き物発見ノートに「ゾーイ」と書きいれていた。

8

夏休み第一週目の残りの日は、毎日、ゾーイに会いにトミーと運河《うんが》に行った。生き物発見ノートにマナティーのことを書きおわってからも、毎日会いにいった。ゾーイがなにかおもしろいことをするわけではない。ただ水中をゆらゆらとただよい、しずんだり、浮《う》かびあがったり、水生植物を食べたりしているだけだ。でも、岸辺にすわってゾーイを見ていると、時が止まったように感じられる。頭の中がすーっと落ちついてくる。これはかなりすごいことだ。ふだん、ぼくの頭の中が落ちつくことなんてないから。

それに、おじいちゃんが毎日、ゾーイの様子をきくのを楽しみにしている。おじいちゃんが頭を混乱《こんらん》させているときにゾーイの話をしてあげると、なぜか、いつもうまくいく。おじいちゃんも運河《うんが》に行ってゾーイに会いたいという。ぼくも会わせてあげたい。

でも、外に連れだしたら、母さんに怒《おこ》られるだろう。「次に転んだら今度こそ大腿骨《だいたいこつ》が折れちゃうから」と母さんはいう。だからいまは、ぼくがおじいちゃんの目と耳だ。世界でいちばんのお世話係になるということは、おじいちゃんを安全に守るということだ。

世界一のお世話係への道を、ぼくはまっすぐにつきすすんでいる。母さんが仕事に行っている今週は、ぼくが毎日薬を飲ませて、昼食を用意している。水曜日にはおじいちゃんがまたひどく混乱《こんらん》して、「仕事でおそくなる」と、おばあちゃんに電話しようとした。おばあちゃんはもう何年も前に亡《な》くなっているし、いまでは時計店もコインランドリーになっているのに。でも、ゾーイの話をしてあげたあと、おじいちゃんに「いつものマナティーの話をして」とせがんだら、魔法《まほう》のようにうまくいった。

木曜日、トミーとぼくは発見番号96、イナゴヒメドリを見つけた。これで生き物発見ノートの完成まで、残るはあと数ページ。

そうして金曜日になった。今週はなかなかうまくお世話係の仕事ができたし、二種類も生き物を見つけることができたので、チャンピオンにでもなったみたいに、いい気分でいた。

母さんが仕事から帰ってくるまでは。

ぼくはキッチンテーブルでスケッチブックに絵をかいていて、おじいちゃんはリクライニングチェアのとなりに置いてあるランプを工具で分解《ぶんかい》していた（電源《でんげん》プラグがぬいてあるのは確認《かくにん》ずみ）。ぼくは生き物発見ノートのほかにもスケッチブックをたくさんもっていて、いろいろな生き物の絵をかいている。このときはマナティーの絵をかく練習をしていた。

母さんがすごい勢《いきお》いで家に入ってきた。ひきつった顔をしている。ということは、これからだれかが——きっとぼくだ——ピンチに立たされるということだ。

「ピーター、レイリーさんとはもうかかわるな、っていったわよね？」

「えっと……。もうアボカドは取るなとはいわれたけど」

「レイリーさんを困《こま》らせるようなことは二度としないように、といったのよ。今日、レイリーさんにぐうぜん会ったんだけど、このあいだトミーと家に行ったんだって？　レイリーさんがマナティーを殺《ころ》そうとしてるって文句《もんく》をいいにいったらしいじゃない。どういうこと？」

まったく。レイリーさんは話を大げさにするのが得意《とくい》なんだから。

「レイリーさんがなにかを殺《ころ》そうとしてるなんていってないよ。ぼくたちはただ——」

「レイリーさんは困《こま》らせないほうがいい人なんだよ、ピーター」

ぼくにいわせれば、レイリーさんは困《こま》らせたほうがいい人だ。でも、それをいう前に、母さんが声をひそめていった。「ご近所でもめごとを起こしてるあいだ、どれくらいの時間、おじいちゃんをひとりにしてたの？」

しまった。顔が赤くなるのを感じた。でも、そもそも、もめごとを起こしにレイリーさんの家に行ったわけじゃない。マナティーを守るために行ったんだ。それに、帰るのがちょっとおくれて、おじいちゃんがクローゼットをエレベーターだと思いこんでいた月曜日以来、お世話係の仕事は完璧《かんぺき》にやっている。

「おじいちゃんが昼寝《ひるね》をしてるあいだは、トミーと遊んでもいいっていったじゃないか！」

小さな声で食ってかかった。大声を出さないように注意しながら。

母さんがぎゅっと目をとじた。鼻の穴《あな》が大きくふくらんだので、深呼吸《しんこきゅう》をしているのがわかった。ぼくといるとき、母さんはよく深呼吸《しんこきゅう》をする。

母さんが目をあけた。「そうね。ごめん、母さんが悪かった。でも、トミーと遊びたいなら、うちで遊んだら？　少なくともわたしが仕事に行っているあいだはそうしたら？」

「でも、家の中じゃ生き物を見つけられないよ。トカゲくらいしかいないから。トミーがいうには、ぼくたちは中央フロリダ固有のトカゲを、もう全部見つけちゃったらしいんだ！」

「そう。でもね、ピーター。いちばん大事なのは――」

「それに、トミーをうちによびたくないんだよ！」つい大声を出してしまった。ここでやめておかなきゃ。胸《むね》がヒリヒリして、口にしたら後悔《こうかい》するとわかっていることをいってしまいそうだ。でも、ぼくは言葉をつづけた。「はずかしいんだ。おじいちゃんが、なにかへんなことをいうかもしれないし……またパンツ一枚《まい》で家の中を歩きまわるかもしれない！」

とっさに手で口をおさえたけど、もうおそい。母さんがまた深呼吸《しんこきゅう》しはじめたのを見て、ぼくはすごく気分が落ちこんだ。ふと、おじいちゃんを見ると、リクライニングチェアにすわって、片手《かたて》にランプの土台、もう片方《かたほう》の手にドライバーをもったままこちらをふりかえり、まっすぐにぼくを見ていた。胸《むね》の中のヒリヒリした思いが消え、強烈《きょうれつ》なはずかしさがこみあげてきた。

最近のおじいちゃんの目はすんだり、どんよりしたり、またすんだりと、一日の中でもたびたび変わる。トミーが教えてくれた変光星《へんこうせい》みたいだ。変光星《へんこうせい》は光の強さが一定ではないらしい。でもいま、モジャモジャのまゆげの下の目は、夏の空みたいにスッキリしている。

「大変だってことはわかってる」母さんが話しはじめた。最後まできききたくない。スケッチブックと色えんぴつをキッチンテーブルに置いたまま、走って自分の部屋へ行った。その夜は部屋から一歩も出なかった。夕食の時間になっても。母さんが夕食を運んできてくれたけど、お腹《なか》はすいていないと伝えた。具合が悪いんだ、と。

それは本当だ。熱があるとか、腕《うで》を骨折《こっせつ》しているとかではないけど、頭の中は本当に具合が悪かった。今週はいろいろとうまくいっていたのに、ぼくがそれをだいなしにしてしまった。いいお世話係なら、あんなことはいわない。いいお世話係なら、お世話している人のことを傷《きず》つけたりはしない。お世話している人のことを、はずかしいと思ったりしない。

おじいちゃんのことは、はずかしくなんてない。自分にそういいきかせた。

でも、はずかしいと思っているとしたら、どうすればいいんだろう。

昔はおじいちゃんのことが自慢《じまん》だった。みんなにおじいちゃんや発明品のことを話した。授《じゅ》業参観日《ぎょうさんかんび》には、お母さんやお父さんに来てもらっている子ばかりだったけど、ぼくはおじいちゃんに来てもらっていた。おじいちゃんは大人気だった。

だから、いま、おじいちゃんのことをはずかしく思うのは、なんていうか……おじいちゃんを裏切《うらぎ》っているみたいな気がする。ぼくがいちばん裏切《うらぎ》りたくない人なのに。

今夜はもうねむってしまいたかった。でも、夜おそくなり、母さんもおじいちゃんも寝《ね》て家の中が静かになると、自分がちっともねむれないことに気づいた。何度も寝《ね》がえりを打っているうちに、シーツもすっかりあたたまって、体がムズムズしてきた。そこで、うわがけをけりとばしてトランシーバーを手に取った。

「フォックス、こちらファルコン。きこえるか？」

たっぷり一分たってから、トミーの割《わ》れた声がスピーカーからきこえてきた。「ファルコン、きみはぼくのレム睡眠《すいみん》のじゃまをしてるよ」

ふう、トミーらしいや。でも、トミーがいないと、ぼくはどうしていいのかわからない。

9

土曜日の早朝、母さんはお客さんに売家を案内しに出かけたので、ぼくはパジャマのままソファにすわってオレンジジュースを飲みながら、テレビでゴリラのドキュメンタリー番組を見ていた。おじいちゃんはリクライニングチェアで新聞を読んでいる。この近所でいまだに紙の新聞『スペース・コースト・トゥデイ』を取っているのは、うちだけだと思う。新聞を読むのが大好きなおじいちゃんのために、母さんが新聞を取るようになった。

「『サメの目撃《もくげき》相次ぐ』だとさ。おもしろそうな記事じゃないか？」おじいちゃんがいった。

おじいちゃんはぼくが動物好きなのを知っている。でも、昨日あんなことがあったあとで、どんな言葉を返せばいいのかわからない。なにも気にしていないように話しかけてくるなんて、どう答えればいいんだろう。ぼくのことを怒《おこ》ってないんだろうか。おまえは最悪なお世話係で最低な孫だって、どうしていわないんだろう。あやまりたいと思ったけど、言葉がのどにつかえている。オレンジジュースを飲んだら、のどのつかえが取れるかも。ゴクッともうひと口飲んでみる。効果《こうか》はない。

母さんが家に帰ってきてワッフルをつくってくれたので、三人でキッチンテーブルにすわり、いつになくぎこちない雰囲気《ふんいき》で朝食を食べた。母さんがぼくをじっと見ている。とくに怒《おこ》ってはいないようだ。ただ、心配そうな顔をしている。それを見て、また気がめいった。だって、母さんはぼくを怒《おこ》って当然なのに。だれかがぼくを怒《おこ》ってくれないと、自分で自分を怒《おこ》るしかなくなる。

朝食のとちゅう、母さんのスマホが鳴った。きっとお客さんからだ。リビングを歩きまわりながら、頭金や担保《たんぽ》の話をしはじめたから。

フォークを置いた。食欲《しょくよく》がない。気が重くて、悲しくて、自分にイライラしてしかたない。外に行きたかった。ゾーイに会いたい。

「母さんにきかれたら、ぼくは運河《うんが》に行ったっていっておいてくれる？」おじいちゃんにむかっていった。

母さんにきいてからじゃないと外に行っちゃだめだ、といってもらいたかった。悪い孫だ、悪い息子《むすこ》だ、っていってほしかった。でも、おじいちゃんはそんなことはいわない。だまってうなずき、ウィンクをしてくれた。だから、母さんがお客さんに固定資産税《こていしさんぜい》の話をしているすきに、ぼくは家をぬけだして運河《うんが》へ行った。

外は風がうなっていた。もうすぐ雷雨《らいう》になるんだろう。空には雲がたれこめている。ぼくは運河《うんが》の岸にすわって、手や足で水をパシャパシャとやった。遠くで雷《かみなり》が鳴っているのがきこえる。

ゾーイがいないか、さっと見わたした。くもっている日は灰色《はいいろ》の体を見つけるのがむずかしい。数分くらいしてから、やっとゾーイがレイリーさん家《ち》の船着き場のところにいるのが見えた。

「ゾーイ！」雷《かみなり》に負けないように大きな声でよんだ。でも、ゾーイは動かない。

それどころか、まったく動かなかった。しずみもしなければ、浮《う》きあがりもしない。浅瀬《あさせ》に乗りあげたかのように動かなかった。

雨つぶがポツンと顔にあたった。いそいで運河《うんが》の行き止まりのところを回りこんでむこう岸に行く。そして、つまずきそうになりながら土手をかけおり、ゾーイに近づいていった。すると、ゾーイの背中《せなか》に傷《きず》があるのが見えた。新しくできた傷《きず》みたいで、ピンクがかった赤色をしている。ひどい傷《きず》だ。思わずはき気《け》がこみあげてきた。一秒と傷《きず》を見ていられずに目をとじた。

雨が強くなり、ザーッと音をたてて打ちつけてきた。目をあけると、ゾーイも目をあけているのが見えた。こっちを見ている。よかった、生きてる。でも、ケガをしてる。しかも、ひどいケガだ。

頭が目まぐるしく回転した。ゾーイはレイリーさん家《ち》の船着き場で動けなくなっている。きっとここでボートとぶつかったんだろう。ということは、レイリーさんが犯人《はんにん》だ。レイリーさん家《ち》に行って、ドアを粉々《こなごな》になるまでバンバンとたたいてやりたかった。〝困《こま》らせないほうがいい人〟だかなんだか知らないけど、いいたいことを全部ぶちまけてやりたい。ぼくがレイリーさんを住民管理組合に報告《ほうこく》してやる。それとも警察《けいさつ》に通報《つうほう》してやろうか……。

いや、その前にやらなきゃいけないことがある。ゾーイを助けなきゃ。どうしたらいいだろう。傷《きず》を手当てする方法がきっとあるはずだ。傷口《きずぐち》をきれいにして、包帯をしてあげたらいいかも。それには……タオルが必要だ。それから、防水《ぼうすい》の包帯。それから……ほかにはなにが必要だろう。いずれにしても、ここにはない。

「ちょっとまってて。すぐにもどってくるから。ぜったいに！」

雷《かみなり》が鳴る中、土手をかけあがり道路を走った。自分がどこにむかっているのかわからなかったけど、気づいたらトミーの家の前にいた。はあはあと肩《かた》で息をして、全身ずぶぬれだった。ありったけの力をこめてドアをたたきつづけていると、トミーのお父さんがドアをあけてくれた。

「いったい、だれだ――ああ、ピーターじゃないか！　どうした、だいじょうぶか？　ぬれるから、まあ入りなさい」

「だいじょうぶじゃないんです。運河《うんが》にケガをしたマナティーがいて――」

そういいかけたとき、トミーのお父さんのむこう側が見えて、ぼくはかたまった。リビングが段《だん》ボール箱でいっぱいだ。「どうしたんですか？　どうしてあんなにたくさん段《だん》ボール箱があるんですか？」

「大移動《だいいどう》だよ！」トミーのお父さんが両手を広げながらいった。なんの大移動《だいいどう》なのか、ちっともわからない。

「大移動《だいいどう》?」

「ミシガン州に引《ひ》っ越《こ》すんだ。来月に」

髪《かみ》の毛から雨がたれてきて目に入り、視界《しかい》がぼやけた。

「ミシガン州?」

「トミーからきいてるだろう?」

トミーのお父さんをじっと見つめた。ぼくのことをからかっているんだろうか。きっとそうだ。トミーがミシガンなんかに行くはずがない。だいたい、だれがミシガンなんかに行きたがる?

そのとき、トミーの姿《すがた》が見えた。その表情《ひょうじょう》を見たら、からかわれているわけじゃないとわかった。

10

トミーとぼくはおたがいをじっと見つめた。雨が家をたたきつけるように降《ふ》り、ゴボゴボと音をたてながら雨どいを流れていく。いいたいことがたくさんあった。ききたいこともたくさん。でも、なにもいえなかった。トミーも同じだ。口を大きくあけているけど、なにもいえないみたいだ。表情《ひょうじょう》から読みとるしかない――はずかしさと悲しさが入りまじった表情《ひょうじょう》だ。

ぼくはどんな顔をしているだろう。混乱《こんらん》した顔？　ショックを受けた顔？　それとも、高波のように大きくふくれつつある怒《いか》りの表情《ひょうじょう》？　もう感情《かんじょう》がぐちゃぐちゃだ。雨どいを流れていく雨のように、心の内側でいろいろな感情《かんじょう》がゴボゴボと音をたて、自分がなにをいいたいのかもわからない。

心がバラバラになってしまわないように、目をぎゅっととじて顔にシワをよせ、深呼吸《しんこきゅう》をした。一回、二回。そのとき、ここに来た理由を思いだした。ゾーイに約束したじゃないか。いまは、そのことだけ考えよう。

「ゾーイがケガをしてるんだ」ぼくはいった。自分の声が体のどこか奥《おく》のほうからきこえてくるみたいだった。「レイリーさんがボートでぶつかったんだ。だから——」

「レイリーさんが、だれかにぶつかった？」トミーのお父さんが目を丸くしていった。分厚《ぶあつ》いめがねをかけて、くるくるした黒髪《くろかみ》のお父さんは、将来《しょうらい》のトミーを見ているみたいだ。

「ゾーイっていうのはマナティーです」

「ああ、きみたちが発見した動物だね？」

〝発見〟っていうとき、トミーのお父さんは少し顔をしかめた。きっと発見番号61、アライグマのことを思いだしているんだろう。前にトミーの家の裏庭《うらにわ》にいるのを見つけたとき、うっかり家の中に入れてしまったことがあった。そのアライグマはトミーのお父さんの仕事部屋へにげこみ、パソコンのキーボードの上でおしっこをして、お父さんのアーモンドを食べてしまった。あのときのことは、もうすっかり忘《わす》れていると思っていたのに。

「運河《うんが》の、レイリーさん家《ち》の船着き場のそばにいるんです。タオルと包帯が必要です。あと、感染症《かんせんしょう》を起こさせないために傷口《きずぐち》をきれいにするものも。マナティーにとって安全なものしか使えないけど」

「ちょっとまちなさい」トミーのお父さんがいった。「落ちついて考えてみよう。マナティーのケガについて通報《つうほう》できるところが、きっとあるはずだ」

「フロリダ・マナティー協会」トミーが静かにいった。「このあいだ話してた団体だよ、ピーター。そこの人ならどうすればいいか、きっと知ってる」

ゾーイにはいますぐ助けが必要で、そんなところに電話をしているひまなんかない、といいそうになった。ぼくが助けてやる。ぼくならなおせる。ちゃんとしたものさえあれば。でも……マナティーに包帯を巻《ま》くやり方を100パーセント知っているわけじゃない。本当いうと、50パーセントだって知らない。それに、助けようとして、かえって傷《きず》つけてしまってもいけない。フロリダ・マナティー協会なら、どうすればいいか教えてくれるかも。

「わかった。でも、いそがないと!」

「ウェブサイトを見て、電話番号を調べよう」トミーがいった。

「わたしが電話しようか？」トミーのお父さんがいったけど、ぼくはもうトミーの部屋にむかって走りだしていた。段《だん》ボール箱を障害物競走《しょうがいぶつきょうそう》のようによけ、ろうかにいたトミーのお母さんの横をすりぬけて走っていった。

「あら、ピーター！　いらっしゃい！」トミーのお母さんがいう。

「ケガしてるマナティーがいるんです！　またあとで！」

トミーの部屋にも段《だん》ボール箱がたくさん置いてあった。トミーのもちものが箱からあふれている。よくいっしょに読んだ『アメリカ南東部の鳥』、五年生のときの自由研究で葉っぱを調べるのに使った顕微鏡《けんびきょう》。壁《かべ》にはってあったＮＡＳＡ《ナサ》のポスターは、もうはがされている。ぼくはめまいがした。世界がひっくりかえったような気分だ。波にさらわれて、どっちが上かわからなくなったような気分。

でもいまは、トミーのことも、段《だん》ボール箱のことも、ミシガンのことも、考えるのはよそう。ゾーイを、ゾーイのことだけを考えよう。ひとつひとつ考えていけばいい。トミーがパソコンでフロリダ・マナティー協会のウェブサイトを調べているあいだ、ぼくは深呼吸《しんこきゅう》をした。鼻から吸《す》って口からはく。母さんに教わったように。

「あった」トミーが〝問い合わせ先〟と書かれているところをクリックしながらいった。

ぼくはトミーの肩《かた》ごしに画面をのぞきこみ、協会の電話番号をスマホに打ちこんだ。よびだし音が鳴る。一回、二回、三回……だめだ、出ない！　電話に出ないなら、どうして電話番号なんか書いてあるんだよ！

電話を切ろうとしたそのとき、電話のむこうから声がきこえてきた。「はい、フロリダ・マナティー協会です。マナティーの研究と保護《ほご》を行う、中央フロリダ最大の、というかもっとも歴史《れきし》のある団体《だんたい》です！　わたしはキャシディ・コーリーといいまして――」

「ケガをしたマナティーの助け方を知りたいんです」ぼくはいった。「名前はゾーイです。ていうか、ぼくがそうよんでるだけなんですけど。ぼくの家の近くの運河《うんが》にいて、ひどい切り傷《きず》を負ってるんです。ここはストーンクレストっていう、国道のわきにある町です。犯人《はんにん》はたぶんレイリーさんです。どぎついカラシ色の家に住んでる人なんですけど、レイリーさんはぜったいに刑務所《けいむしょ》に行くべきです」

ここまで一気に話すと、キャシディがいった。「それは大変。わかった。マナティーがケガをしてるのね。それならフロリダ海洋生物委員会に連絡《れんらく》しないと――」

「時間がないんです！　とりあえずいま、どうしたらいいか教えてもらえませんか？」

「まって、なにもしちゃダメ！」キャシディがいった。これまで生きてきて、こんなにひどい言葉をきいたのは初めてだ。「ケガのことを知らせてくれたのは正しい判断《はんだん》だった。でも、マナティーにはさわっちゃダメ。海洋生物委員会の人がそっちに行ってくれると思う。それから……あたしもそっちにむかったほうがいい？　ふだんならマリア・リュウっていう上司が行くんだけど、今日はマリアがいないから、あたしが行くことになるのかな？」

「そんなこと、知りませんよ！」

「ごめんごめん！　じつはあたし、今日からここで働きはじめたの。ていうか、いままではインターン生だったから。でも……」キャシディがゆっくりと長い息をはいた。きっとキャシディも緊張《きんちょう》したときには深呼吸《しんこきゅう》をする人なんだろう。「あたしもすぐに行く。ていうか、なるべく早く行くから！　たぶん、うちの事務所《じむしょ》の、となりのとなりの町だと思う」そういって電話が切れた。

ふりむくと、トミーのお父さんとお母さんが部屋の入り口に立ってぼくを見ていた。キーボードにおしっこをひっかけたアライグマを見るような目で。

「だいじょうぶなの？」トミーのお母さんがのんびりといった。

「わたしたちにも、そのマナティーを見せてくれないか？」トミーのお父さんがいった。

もうすぐミシガンに引《ひ》っ越《こ》してしまう人の助けをかりるべきだろうか。ぼくのことを見すてて、ぼくの人生をめちゃめちゃにしてしまう人の助けをかりるべきだろうか。でも、その答えを出す前に、電話が鳴った。

「ごめん、住所をきくの、忘《わす》れてた」キャシディだった。

11

二十分たっても雨はやまないし、助けも来なかった。

ぼくは運河《うんが》のそばにすわり、トミーのお母さんからかりた傘《かさ》を、ぼくとゾーイが少しずつ入るようにさした。トミーとトミーの両親は、レイリーさん家《ち》の船着き場の近くにあるアボカドの木の下で、身をよせあって雨やどりしている。

もう帰っていいですよ、といったのだけど、トミーの両親は、ちょっと前にぼくをさがしにきた母さんに状況《じょうきょう》を説明して、フロリダ海洋生物委員会の人たちが来るまで、自分たちが見守っていると母さんに約束してくれたのだ。

母さんたちがミシガンへの引《ひ》っ越《こ》しのことを話しているのもきこえてきた。

「知ってると思ってたのよ」トミーのお母さんがいった。「てっきり、トミーがピーターに話してると思ってた」

でも、そのことは頭から追いだした。いまはゾーイだけに集中したい。母さんが「こんな大雨なんだから、とりあえず家に帰ろう」といいにきたけど、なにがあっても帰らないと伝えた。それで、母さんはおじいちゃんをひとりにしておけないので走って家に帰り、ぼくはそのままこうしてゾーイのそばに残っている。

ゾーイはまだ生きている。ビーズのような目でぼくの目を見ている。でも、あとどれくらい生きていられるのかは、わからない。ただここにすわって、助けが来るのをまっているなんてイヤだ。イヤだし、くやしい。

道路に目をやったあと腕時計《うでどけい》を見た。二十二分たった。でも、もう二十二時間くらいたったような気がする。どうしてこんなにおそいんだ？　ゾーイが心配じゃないのか？

やっと小さな緑色の車がノロノロとやってきた。ガタガタとゆれながらエンジンをうならせてやってきたその車は、運河《うんが》の行き止まりまで来ると、とつぜん止まった。防水《ぼうすい》ジャケットとジーンズの半ズボンに、明るい紫色《むらさきいろ》のスニーカーをはいた女性《じょせい》が、車から勢《いきお》いよく出てきた。

「ピーター?」声でキャシディ・コーリーだとわかった。

「こっち!」

キャシディはどろに足を取られてすべりそうになりながら、レイリーさん家《ち》の裏庭《うらにわ》をつっきってきた。レイリーさんがぼくたちを見つけて、わたしの土地から出ていけ、といってこないのが不思議だ。きっとエアホッケーに夢中《むちゅう》なんだろう。それとも、あのでかいテレビで、くだらない番組でも見ているのかも。それとも――いや、天敵《てんてき》のことを考えるのはやめよう。一度に考えるのはひとつだけにしないと。

「うわ、これはひどい」キャシディはそういうと、ぼくのとなりで芝生《しばふ》にひざまずき、ゾーイの鼻の上に手をつきだした。「いいニュースとしては、息をしてるってことね」

「悪いニュースは?」トミーのお母さんがいった。トミーとトミーの両親も、運河《うんが》のそばまで下りてきていた。トミーのめがねのレンズの上を、雨がとうとうと流れていく。そのせいでトミーの目は見えない。

キャシディがぬれた前髪《まえがみ》を後ろにはらった。「マナティーがこんなに深い傷《きず》を負っているのを見たのは初めて」

ぼくはキャシディの顔をじっと見た。そばかすのある頰《ほお》、小さな鼻、大きな前歯。大人にしては、とても若《わか》く見える。「今日が初日だっけ？」

「うん、この仕事は今日から。でも、フロリダ・マナティー協会でインターンをしてたし、海洋生物学の学位ももってる。大学ではマナティーの研究をしてた、って感じ？」どうして質《しつ》問《もん》みたいにいうんだろう。答えなんてぼくは知らないのに。

「MLC《エムエルシー》がすぐに来るはず。あ、海洋生物委員会のことね」そういったあと、キャシディはボソッとつぶやいた。「はあ。マリアがいてくれたらよかったのに」

トミーの両親は、アボカドの木の下にもどっていった。キャシディもいっしょに雨やどりをしにいくかと思ったけど、行かなかった。ぼくとゾーイのそばに残っている。

トミーもそのまま残っていた。こんなに運河《うんが》の近くによってくるのは、海で流されてから初めてだ。頭にきてさえいなければ、トミーのことをほこらしく思えたのに。

「ピーター、ごめんね」トミーが消えいりそうな声でいった。とても小さな声だったので、雨の音でききのがしてしまうところだった。「いおうと思ってたんだ。いおうとはしたんだよ」

ぼくは返事をしなかった。トミーのほうを見もしなかった。ただ、ゾーイを見つめていた。

数分がたったころ、フロリダ海洋生物委員会のトラックと数台の車がやってきた。トラックと車から降《お》りてきた人のほとんどはＭＬＣ《エムエルシー》と書かれたＴ《ティー》シャツを着ていて、いかにも公的機関という感じでカッコいい。でも、ちょっとこわい。もしかすると、フロリダ・マナティー協会に電話をかけたのは、まちがいだったかもしれない。自分でゾーイを助ける方法を考えればよかった。

「あの人たちはゾーイをどうするんだろう？　傷《きず》つけたりしないよね？」

「だいじょうぶ、助けてくれる」キャシディがいった。「ていうか、助けられるかどうか、ためしてくれる」

ためす、か。ぼくはこの言葉がきらいだ。

キャシディが手まねきをすると、たくさんの人がやってきていろいろな作業をしはじめ、ラジオの雑音《ざつおん》が大きくなるみたいに、あたりがさわがしくなった。ＭＬＣ《エムエルシー》のＴ《ティー》シャツを着た女の人がぼくとトミーにむかって、下がってて、といったかと思うと、大勢《おおぜい》の人が運河《うんが》のまわりに集まってきて、ゾーイの姿《すがた》が見えなくなった。みんな口ぐちになにかいいはじめたけど、雨の音でさっぱりきこえないし、状況《じょうきょう》を説明してくれる人はだれもいない。ゾーイのことを連絡《れんらく》したのはぼくだし、ゾーイのことを知っているのもぼくだし、ゾーイになにかあったら悲しむのはぼくなのに。

しばらくすると、ワゴン車が一台やってきた。地元のニュースを報道《ほうどう》するチャンネル9のワゴン車だ。女性《じょせい》のカメラマンと、レインコートを着てマイクをもった男性《だんせい》が、運河《うんが》のまわりにいる人たちに加わった。いったいなにごとかと近所の人たちも出てきた。レイリーさんの奥《おく》さんがトミーの両親と話しているけど、レイリーさんはいない。あのレイリーさんが顔を出さないなんてびっくりだ。でもきっと、犯行現場《はんこうげんば》に来たくないんだろう。

まわりを見わたして、なにか手伝えることがないかさがした。でも、あたりはさわがしくて、ごったがえしている。いったいなにが行われているのか、さっぱりわからない。MLC《エムエルシー》のトラックが運河《うんが》の近くまでバックしていくのが見えた。しめった芝生《しばふ》の上でタイヤがキーキー鳴り、どろがそこらじゅうにとびちっている。そのあと、トラックからバカでかい網《あみ》が取りだされ、ゾーイのところに下ろされた。

「ゾーイになにするんだ？　どうするつもりだ？」ぼくはさけんだ。

「運河《うんが》からひきあげるみたいだね」ぼくの腕《うで》をつかみながらトミーがいった。

ぼくはトミーの手をはらいのけた。「だめだ、やめろ！　ちょっとまて！」ぼくに話しかけるなといっているのか、ゾーイを連れていかないでくれといっているのか、目がじんじんと熱くなってきたので、いまはアレルギーを起こさないでくれといっているのか、自分でもよくわからない。ただ、なにもかも、ちょっとまってほしかった。どうしてこの世には時間を止めるボタンがないんだろう。時を止めたかった。

大人たちは——キャシディも、トミーの両親も、レイリーさんの奥《おく》さんまで——網《あみ》をつかんでゾーイをひきあげようとしている。とても見ていられない。でも、見ないではいられなかった。みんな、いまいましげに、うなり声をあげている。「もう！　どうしてこんなに重いのかしら！」レイリーさんの奥《おく》さんが大声でいった。

ぼくも手伝おうとしたけど、入れる場所がなかった。大人たちの背中《せなか》とひじがビッシリとならんでいる。「気をつけて！　傷《きず》つけたりしないで！」ぼくはさけんだ。

とうとう、ゾーイは芝生《しばふ》にしかれたブルーシートの上までひきあげられた。あばれたり、水の中にもどろうとしたりするんじゃないかと思ったけど、大人たちのあいだからチラッと見えたゾーイはじっとしていた。動かないのは、むしろ悪いサインだ。

MLC《エムエルシー》の人たちはゾーイの傷口《きずぐち》をきれいにしたあと、注射《ちゅうしゃ》をした。そばに行こうとしたけど、できなかった。よそ者のように遠くから見ていた。ゾーイのことなんかまるで知らない人みたいに。

ぼくの後ろで、テレビのレポーターが早口でカメラにむかってしゃべっていた。「このマナティーは、ひどい傷《きず》を負っているところを発見されました。ご覧《らん》のとおり、これから海洋生物委員会の職員《しょくいん》とボランティアのみなさんの手によってトラックに乗せられ、エメラルド・スプリングス州立公園内にある、マナティー・リハビリセンターへ運ばれる予定です」

大人たちがブルーシートを取りかこみ、シートをもちあげ、トラックに乗せようとしている。カメラマンがぼくの前に割《わ》りこんできたので、その様子が見えなくなった。「どいて！」大声でいったけど、トラックのドアがバタンとしまり、最後にゾーイの姿《すがた》を見ることはできなかった。

なんとかトラックを見ようとしていると、トミーの両親がやってきた。ふたりともずぶぬれで、どろだらけで、肩《かた》で息をしている。

「いや、まったく！　大仕事だったよ！」トミーのお父さんがいった。

「あなたたちは、だいじょうぶ？」トミーのお母さんがいった。

トミーはうなずいたけど、ぼくは答えなかった。だって、くだらない質問《しつもん》だから。だいじょうぶなわけないじゃないか。トラックのまわりに集まっている大人たちをかきわけていくと、キャシディがいた。

「ゾーイは助かるよね？　助かってくれないと困《こま》る」

「あたしもそう願ってる」キャシディがいう。「たいていのマナティーは、こういうケガをしても生きのこる。でも、ぜったいとはいえない。どうなるにせよ、ケガのことを知らせてくれたのは正しかったと思うよ！」

「どうしてそれが正しいことだっていえるの？　車で運ばれてるあいだに死んじゃったらどうするの？　注射《ちゅうしゃ》のせいでゾーイになにかあったら？　もし手おくれだったら？　それから――」

「MLC《エムエルシー》の人たちが、できるかぎりのことをしてくれる。全力をつくしてくれるはずだから。それに、エメラルド・スプリングス州立公園は、ゾーイにとってもいいところだよ。そこで働いてる男の人を知ってるの。男の人っていっても、ただの友だちだけどね。男友だちってやつ」そういいながら、キャシディはそばかすのある頬《ほお》を真っ赤にそめた。「とにかく、その人がちゃんとゾーイの手当てをしてくれるから」

「エディー！」

その声にキャシディとぼくがふりむくと、すぐそばにレイリーさんの奥《おく》さんがいて、自分の家のテラスにむかって手をふっていた。奥《おく》さんの視線《しせん》の先には、やつがいた。雨がかからないように屋根の下にすわり、つまらないテレビ番組だけどチャンネルの変え方がわからないのでしかたなく見ているといった感じで、こっちを見ている。

「手をかしてくれたらよかったのに！」奥《おく》さんが大声でいった。

レイリーさんは肩《かた》をすくめた。なにかいうわけでもなく、ただ肩《かた》をすくめただけ。とつぜん、レイリーさんの言葉が頭によみがえってきた。

「人間だってマナティーだって、自分の身は自分で守らなくちゃならない。くだらない動物のことなんかに気を取られて時間をむだにすごしていたら、いまのわたしがあると思うか？」

急に、これまでにないくらい怒《いか》りがこみあげてきた。レイリーさん家《ち》のテラスに雷《かみなり》を落として火事を起こしてやりたいくらいだ。そんなことを考えていたから、テレビカメラがぼくを映《うつ》していることに気づかなかった。レインコートを着たレポーターに声をかけられて初めて気づいた。「きみがマナティーを見つけた子ですか？」

ぼくはカメラに顔をむけ、パチパチとまばたきをして雨つぶをふりはらった。カメラマンの後ろにはトミーとトミーの両親、それからキャシディがいて、ぼくを見ている。

「はい、そうです。あのマナティーの名前はゾーイです。ゾーイを傷《きず》つけた人を、ぼくは知ってます」

そういって、レイリーさんを指さした。ぼくが指さすほうにテレビカメラがむけられ、レイリーさんの姿《すがた》をとらえた。

「それはまた、大胆《だいたん》な意見ですね！」レポーターがいった。「どうしてわかるんですか、あの人が――」

「そこまでにしてください！」トミーのお父さんがいい、ぼくをテレビカメラと、レポーターと、レイリーさんと、そのほかすべてのものからひきはなした。

12

夜のニュース番組で、ぼくはちょっとしたスターだった。

今日の中央フロリダではあまり事件《じけん》がなかったのか、チャンネル9はゾーイが運河《うんが》からひきあげられる場面を何度も何度も流していた。ぼくへのインタビューも何度も流れた。

「この少年はひるむことなく名指しました」ニュース番組の司会者がいう。「名前は口にしていませんが、指をさしたのです！」

そしてまた、ぼくの映像《えいぞう》が流れる。「あのマナティーの名前はゾーイです。ゾーイを傷《きず》つけた人を、ぼくは知ってます」

そのあと、カメラはレイリーさん家《ち》のテラスのほうをむく。目をこらせば、レイリーさんのあごが噛《か》みタバコをかむようにゴリゴリと左右に動いているのが見える。

映像《えいぞう》が終わると、司会者がクスクスと笑いながらいう。「ではもう一度、見てみましょう」

でも、母さんは笑っていない。怒《おこ》っている。「どうしてテレビカメラにむかって、あんなことをいったのよ？」

ぼくがおじいちゃんを見てかすかにため息をつくと、おじいちゃんはかすかに肩《かた》をすくめてくれた。昨日、トミーを家によびたくないなんて最低のことをいったけど、おじいちゃんとの関係はだいじょうぶだと思えて気分がよくなった。今日よかったことは、これだけかも。

「なにかいわなきゃと思ったんだ。だれかがレイリーさんとインディゴ川ボートクラブを止めなかったら、もっとたくさんのマナティーが傷《きず》つくことになる！」

「マナティーを助けるのは、あなたの仕事じゃないのよ、ピーター」

「ぼくの仕事だよ。みんなでやらなきゃいけない仕事だ」

「わたしがいってること、わかるでしょう？」母さんはそういったけど、ぼくにはさっぱりわからない。「それに、本当にレイリーさんがやったかどうか、わからないでしょう？」

「どうしてレイリーさんをかばうんだよ？　あの人がどんな人か母さんも知ってるだろ？」

「べつにかばってるわけじゃ――」

だれかが玄関《げんかん》のドアをドンドンとたたくのがきこえ、母さんははぁーっと息をついた。「話のつづきはまたあとでするから」

母さんはいそいで玄関《げんかん》まで行ってドアをぱっとあけた。なんてタイミングだ。そこにいたのはレイリーさんだった。ぼくは玄関《げんかん》から見えないところにかくれ、レイリーさんが母さんにむかって、ぼくがテレビで〝レイリーさんの評判《ひょうばん》を傷《きず》つけようとした〟と、文句《もんく》をいうのをきいていた。

「そんなつもりでいったんじゃないと思いますよ。今日、トミーのご家族が引《ひ》っ越《こ》すことをきいたので、ショックを受けていたんだと思います。なにしろ親友で――」

「いっとくが、この町にはほかにも不動産屋があるんだぞ。地元のニュースでわたしの悪口をいうような子どものいない不動産屋がな。うちのアボカドをぬすむような子どものいない不動産屋もな！」

「まあ落ちついてください。大変な一日だったんです。あとでピーターとよく話をしますから」

今日の午後、テラスにいるレイリーさんを見つけたときに感じた怒《いか》りが、またよみがえってきた。体じゅうを電気がビリビリとかけぬけて、骨《ほね》にあたってはねかえってくるみたいだ。打ちあがる前の花火みたいに、ぼくはじっとしていた。

母さんがどちらかの味方をするとすれば、当然ぼくだろう。それに、レイリーさんにあやまらなきゃいけないようなことは、なにもない。世界じゅうの人に、少なくとも中央フロリダの人たちに、真実を知ってもらえてよかったと思っている。きっとそのうちレイリーさんは逮捕《たいほ》されて、宝《たから》くじであたったお金を全部、保釈金《ほしゃくきん》に使って、ボートクラブの会長をやめることになるだろう。そう考えて、思わずニンマリしそうになった。

でも、レイリーさんが帰ったあと、ろうかにいるぼくにむかって母さんがいった。「ピーター、外出禁止《がいしゅつきんし》よ」もう、ニンマリするどころじゃない。

「なんでだよ？」

「マリアン」おじいちゃんがリビングから母さんをよんだ。

「ちょっとまってて、お父さん」母さんが大きな声で答えた。真っ赤な顔をして、小鼻をふくらませている。「ピーター、レイリーさんには迷惑《めいわく》をかけるなっていったわよね」

「迷惑《めいわく》なんてかけてないよ！　母さんはゾーイの背中《せなか》にある傷《きず》をよく見てないよね。だから、わからないんだよ」

「わたしにわかってるのは、あなたが証拠《しょうこ》もなしにレイリーさんを犯人《はんにん》よばわりしたってこと」

「マリアン」おじいちゃんがまた母さんをよんだ。「ちょっと、こっちに来てすわらないか」ぼくを助けようとしてくれているんだ。あとでお礼をいわなきゃ。

「すわってる場合じゃないの！　いま必要なのは――」母さんはそういいかけて口をつぐんだので、なにが必要なのかは、わからずじまいだった。母さんはそのまま自分の部屋へ行って、ドアをバタンとしめた。その音は雷《かみなり》みたいに家じゅうにひびきわたった。

ぼくがおじいちゃんといっしょにいてあげるべきだとわかってはいる。いまは調子がよさそうで水力発電の芝刈《しばか》り機のデザイン画をかいているけど、いつまた頭が混乱《こんらん》するかわからない。とくに、まわりがこんなにさわがしいときは。でも、母さんが部屋にこもるなら、ぼくだって部屋にこもってもいいはずだ。

だから、そうした。自分の部屋に行ってドアをたたきつけるようにしめ、スケッチブックにマナティーの絵をかく練習をはじめた。力を入れすぎてえんぴつの芯《しん》が折れたので、別のをさがした。

レイリーさんなんか信じられない。

いや、信じられないのは母さんのほうだ。

いまさら外出禁止《がいしゅつきんし》だって？　これまでも外出禁止《がいしゅつきんし》みたいなものだったじゃないか。この夏はほとんど、おじいちゃんと家にいるわけだし。でも、ゾーイがいなくなったいまは、運河《うんが》に行ってもしょうがないし、引《ひ》っ越《こ》してしまうやつと、これ以上いっしょにすごすつもりもない。引《ひ》っ越《こ》してしまうやつのことなんて、もうどうでもいい。

マナティーの絵を何枚《なんまい》もかきながら、無心になろうとした。無心になるにも練習が必要だ。思い出の品がつめこまれた、トミーの部屋の段《だん》ボール箱のことは考えちゃいけない。玄関《げんかん》にいるぼくを見つめるトミーの表情《ひょうじょう》も、その表情《ひょうじょう》を見て泣きさけびたくなったことも、それと同時にトミーをハグしたくなったことも考えちゃいけない。トミーのいないカーター中学校に通いはじめる日のことも、ひとりで新しい学校のろうかを歩くところも、教室ではよく知っている人じゃなくて、ぜんぜん知らない人のとなりにすわらないといけないことも考えちゃいけない。

無心になろうとしすぎて、もう一本えんぴつを折ってしまった。机《つくえ》の上で別のをさがしていると、トミーの声がきこえてきた。「ピーター、きこえる？」

思わずかたまり、ベッド横のテーブルに置いてあるトランシーバーを見つめた。昨日の夜おそく、ねむれなかったときにトミーと話したあと、置きっぱなしにしていた。

「97パーセントの確率《かくりつ》で、ぼくのこと怒《おこ》ってるよね。もしかしたら98パーセントかもしれないけど……話がしたいんだ」

トランシーバーを手に取った。ずしりと重い。いつもこんなに重かったっけ？　送信ボタンを押《お》すかどうか、まよった。

「ピーター？」

やめた。バッテリーを取りだし、靴下《くつした》を入れる引き出しの奥《おく》にトランシーバーをつっこんだ。返事をしないなんて失礼かもしれない。でも、それをいうなら、永遠《えいえん》にここを去ってしまうことを親友にいわないことのほうが、もっと失礼だ。

それに、トランシーバーを使わない生活に慣《な》れないといけない。ちょっとくらいはなれても通話できると思うけど、さすがにフロリダとミシガンでは無理だろう。

スケッチブックをかかえたまま、穴《あな》のあいたビーズクッションにすわりこんだ。とにかく、なにも考えずに絵をかこう。いつの間にかすごく集中していたみたいで、部屋のドアがノックされたとき、びっくりしてとびあがってしまった。

「いま、寝《ね》てるんだけど」ぼくはブツブツいった。

ドアがあいたので、プライバシーの権利《けんり》を主張《しゅちょう》しようと立ちあがった。でも、そこにいたのは母さんじゃなかった。

「おじいちゃん？　どうしたの？　歩行器をもってこようか？」

いらない、とおじいちゃんは手をふった。「歩行器はきらいなんだ」片方《かたほう》のまゆげが上がって丸くなった。毛虫が顔の上で動いたみたいだ。「おまえこそ、だいじょうぶか？」

おじいちゃんは片手《かたて》でドアノブをにぎりしめて立っている。左足がふるえているけど、目はすんでいる。その目を見ていたら、嵐《あらし》のあとみたいにぼくの心も落ちついてきた。まだ小雨は降《ふ》っているものの、太陽が顔を出し、あたりが静かでキラキラかがやいているときみたいに。ゾーイが運河《うんが》を泳いでいるのを見たときと同じ気もちだ。

ぼくがだいじょうぶじゃないのを、おじいちゃんはわかってくれている。

「おまえの母さんは、ときどき頭に血がのぼることがあるが、おまえを愛していることに変わりはない。あれでも精一杯《せいいっぱい》がんばってるんだ」おじいちゃんがひと息つく。「わたしたちのためにな」

ぼくはうなずき、ごくりとつばを飲みこんだ。「昨日の夜、トミーをうちによびたくないっていったことだけど……」

まるで法廷《ほうてい》で「真実のみを話すことを誓《ちか》います」というときみたいに、おじいちゃんが手をかかげた。「そのことは、もう忘《わす》れたよ」そして、とつぜん笑いだした。「最近、いろいろなことを忘《わす》れるからな。だろう?」

おじいちゃんの笑い声がきけてうれしかった。ぼくもちょっとだけ笑った。

でも、本当は忘《わす》れていないとわかっている。あやまったところで、口にした言葉を取りけせないことも。おじいちゃんがタイムマシンを発明してくれたら、過去《かこ》にもどっていわないようにできるのに。

というか、もし本当にタイムマシンがあったら、おじいちゃんが転んで大腿骨《だいたいこつ》にヒビが入った日にもどればいい。そしたら、おじいちゃんのそばにいて、転ばないように支《ささ》えてあげられる。

それか、おじいちゃんが認知症《にんちしょう》になる前にもどって、認知症《にんちしょう》にならない方法を考えるのもいい。

タイムマシンがないのが、すごく残念だ。

「ニュースでいってたエメラルド・スプリングスとかいうのは、なんだね？」おじいちゃんがきいた。

今日、ゾーイが連れていかれたあと、おじいちゃんはリビングの窓辺《まどべ》に立って運河《うんが》をながめていた。母さんによると、ゾーイが救《すく》いだされるところも見ていたそうだ。いすにすわらせようとしたけど、おじいちゃんはどうしても動こうとしなかったらしい。ぼくが家に帰ってくるまで。

「州立公園だよ。そこにマナティー・リハビリセンターがあるんだって」

「もしゾーイが帰ってくることがあったら、いや、ゾーイが帰ってきたら、わたしも会いにいくぞ。だいぶ歩けるようになってきたしな。いつまでも家にとじこめられてちゃ、たまらん」そういって、おじいちゃんはウィンクをした。

ぼくの気分を明るくしようと思っていっているのがわかった。それに乗っかることにした。

「そうだね」

おじいちゃんがリビングにもどったので、ついていった。リクライニングチェアの横で床《ゆか》にすわり、ぼくがかいたマナティーの絵を見せてあげると、おじいちゃんは自分がかいた絵を見せてくれた。水力発電で動く芝刈《しばか》り機の最新のデザイン画だ。線が少しうねっている。へんだな。いつもなら線もシャープで、細かなところまでよくかかれているのに。

「製品名《せいひんめい》が必要だなあ。なにかいいの、あるかね？」おじいちゃんがいった。

ぼくはちょっと考えた。水力発電芝刈《すいりょくはつでんしばか》り機？　だめだ。そのまんますぎる。水力芝《すいりょくしば》カッター？　あまり語呂《ごろ》がよくない。

「わかった！〈すいすい芝《しば》カッター・デラックス〉！」

その名前をデザイン画の上に書きはじめたおじいちゃんが、とちゅうで手を止めた。「初号機なのにデラックスっていってもいいものかね？」

「もちろん。それがいいマーケティングだよ。みんな、デラックスって言葉に弱いからね」

「なるほど」おじいちゃんは〝デラックス〟と書きいれた。

少しすると母さんが部屋から出てきて、もう寝《ね》る時間だとおじいちゃんにいった。

「まだ寝《ね》ない」おじいちゃんがいった。

母さんがなにかいいかえすかと思ったけど、なにもいわなかった。母さんは胸《むね》に枕《まくら》をかかえたままソファにすわり、３人で『アイ・ラブ・ルーシー』を見た。おじいちゃんのお気に入りのテレビ番組だ。今日はルーシーがワイン用のブドウ畑に行って、ブドウをはだしでふむ話だった。この回は前にも見たことがある。じつは何度も。でも、ぼくたちは初めて見たかのように笑った。笑っているうちに、おじいちゃんはねむくなってきたようで、目をとじた。ぼくはリモコンでテレビの音を小さくした。

「ピーター」母さんが小声でいった。「ごめんね。外出禁止《がいしゅつきんし》はやっぱりやめた。ただ……」

そこまでいって、母さんはため息をついた。「最近、いろいろなことがありすぎて」

なんて答えればいいかわからなかったけど、ちゃんときいていると伝えたくて、母さんの顔を見た。目がはれている。

「でも、わたしたちならうまくやれるよね。あなたとわたしは、いいチームだもんね？」

そんなことわからないって答えたかった。母さんとは同じチームだと思えないときがあるって。

でも、母さんはぼくに、そうだねっていってほしがっている。だからそういった。

「わたしもトミーが引《ひ》っ越《こ》すことを知らなかったの。知ってたらあなたに伝えてた。わかってくれるわよね？　トミーのご両親は家を売るときもわたしに相談してくれなかった。広告《こうこく》を出す前に、レイリーさんが買いたいって申しでたんだって。レイリーさんは、このあたりでいちばん大きい家に住みたいみたいね」

「レイリーさんが？」思わずかん高い声が出た。ぼくの血管の中で電気がまたバチバチと音をたて、記憶《きおく》がチカチカと頭の中によみがえってきた。そういえば、レイリーさんはトミーに何度もテラスの網戸《あみど》のことをきいていた。レイリーさんの奥《おく》さんは、かわいそうなものを見るような目つきでぼくたちにほほえみながらいった。「ずっといまのままでいられないのは、さみしいわね。でも、それも人生よね。そうじゃない？」

ああもう！　これ以上きらいになりようがないと思うたび、もっときらいになるようなことをレイリーさんはしてくる。

「さっき、トミーのお母さんと電話で話したの。いま、トミーはすごく困《こま》ってるらしい。どうやってさよならをいえばいいか、わからないんだって」

「そんなの、どうでもいい」本当にどうでもいいと思いたくて、ぼくは首をふった。「いまぼくにとって大事なのは、ゾーイが無事でいることだけだよ。あと、おじいちゃんも」

母さんはいつもの、あなたのことが心配なの、って顔をした。おでこにシワをよせて、少しまゆをしかめた顔。ぼくは目をとじて、おじいちゃんのリクライニングチェアのひじかけに頭をもたせかけた。つかれた。こんなにつかれたのは初めてだ。

そのままねむってしまったらしく、テーブルの上の時計を見ると夜中の三時だった。母さんも枕《まくら》をかかえたままソファでねむっている。

テレビはついたままだった。『アイ・ラブ・ルーシー』はとっくに終わり、ニュース番組が流れている。その日のニュースがくりかえし流され、ゾーイ救出《きゅうしゅつ》の様子も伝えられていた。また画面の中のぼくがいう。「……ゾーイを傷《きず》つけた犯人《はんにん》を、ぼくは知ってます」

そのとき、おじいちゃんが笑った。ねむっていると思っていたから、びっくりした。

「教えてやれ」おじいちゃんがいった。

13

夏休み第二週目のぼくの目標は、お世話係としての腕前《うでまえ》を上げることだ。どうせもう親友なんていないないし、完成させなきゃいけないない生き物発見ノートもないし、気にかけなきゃいけないマナティーもいない。そのぶん、おじいちゃんのお世話に集中できる。だから、そうした。

母さんがお客さんに家を案内したり事務所《じむしょ》に行ったりする日は、毎日ぼくがおじいちゃんに薬を飲ませて、ピーナッツバター&ジャムのサンドイッチと、コーンチップスの昼食をつくって食べさせてあげた。もちろんコーンチップスは自分でつくったわけじゃなくて、袋《ふくろ》から出しただけ。おじいちゃんが昼寝《ひるね》をしているあいだも、ぼくは家にいた。目を覚ましたときに、そばにいてあげられるように。

すごくうまく仕事ができていると思う。だってこの数日、おじいちゃんはまったく混乱《こんらん》しなかったから。前とほとんど変わりがなかった。本当にタイムマシンを発明して、おじいちゃんが病気になる前にもどったみたいだった。ふたりで『アイ・ラブ・ルーシー』を見て、チヨコミントのアイスを食べまくって、新しい発明品のデザインを考えた。おじいちゃんは歩行器にエンジンをつけて、もっと楽しく使えるものにしようとしている。

でも、おじいちゃんに集中しようと思えば思うほど、ゾーイが気になってしかたない。おじいちゃんも同じだ。だから、続報《ぞくほう》がないか、ふたりで何度もニュースをチェックした。数日間、チャンネル9はゾーイ救出《きゅうしゅつ》の様子を報道《ほうどう》していたけど、週の半ばになると、ちがうニュースばかりになった。ずっとチャンネル9を見ていたのに、ゾーイの話は出なかった。

「ゾーイのことなんか忘《わす》れちゃったみたいだ！」水色のアイスをテレビにむかってつきだしながらいった。「なんでだよ。どうして忘《わす》れちゃうんだよ。マナティーなんて忘《わす》れられっこないだろ！」

「日々《ひび》のニュースは揮発性《きはっせい》だからな」おじいちゃんがいった。

〝揮発性《きはっせい》〟がどういう意味なのかは、よくわからない。トミーなら知っているかも。いや、べつにトミーのことを考えているわけじゃない。〝なにも考えない選手権《せんしゅけん》〟があったら、まちがいなくぼくが優勝《ゆうしょう》だ。

木曜日の午後、おじいちゃんとピーナッツバター＆ジャムのサンドイッチを食べながらエメラルド・スプリングス州立公園のウェブサイトを見て、ゾーイのことが書かれていないか調べた。でも、なにもなかった。こんなの、おかしい。州立公園の電話番号を調べていると、玄関《げんかん》のよび鈴《りん》が鳴った。

初めは、またレイリーさんがぼくに評判《ひょうばん》を傷《きず》つけられたと文句《もんく》をいいにきたのかと思った。でも、のぞき穴《あな》をのぞくと、もと親友の頭のてっぺんが見えた。

心臓《しんぞう》がまるでタップダンスをしているかのようにカタカタと鳴りはじめた。トランシーバーから声だけがきこえてくるのとはちがって、実物のトミーがそこにいる。このドアのむこうに。今日のトミーの髪《かみ》は、いつもよりふくらんでいる。湿気《しっけ》が多いってことだ。

ぼくは首をふって床《ゆか》をふみしめた。ぜったいにドアはあけないぞ。だって、なにをいえばいいのかわからないし、トミーのことを考えるだけで砂《すな》が入ったみたいに目の奥《おく》がジンジンしてくる（〝友だちをなくすこと〟もアレルギーのもとみたいだ）。

一分間ドアの前で息をひそめてから、もう一度のぞき穴《あな》を見た。トミーが半ズボンのポケットに手をつっこみ、うつむきながら去っていくのが見えた。アレルギーがひどくなってきたので、パチパチとまばたきをする。心の中も同じだ。タップダンスをやめろ、と自分の胸《むね》にいってみたけど、きいてくれない。

キッチンにもどると、おじいちゃんが窓《まど》のかぎをいじっていた。

「おじいちゃん、なにしてるの？」

「エレベーターが故障《こしょう》してしまってな」おじいちゃんが、しわがれた声でいった。

「でも、いつまでもここにとじこめられてるつもりはないぞ。脱出《だっしゅつ》できるはずだ」

ぼくの心臓《しんぞう》はタップダンスをやめた。大きくて重い石が、お腹《なか》の中にしずんでいくみたいだ。お世話係の仕事をうまくやれていると思っていたのに。おじいちゃんの頭がうまく働くようにしてあげられていると思っていたのに。

「おじいちゃん、脱出《だっしゅつ》する必要なんてないんだよ。ここはぼくたちの家だから」

「まだ時間はあるが、いそがなきゃならん。マリアンにわたしの道具箱をもってくるようにいってくれ」

ぼくは深呼吸《しんこきゅう》をした。おじいちゃんはふるえる手で窓《まど》のかぎをいじくっている。このかぎはかんたんにあけることができる。ぼくも何度もあけたことがある。でも、おじいちゃんはあけ方がわからないみたいだ。

いそいで考えをめぐらせ、おじいちゃんの腕《うで》に手をかけた。「州立公園に電話をして、ゾーイのことをきこうと思ってたんだ」

「ゾーイ……」おじいちゃんは初めてきいた名前を口に出してたしかめるみたいに、ゆっくりといった。ほんの数分前までゾーイの話をしていたのに。

「マナティーだよ。ゾーイはすぐに帰ってくると思う。そしたら、おじいちゃんもゾーイに会えるよ。最近は足もしっかりしてきたもんね！　それから……えっと、ゾーイのために、なにか発明するのはどうかな。なにかステキなものを。いっしょにつくろうよ。楽しそうじゃない？」

その場がしんとなった。おじいちゃんは窓《まど》の前でじっとかぎを見つめている。ぼくがつかんだおじいちゃんの腕《うで》はふるえていた。まだ頭が混乱《こんらん》しているんだろうか。それとも、自分の頭が混乱《こんらん》しているのがわかって、はずかしいんだろうか。なんか頭がへんだなあと思ったり、いつまたへんになるかわからなかったりするのは、どんな気もちだろう。自分でコントロールすることもできないし、なんでも直せるはずの自分が自分を直すことはできないと知るのは、どんな気もちだろう。

しばらくすると、おじいちゃんはうなずいていすにすわった。ふう、よかった。

州立公園の電話番号を見つけたけど、電話しても留守電《るすでん》につながるだけだった。この計画はうまくいかないみたいだ。

でも、昼食のあと、おじいちゃんが昼寝《ひるね》をしているあいだに別の計画を考え、ほかの番号に電話をかけた。

「はい、フロリダ・マナティー協会です。中央フロリダでもっとも歴史《れきし》のあるマナティーの研究――」

「こんにちは、キャシディ・コーリー。ぼくだよ」

「は？　だれ？」

「ピーターだよ。先週末、ゾーイを助けにきたときに会っただろ」

「ああ、ピーター！　元気？　あなたがご近所さんを指さしてる動画がユーチューブで千回以上も再生《さいせい》されてるの、知ってる？」

「千回なんてたいしたことないよ。二匹《ひき》のトウブハイイロリスが木の実を取りあってケンカしてる動画なんて、百万回も再生《さいせい》されてるんだから」

「ああ、あの動画いいよね！　とにかく、あなたはもう有名人だねっていいたかったの。地元では、ってことだけど」キャシディはちょっと間を置いた。「もっとも、あたしたちみんな有名になっちゃったけどね」

ぼくはリビングをウロウロと歩きまわった。母さんがお客さんと電話で話すときみたいに。

「あの動画を見た人たちはレイリーさんに怒《おこ》ってる？　レイリーさんは刑務所《けいむしょ》に入れられるかな？」

「あの動画を見た人は、あなたのことを……なんていうか、かわいくておもしろい子だなって思ったんじゃないかな」

かわいくておもしろいといわれるのは悪くない。でも、レイリーさんは刑務所《けいむしょ》に入れられるべきだと思う。「あのさ、ゾーイがどうしてるか知りたいんだ。こっちに帰ってくるのか、いつ帰ってくるのかも知りたい」

「そうか。えっと、あたしもよく知らないの。ゾーイはエメラルド・スプリングス州立公園のマナティー・リハビリセンターにいる。そうだ、今度の日曜日、様子を見てきてあげる！　そこで働いてる男の人と知り合いなんだ。いっとくけど、ただの友だちだからね。男友だちってやつ。その人のこと、話したことあったっけ？」顔を見なくてもキャシディが赤くなっているのがわかる。「あとでゾーイの様子を知らせるね」

いそいでキッチンに行って、母さんの仕事の予定をたしかめた。母さんの予定表は、新聞の切りぬきなんかといっしょに冷蔵庫《れいぞうこ》のドアにはってある。日曜日は仕事が入っていないみたいだ。つまり、その日はぼくがお世話係をしなくてもいいということ。「いっしょに行ってもいい？」

「えっと……連れていくことはできるけど、あなたのお母さんとお父さんの許可《きょか》がないと」

「父さんはいないんだ」

「あら」

「ていうか、父さんはいるけど、ノースカロライナに住んでるから、いないようなものなんだ」

「へんなこときいちゃってごめん――」

「じゃあ、母さんからキャシディに電話すればいい？」

「そうね！」キャシディがいった。父さんがいないことについて、なにかいう必要がなくなってホッとしているみたいだった。こういうことはよくある。「お友だちのトミーもいっしょに来る？」

「トミーなんて名前の友だちはいないよ」ぼくはそういって電話を切った。

母さんが仕事から帰ってきたので、「明日の九時から五時までのあいだにフロリダ・マナティー協会のキャシディに電話をかけてくれないかな。今度の日曜日にキャシディといっしょに州立公園にあるマナティー・リハビリセンターに行って、ゾーイの様子を見てきたいんだ。そしたら、おじいちゃんにもゾーイのことを話してあげられるし、それをきいたらおじいちゃんも調子がよくなって頭が混乱《こんらん》することも少なくなると思う」と話した。どうやら一気にしゃべりすぎたみたいで「ちょっとまって！　もっとゆっくり話して！」と母さんがいった。

だから、もう一度、今度はゆっくりと話した。

「それはどうかなあ」母さんは仕事用のかばんの中身をガサゴソやりながらいった。「マナティーのことばかり考えすぎじゃない?」

「考えすぎなんてことはないよ」

「ああもう、ハーレーさんの契約書《けいやくしょ》、どこにいったのかな?」母さんはかばんをキッチンテーブルの上で逆《さか》さまにして中身をぶちまけ、おもしろくなさそうな資料《しりょう》の束を調べはじめた。

母さんはチャンネル9のニュース番組みたいだ。いつも新しいことに目をむけている。でも、ぼくはちがう。キャシディといっしょに州立公園に行きたいと、さらにもう一度お願いした。これで三度目の正直だ。この言葉が本当かどうかは知らないけど。結局、そのあとも、キャシディと電話で話してくれないかって、少なくとも十七回はいった。最初は「だめよ」といっていた母さんも、しまいにはこういった。「ああ、もう、わかったわよ。電話番号は?」

金曜日の朝、母さんはフロリダ・マナティー協会に電話をかけてくれ、ぼくは自分がすごく説得上手《せっとくじょうず》だとわかった。

14

キャシディの小さな緑色の車に乗るのは、おんぼろでガタついたジェットコースターに乗るようなものだった。ガタガタするし、音もうるさいし、カーブを曲がるたびに胃《い》がひっくりかえりそうになる。

「この車、だいじょうぶなの？」

「どこも悪いところはない。どうしても左にそれていっちゃうのを別にすればね。なんかへんなにおいもするけど、すぐに修理《しゅうり》に出すからだいじょうぶ」

キャシディのいうとおりだ。なんだかカビくさい。ぼくは送風ボタンを押《お》した。

「ぼくはいつか、アストンマーティンに乗るんだ。イギリスの車」

車にはあまりくわしくないけど、前に映画《えいが》でめちゃくちゃカッコいい車を見て、おじいちゃんにあの車はなんていうのときいたら、アストンマーティンだと教えてくれたことがある。信号が赤になり、車はつんのめって止まった。「へえ。アストンマーティンを買うお金は、どうやってかせぐつもりなの？」

「ぼくとトミーは――」そこまでいって、口をつぐんだ。トミーのことを最初から存在《そんざい》しないみたいに話すのはむずかしい。思い出話をするときも将来《しょうらい》の夢《ゆめ》を語るときも、名前を出してはいけない。「ぼくは生き物の発見家になろうと思ってる。新しい生き物を見つけて、それに名前をつけるんだ。ぼくの名前にちなんだ名前もつけるつもり」

そういいながら、自分が本当にそうしたいのか、わからなくなっていた。トミーがいないのに生き物の発見家なんかになれるんだろうか。調べものをするのは、いつもトミーの役目だった。

「それは楽しそうだね」信号が青に変わる。キャシディがアクセルをふむと車が息をふきかえした。「でも、生き物の発見家ってアストンマーティンが買えるほどかせげるのかな」

「生き物の絵もかくつもりなんだ」

「へえ」納得《なっとく》してくれたみたいだ。

国道に合流するとき、キャシディはヒャーとさけびながら、指の関節が真っ白になるくらい強くハンドルをにぎりしめた。

「だいじょうぶ？」

「合流は苦手なの」

「キャシディ・コーリーは神経過敏《しんけいかびん》なのかよ？」

「ちがうよ！　ていうか、たぶんちがう。だれだって神経過敏《しんけいかびん》なところ、あるでしょ？　それより、どうしてそんな言葉、知ってるのよ？」

「トミーからきいた」そういったあと、ぼくは口をぎゅっととじた。

キャシディがちらりとこちらを見る。「トミーって名前の友だちはいないっていってきいたけど？」

「それよりさ、いままで何頭くらいマナティーを見たことがあるの？」

ぼくは話をそらした。これは母さんから学んだテクニック。小さいころは、母さんがお客さんを売家に案内するとき、ときどきいっしょに連れていってもらっていた。お客さんが「やっぱり引《ひ》っ越《こ》すのはよそうかしら」なんていいはじめると、母さんは声をかける。「壁《かべ》と天井《てんじょう》の境《さかい》にほどこされた優美《ゆうび》なデザイン、ご覧《らん》になりました？」ほら！　これで見事に話をそらせる。

キャシディにもこれが効《き》いたみたいだ。「そうねえ。数えたことないけど。数十頭ってとこかな？　大学生のときにキーウェストで数か月間、マナティーについて勉強してたことがあるんだ。そこでビリーに出会ったの」

「ビリー？」

「州立公園で働いてる、あたしの友だち。男友だち。友だちの男性《だんせい》」キャシディはバックミラーで自分の顔を見て、顔にかかっていた髪《かみ》を耳の後ろにかけた。

「それで、いまはフロリダ・マナティー協会で働いてるんだね？」

そう、とキャシディがうなずいた。「大学生のころは夏休みになると、協会でインターンをしてた。先月、卒業するときに、会長のマリアから職員《しょくいん》として働かないかってさそわれたの。正直、いまでも信じられない。マリアのチームにいるのは優秀《ゆうしゅう》な人ばかりだから。とにかくいろんなことを知ってる。仕事の話をするときはみんな――」キャシディがため息をつくと、車も同じようにため息をついた。「自信たっぷりなの」

また赤信号だ。キャシディは肩《かた》をぐるりと後ろに回して、背《せ》すじをちょっとのばした。

「まあ、いい職場《しょくば》だよ。あたしはまだ働きはじめたばかりだけど……いい職場《しょくば》。動物と直接《ちょくせつ》かかわれるのも楽しい。動物保護《どうぶつほご》の仕事を、もっと学びたいんだ」

「動物保護《どうぶつほご》ってどんな仕事？」トミーなら、きっと知っているだろう。でも、トミーなんていなくてもいい。キャシディがいるんだから。

「えっとね、動物を守る法律《ほうりつ》とかの必要性《ひつようせい》を訴《うった》えていくの。マリアはずっとその仕事をしてる」

それをきいて思った。「レイリーさんを刑務所《けいむしょ》に送れる法律《ほうりつ》はある？」

「うーん、わからない。それに、レイリーさんがやったっていう証拠《しょうこ》はないからね」

「ゾーイはレイリーさん家《ち》の船着き場のところにいたんだ！ レイリーさんがマナティーのことをどんなふうにいってるかきいたらわかるよ。とにかく、ひどいんだ。マナティーなんてどうでもいいと思ってる。自分のこと以外、どうでもいいんだ」

キャシディがぼくを見た。なにを考えているのかはわからない。相手がなにを考えているかわからないときは落ちつかない気分になる。

「ユーチューブで自分の動画を見たよ。二千回くらい再生《さいせい》されてたけど、コメントが気に入らない。みんな、ぼくの話を信じてない」

「ひとつ、アドバイスしてあげる。コメントは読んじゃダメ。ネットの情報《じょうほう》は見ないほうがいい」

ききたいことは、もっとあった。動物保護《どうぶつほご》のこととか、法律《ほうりつ》のこととか、ネットのなにがいけないのかとか。キャシディがスマホを車のスピーカーにつなぐと、ポッドキャストの音声が流れてきた。核分裂《かくぶんれつ》とかなんとかの話をしている。あれ、これは『サイエンス・デイリー』じゃないか。そのとたん、また思いだしてしまった。

ぼくはポッドキャストの音声を消した。「静かなほうが好きなんだ」いつもは静かなのは好きじゃないけど、いまは静かなほうがいい。

しばらく、ふたりともだまっていた。そのうちエメラルド・スプリングス州立公園という看板《かんばん》が出てきた。ここで国道から出る。

「また、さけぶ?」

「さけばない」

でも、キャシディは少しだけさけんだ。ぼくも少しさけんでしまったから、キャシディもさびしくなかったと思う。ひとりぼっちだと感じるのはさびしいものだから。

車は木にかこまれた静かな通りに出た。数分もすると州立公園の駐車場《ちゅうしゃじょう》に着いた。わくわくしてきた。いよいよゾーイに会える。キャシディもわくわくしているようだ。ビリーに会えるから。

車から降《お》りる前に、無事に着いたと母さんに電話をした。

「ああ、よかった」母さんはいった。

キャシディがぼくを迎《むか》えにきたとき、母さんはキャシディと少し話をしていたけど、それでもまだ、ぼくが〝知らない人〟といっしょに出かけるのが心配らしい。心配性《しんぱいしょう》だなあ、とあきれるけど、ちょっとうれしい。近ごろの母さんはおじいちゃんのことばかり心配しているから、ぼくを心配してくれる気もちが残っていたのがうれしい。

「気をつけてね。スマホの電源《でんげん》は入れておくのよ。水もちゃんと飲んで！　今日の最高気温は三十七度だって」

母さんの声をききながら車を降《お》りると、太陽が顔をなぐりつけてきた。ていうか、まるでなぐりつけるようにギラギラと照りつけてきた。

水を飲みなさいなんて、母さんにいわれなくてもわかっている。「水分《すいぶん》補給《ほきゅう》」は発見クラブのルールのひとつだ。

発見クラブは、もうないけど。

15

どうしていままで州立公園に来なかったんだろう。ここは、あっちもこっちも動物だらけだ。沼《ぬま》にはアリゲーター、池にはカバ、おりの中にはボブキャット。アメリカシロヅルや、フラミンゴもいる。アメリカグマまで！　それにヒョウも！　ヒョウを見たときは興奮《こうふん》しすぎて頭がくらくらした。もしかすると暑さのせいかもしれないけど。

でも、少し悲しくもなった。「ここにいる動物たちは、いつか公園から出られるようになる？」キャシディにきいた。

「うーん……無理だと思う。ここにいる動物たちは、野生では生きられないから。ここはふつうの動物園とはちがって、引退《いんたい》した人が来る施設《しせつ》みたいなものなんだ。この子たちは、みんなひどい傷《きず》を負ってる」

そういて、ますます悲しくなった。

州立公園の奥《おく》にあるマナティー・リハビリセンターは、一般《いっぱん》には開放されていない。でも、フロリダ・マナティー協会の人は特別みたいだ。キャシディが「従業員専用《じゅうぎょういんせんよう》」と書かれた入り口をするりと入っていったから。ぼくはキャシディについていった。だれかにとがめられたら、フロリダ・マナティー協会で働いてます、といえばいい。キャシディのアシスタントってことにしておこう。上司でもいい。

リハビリセンターは思っていたよりずっと小さかった。マナティーにきかせるためのきれいな音楽が流れている、でっかい水族館みたいなところを想像《そうぞう》していた。でもじっさいは、いくつかのプールと、大きなポンプと、何本ものパイプがあるだけで、正直がっかりした。ゾーイがここにいなくちゃいけないと思うと、あまりいい気はしなかった。

リハビリセンターには男の人がひとりいて、レタスを丸ごとプールに投げいれていた。すらりと背《せ》が高くて、全身カーキ色の服を着ている。カーキ色の半ズボンに、カーキ色のシャツ。きっと帽子《ぼうし》もカーキ色だと思う。ぼくたちが近づいていくと、その男の人はニコッと笑った。「キャシディ！」その人は握手《あくしゅ》しようと手を差しだしたのに、キャシディはハグしようとして、ふたりとも「うわ！」と声をあげた。こんなへんてこな場面はあまり見たことがない。

「ピーター、この人がビリー。ビリー、こちらはピーター。先週末に運ばれてきたマナティーの件《けん》を通報《つうほう》してくれた子よ」

「ピーター！　ユーチューブ見たよ。バズってるねえ！」

ぼくは肩《かた》をすくめた。木の実をめぐってケンカしている二匹《ひき》のリスの動画に勝つには、もっと再生回数《さいせいかいすう》が必要だ。

「ビリーとあたしは大学生のときに、キーウェストでいっしょにマナティーの研究をしてたんだ。といっても、ビリーは大学院生で、あたしは大学生だったんだけどね。で、いまビリーは州立公園で働いてる」

「そのとおり」ビリーがいった。

ビリーがほかにもなにかいったけど、よくきいていなかった。さっきビリーがレタスを投げいれたプールをのぞきこんだ。三頭のマナティーがいる。大きいのが二頭に、小さいのが一頭。掃除機《そうじき》みたいなへんな口で、レタスをムシャムシャと食べている。ぼくは頭から足の先までふるえた。ほんの数週間前までマナティーなんて見たこともなかったのに、いま目の前に三頭もいる。三つのバカでかい体。三つの灰色《はいいろ》の島。

でも、Z《ゼット》の傷《きず》があるのはいなかった。

「ゾーイはどこ？」

「ゾーイ？」ビリーがいう。

「新しく来たマナティーのこと。ピーターはゾーイってよんでるの」キャシディがいった。

「ああ！　むこうの隔離用《かくりよう》プールにいるよ」

隔離《かくり》……。なんだか、いやな感じのする言葉だ。ぼくは小さなプールにむかって走った。そこには一頭のマナティーが静かに浮《う》かんでいた。Z《ゼット》の傷《きず》あとが見える。それから新しくできた傷《きず》も。真っ赤だった傷口《きずぐち》がいまではピンク色になっているけど、それでもひどい。

「ゾーイ」そっと声をかけてみた。小声でいったほうがいい気がしたから。ゾーイに会えてすごくうれしい。

「この子はとってもがんばり屋さんだ」ビリーがいった。

「どうして隔離《かくり》してるの？」

「ここに運ばれてきたときは、ひどい状態《じょうたい》でね。肺《はい》に穴《あな》があいてて、傷口《きずぐち》も化膿《かのう》してた。すごく具合が悪いときとか傷口《きずぐち》が化膿《かのう》してるときは、ほかのマナティーといっしょにはできないんだ」

肺《はい》に穴《あな》……。あらためてレイリーさんへの怒《いか》りがわいてきた。「元気になる?」

ビリーはポケットからハンカチを出して、おでこの汗《あせ》をふいた。「最初はまったく動けなかったんだ。でも、最近少し泳げるようになってきた。まだ固形物は食べたがらないから、注《ちゅう》射器《しゃき》で流動食をあげてる。あとは様子を見るしかないな」

「様子を見てたらぜったい元気になる?」思わずきいたけど、ぜったいとはかぎらないのは、ぼくもわかっている。ビリーもなにもいわなかった。

ぼくがプールのわきにすわっているあいだ、ビリーとキャシディは近くの日かげに行って、なにやら話しこんでいた。受けいれられるマナティーの数を増《ふ》やすために、リハビリセンターが最先端《さいせんたん》のプールをつくる計画をしていると、ビリーが話しているのがきこえてきた。キャシディのほうは、今度フロリダ・マナティー協会がインディゴ川ボートクラブの会合に出席して、マナティーの安全を守る方法を会員に説明するという話をしていた。

日かげでふたりの会話に加わりたかった。三十七度はめちゃめちゃ暑い。でも、ゾーイのそばをはなれたくなかった。ゾーイはこっちにゆらりと泳いでくると、ビーズみたいな目でぼくの目を見つめた。すると、死ぬほどゾーイのことが心配だったのに、また心が静かになって落ちついた。まるでだれかが世界じゅうの音のボリュームを下げたみたいに、息をするのが楽になった。ゾーイはケガをしているのに、水の中でおだやかそうに見える。

急にプールにとびこみたくなった。ゾーイのとなりに浮《う》かんで、水に身をゆだねたい。でも、それは州立公園のルールに反するだろうから、その代わりに、できるだけプールの近くにすわった。

「ぼくのこと、覚えてる?」そっと声をかけてみた。

もちろんゾーイは答えてくれない。でも、目が少しキラッとしたのが、たしかに見えた。どれくらいそうしていたのか自分でもわからない。キャシディから「そろそろ行こうか?」と声をかけられたときは、夢《ゆめ》から覚めたような気分だった。

「あと五分だけ」ぼくはいった。

その五分がすぎても、もう五分だけ、とお願いした。これ以上太陽にあたっていたら、ぶったおれてしまうかもしれない。でも、ゾーイが目の前にいるかぎり、ゾーイはだいじょうぶだと思える。そして、ゾーイがだいじょうぶなら、なぜかほかのこともうまくいく気がする。

ビリーが、ゾーイに注射器《ちゅうしゃき》で流動食をやる時間だといった。そんな場面は見たくない。だから、帰ることにした。ひとつ条件《じょうけん》つきで。「またすぐに来てもいい？」

「いつでもおいで。ぼくはたいてい、ここにいる」ビリーがいった。

「州立公園のウェブサイトを更新《こうしん》したほうがいいよ。ブログにゾーイのことを書いてみたらいいんじゃない？」

ぼくがいうと、ビリーは笑った。「担当《たんとう》の人に伝えとくよ」そのあと、ビリーはキャシディにハグしようとしたけど、今度はキャシディのほうが握手《あくしゅ》しようとして、さっきよりもっとへんな場面になった。

「またすぐに会いにくるよ」ゾーイにむかって小声でいった。

何度もふりかえりながら、キャシディのあとについてリハビリセンターを出た。といっても、ふりかえったのはたったの二十回だけど。キャシディも何度かふりかえったけど、ゾーイのことを考えていたわけじゃないと思う。

公園内を通って帰るとき、全身がものすごく重たく感じた。きっと、この暑さのせいで重力が増《ま》しているんだ。口がカラカラにかわいているのに気づいて、水分補給《すいぶんほきゅう》を忘《わす》れていたことを思いだした。もう存在《そんざい》しない発見クラブのルールを思いだすのはむずかしい。

州立公園を出る前に、水のペットボトルを買おうと売店によった。マナティーのキーホルダーに目が吸《す》いよせられた。

「ほしいの？　買ってあげようか？」

「うん」ぼくは力いっぱい、うなずいた。

〝マナ・ティー・タイム！〟と書かれたものを選んだ。マナティーが紅茶《ティー》を飲んでいる絵がかかれている。ぼくがクスクスと笑うと、キャシディもクスクスと笑った。キャシディなら、ぼくの新しい親友になれる素質《そしつ》がありそうだ。

「引《ひ》っ越《こ》したりしないでね」ぼくはキャシディにいった。

16

帰りは行きの倍くらい長く感じた。ふたりとも、あまりしゃべらなかったからだと思う。ラジオで最近のヒット曲をきき、国道に合流するときにヒャーとさけんだほかは、ほとんどだまっていた。

道路ぞいのヤシの木や低木をながめた。すごい速さで後ろに流れていくので、木々《きぎ》の輪郭《りんかく》がぼやけて緑と茶色の壁《かべ》のように見えてくる。前方にのびる道路からは、まるで魔法《まほう》のようにかげろうがゆらゆらと立ちのぼっている。どこまで行っても、かげろうには追いつけない。

「ねえ、キャシディ・コーリー？」

「どうしていつもフルネームでよぶのよ？」

「フルネームでいうとカッコいい名前ってあるじゃないか。ジョージ・ワシントンとかさ」

キャシディはラジオの音を小さくした。「そりゃあ、あたしたちはジョージ・ワシントンっていうけど、友だちからはジョージ・ワシントンとはよばれなかったと思うよ」

「じゃあ、なんてよんでたんだろ？」

「あたしのことは、たんにキャシディでいいよ」

「うーん、やっぱりだめだ。ねえ、キャシディ・コーリー？」

キャシディは笑って答えた。「なに？」

「インディゴ川ボートクラブの会合っていつ？　フロリダ・マナティー協会が参加するやつ」

「七月の終わり」

「ぼくも行きたい」

「え？　うーん……そんなにおもしろいものじゃないと思うよ。協会は前にもボートクラブと協力しようとしたことがあるんだ。マリアによると、相手はかなり手ごわいらしい」

ぼくはレイリーさんが何十人もいる場面を思いうかべた。気もちのいい場面とはいえない。

「でも、ぼくはいまネットの世界で有名人でしょ？　だから、なにか役にたてると思うんだ。スピーチをしてもいいよ！　得意《とくい》なんだ」

キャシディは道路から目をはなして、ぼくの顔をぽかんと見つめた。「ちょっとまって。マジでたくさんの人の前で話したいの？　マリアからみんなの前で話してくれっていわれてるんだけど、あたしは人前で話すの、ホント無理なの」

「ぼくが代わりに話すよ！」

キャシディはため息をついた。「そうしてほしいくらいだけど。マリアがいうには、人前で話すのは、あたしにとっていい経験《けいけん》になるだろうって。うちのチームには、あたしよりずっとうまく話せそうな人がいるんだけどね。知識《ちしき》も豊富《ほうふ》だし——」キャシディがハンドルをぎゅっとにぎりしめたので、また関節が真っ白になった。「だから、自分でやらなくちゃいけないと思ってる」

「ぼくたちふたりとも話す、ってのはどう？」それがいちばんいい。

「うーん……そうねえ。マリアが賛成《さんせい》してくれて、あなたのお母さんから許可《きょか》がもらえれば——」

「じゃあ、交渉成立《こうしょうせいりつ》だね」これは母さんがよく使う言葉。家を売る価格《かかく》について、売る人と買う人の意見がまとまったときに、よく使っている。

キャシディはおかしそうにぼくを見た。ビジネス用語はあまり使わないのかもしれない。そのとき、ほかの車からプーとクラクションを鳴らされたので、キャシディはとびあがって道路に目をむけた。

「この車、どうしても横すべりしちゃう」キャシディがブツブツと文句《もんく》をいった。

大人になって、世界一の生き物の発見家になって、たくさんお金をかせげるようになったら、キャシディに新しい車を買ってあげようと心に決めた。

それから、ボートクラブの会合に参加して、感動的なスピーチをしようと思った。いっしょにマナティーを守ろうと思ってもらえるように話そう。レイリーさんをまっすぐに見つめながら話してやる。そしたら、ぼくの鼻先でドアをたたきつけるわけにもいかず、話をきくしかなくなるだろう。

そうすれば、ゾーイが元気になったあと――きっと元気になる――この運河《うんが》にもどってきても安全だ。ボートクラブの人たちがスピードを落とすとかの安全対策《あんぜんたいさく》をしてくれるはずだから。

ゾーイが帰ってきたら、おじいちゃんを運河《うんが》に連れていって会わせてあげよう。ゾーイに会ったら、きっとおじいちゃんも調子がよくなると思う。ぼくと同じように、頭がすっきりするはずだ。そしたら、学校がはじまっても、母さんが仕事を休まずにすむ。

これはいい計画だ。すごくいい。計画どおりにやれば、きっとなにもかももとどおりになる。

といっても、トミーのことだけは別だ。いっとくけど、ぼくはトミーのことなんか考えていない。でも、考えないようにするのはむずかしい。考えちゃいけないと思うたび、胸《むね》がギュッといたむ。まるで心臓《しんぞう》がレモンで、だれかにギュッとしぼられるみたいに。でも、がんばる。練習すれば、そのうち考えないようになるはず。

「どの家だっけ？」うちの近くまで来ると、キャシディがきいた。

「青いドアの、あの小さな家だよ」

キャシディがブレーキをふむと、妖精《ようせい》のバンシーがさけんでいるみたいに、かん高い音が鳴った。バンシーのさけび声がすると、だれかが亡《な》くなるという言い伝えのある妖精《ようせい》だ。

「ありがとう、連れていってくれて。それからキーホルダーも」

「いつでも大歓迎《だいかんげい》よ！　まあ、本当にいつでもいいわけじゃないけど。州立公園には毎日行くわけじゃないから。でも、ときどきはね」

ぼくが車から降《お》りるとき、キャシディがいった。「ねえ、ピーター。これからもずっと生き物をさがして絵をかいてね。たくさんお金をかせげないとしても。たしかにお金は大切だけど、お金がすべてじゃないから。ぜったい、やめないでね。いい？」

「わかった」トミーと山分けする必要がなくなったから、たくさんお金をかせげると思うけど、とりあえずそう返事しておいた。

手をふってキャシディを見おくったあと、家に入った。そのとたん、なにかがいつもとちがうことに気づいた。トミーの両親と母さんがキッチンで話している声がきこえてくる。

「――不動産の仕事を休んでるときいてたから、あなたにたのんでいいものか、わからなくてね――」トミーのお父さんがいった。

すると、今度はトミーのお母さんがいった。「すぐにレイリーさんが買うと申しでてくれたの。もうすぐミシガンでの仕事がはじまるから、早く引《ひ》っ越《こ》さないといけなくて――」

「いいのよ。わかってる」母さんがいった。

ぼくがキッチンに入っていくと、その場は静かになった。

「おかえり、ピーター」母さんはにっこり笑うと、リビングをあごで示《しめ》した。「トミーが会いにきてくれたのよ。よかったわね」

トミーの両親もほほえんだ。大げさな笑顔《えがお》を浮《う》かべた三人がぼくを見ている。

ゆっくりとリビングに入っていくと、胃《い》がむかむかしてきた。荒波《あらなみ》にもまれている船みたいに足もとがぐらぐらする。船に乗っていないのに船酔《ふなよ》いしそうだ。

おじいちゃんはリクライニングチェアにすわって『アイ・ラブ・ルーシー』を見ていた。そしてソファには、トミーがいた。お気に入りのNASA《ナサ》のT《ティー》シャツを着て、つり針《ばり》にかかった魚みたいにもじもじしている。ぼくの姿《すがた》を見ると、立ちあがっていった。「おかえり、ピーター」

「ああ」ぼくの心臓《しんぞう》がまたタップダンスをはじめた。

「えっと……その……もしできたら――」くしゅんと、トミーがくしゃみをする。「話せるかな？」

だめだ。こんなのだめだ。想定外だ。トミーのことは忘《わす》れる予定だったのに。ぼくの予定をめちゃめちゃにする気か？

玄関《げんかん》のドアを見つめた。この場からにげだしたい。家を出て、この町を出て、州立公園までにげていきたい。でも、母さんとトミーの両親が、ほほえみながらぼくを見ている。まっている。おりに入れられた動物みたいな気分だ。

にげられないなら立ちむかうしかない。トミーはまだもじもじしている。もう帰れ、二度と来るな、と伝えるには、どんな口調でいったらいいんだろう。お芝居《しばい》みたいな感じで？　それとも、ののしるように？　ののしり言葉って、こんなときこそ使うものじゃないだろうか。

ふと、おじいちゃんを見た。おじいちゃんのまなざしは母さんやトミーの両親のものとはちがった。うれしそうな顔をしろとか、トミーをハグしろとか、無言のプレッシャーをかけてくるような目じゃない。すんだ目で、これはやっかいなことになったなあ、でもおまえならできるよ、といっているみたいだった。

おじいちゃんはほほえんだ。ほんの少しだけど、たしかに笑って、うなずいた。

ぼくはトミーの近くへ行った。「わかった。話そう」

17

話したいといったのはむこうなのに、トミーはだまったままだった。ぼくの勉強机《べんきょうづくえ》のいすにすわり、うつむいてシクシク泣いている。ぼくはビーズクッションにすわっていた。例の穴《あな》のあいたやつだ。

太陽光で動く腕時計《うでどけい》を確認《かくにん》する。木星と地球の位置からすると、ふたりとも無言ですわったまま四分たった。たったの四分だけど永遠《えいえん》に思えるくらい長く感じる。このままここで歳《とし》を取って死んでしまうかもと思いはじめたとき、トミーがようやく口をひらいた――と思ったら、またとじてしまった。

これを何度かくりかえしたので――口をひらいてとじて、ひらいてとじて――とうとうぼくはいった。「ったく！　なにかいえよ！」

「ピーター、引《ひ》っ越《こ》すこともレイリーさんがうちを買うことになったのもいわなくてホントにごめんね」トミーが早口で一気にいったので、やけに長い単語みたいにきこえた。どこで言葉を区切ればいいのか数分間考えてから、やっと意味がわかった。

「何度か、いおうとしたんだよ。でも、きみが――」トミーはぼくをちらりと見たあと、目をそらした。「怒《おこ》るんじゃないかと思って」

なんてこった。ぼくが怒《おこ》ると思って引《ひ》っ越《こ》すことをいえなかっただって？　そっちのほうがよっぽど頭にくる！

怒《おこ》った口調にならないように気をつけながらいった。「どうして引《ひ》っ越《こ》すんだ？　引《ひ》っ越《こ》すことを知ったのはいつ？　すぐにもどってくる？　それとも、もうもどってこないのか？」

ききたいことは山ほどある。この一週間考えないようにしていた質問《しつもん》が次から次へとわいてきたけど、まずはそこからきこう。それならもじもじしているトミーをこわがらせずにすむ。

「お母さんがミシガン大学で天文学の教授《きょうじゅ》にならないかって、さそわれたんだ」そのあと、もっと小さい声でつづけた。「数か月前に」

「数か月前！　てことは、ぼくにいうチャンスが十万回はあったってことじゃないか！　引《ひ》っ越《こ》すことがわかってたのに、ぼくと遊んだり、中学校の話をしたりしてたのか。いっしょの中学校には行けないってわかってたのに」

トミーは鼻をすすって目をそらした。次に話しはじめたとき、トミーの声はふるえていた。まるでひとつひとつの言葉が綱《つな》わたりをしているみたいに。「ぼくはミシガンなんて行きたくないんだ。どこにも行きたくない。初めは引《ひ》っ越《こ》すなんてウソかもしれないと思って、きみにいえなかった。お母さんとお父さんが、レイリーさんに家を売るって決めたときも。これは本当のことだって100パーセント信じられるようになってからいおうと思ってたんだ。87パーセントとか、93パーセントとかじゃなくて。でも、二週間後に引《ひ》っ越《こ》すことになった」

「二週間後！」

トミーはいすにすわったまま、ますます小さくなった。「六月の最後の週末に、車でミシガンに行く」

立ちあがるとビーズクッションがザーッと鳴った。ぼくは部屋の中を行ったり来たりした。トミーのほうは見なかった。というか、とても見ることができなかった。

「そもそもミシガンって車で行ける距離《きょり》？」ミシガンがどのあたりにあるのか、正確《せいかく》には知らない。地理が得意《とくい》なのはトミーで、ぼくじゃない。でも、近くでないことだけはわかる。

「二日かかるんだ。だから、とちゅう、ナッシュビルで一泊《ぱく》する」

「ナッシュビル！」どうして大声になったのかは自分でもわからない。ナッシュビルのことなんか、なにも知らない。でもいまは、トミーがどこか知らない場所に行ってしまうと考えることすらたえられない。

「カントリーミュージックの聖地《せいち》だよ」トミーはボソッといって泣きはじめた。

トミーがぼくの前で泣くのは、これが初めてじゃない。アリゲーターからにげるときも、沼《ぬま》地《ち》に足がはまって動けなくなったときも、アボカドを取ってレイリーさんにつかまったときも泣いていた。ほかにもたくさんある。

なぜかトミーはいつも涙《なみだ》をぬぐわない。涙《なみだ》も鼻水も流れるままにするので、顔がぐっしょりぬれて、べとべとになる。それよりも最悪なのは、いつ泣きやむかわからないことだ。木星が百回太陽のまわりを回っても、まだ泣いているかもしれない。

でも、本当に最悪なのは、トミーが泣いているのを見ているとぼくの目もじんじんしてくることだ。人の涙《なみだ》も、アレルギーのもとみたいだ。最近はアレルギーを起こすものが多くて困《こま》る。

目をぎゅっととじて涙《なみだ》がひくのをまったけど、ちっともひかなかった。それどころか、目をとじていると、頭の中にある疑問《ぎもん》が大きくなってくる。

トミーがいないのに、どうやってカーター中学校に行けばいいんだ？

発見クラブはこれで終わり？

生き物発見ノートはどうなる？

おじいちゃんが認知症《にんちしょう》なのを知らないまま、トミーはミシガンに行くのか？

トミーに腹《はら》をたてるあまり、トミーという友だちはいないふりをしたし、そもそも最初からいなかったことにしようとした。そのほうが気が楽だったから。でもいま、トミーという友だちは実在《じつざい》していて、すぐ目の前にいる。そしてぼくは怒《おこ》っている。でも、ほかにもいろいろな感情《かんじょう》が混《ま》じりあっていて、その感情《かんじょう》のひとつひとつに、どうやってむきあえばいいのかわからない。そもそもどんな感情《かんじょう》が渦巻《うずま》いているのかさえ、よくわからない。

ベッドの端《はし》に腰《こし》かけて両手をぎゅっとにぎり、ふうっと息をはいた。「今日、ゾーイに会った」ぼくはいった。なにか話していれば、感情《かんじょう》が爆発《ばくはつ》しないですむかもしれない。中身がもれないようにこらえているビーズクッションのような気分だ。

「きみのお母さんからきいたよ」トミーがしゃっくりの合間にいった。トミーは泣くと、いつもしゃっくりが出る。「元気だった？」

「しばらく様子を見るしかないって」このいい方はきらいだけど。「七月の終わりに、フロリダ・マナティー協会がインディゴ川ボートクラブの会合で話をするっていってた。ぼくも参加して、みんなの心を動かすようなスピーチをしようと思ってる。ボートクラブの会員に、マナティーをいっしょに守りましょうって訴《うった》えるつもり。ゾーイに起こったようなことが、もう二度と起きないように」

この話をしていると心が軽くなった。トミーがいなくなること以外の話をしていたい。

「いっとくけど、これは母さんにはないしょだからな。レイリーさんを怒《おこ》らせるようなことをするのがバレたら、きっと行かせてもらえない」

「すごいね。なにを話すの？」トミーが涙《なみだ》で声をつまらせながらいった。

「うーん……まだ決めてない。でも、なにか考える。なにかすごいのを。人生を変えるようなすごいのを」

トミーはこぶしで鼻水をぬぐった。「リサーチが必要だね。あとデータも。適切《てきせつ》なデータがいるね」

「ああ、だな」もちろん、適切《てきせつ》なデータは必要だ。でも、どういうのが〝適切《てきせつ》〟なんだろう。

「前に『サイエンス・デイリー』で〝説得《せっとく》の心理学〟ってのをやってた」トミーはまだ泣いているけど、興奮《こうふん》しているみたいだ。「完璧《かんぺき》な理論《りろん》を組みたてるのが大切らしいよ。少なくとも、完璧《かんぺき》に見せるのが大切だって」

「もちろん完璧《かんぺき》な理論《りろん》をつくるつもりだよ。それで……」ぼくはトミーを見て、ひとつ息をついた。「手伝ってくれるよな？」

トミーは目をパチパチさせた。「え、ぼく？」

ぼく自身もおどろいた。トミーよりおどろいていたと思う。ぼくはいったいなにをいってるんだ？　ずっと本当のことをかくしていたトミーに手伝ってほしいなんて。

でもそれは、自分の頭の中に、ある作戦が浮《う》かんでいたからだと気づいた。最初は無意識《むいしき》だったけど、だんだんはっきりと見えてきた。そうだ、トミーに手伝ってもらうことにすればいいんだ。最高にいい作戦だ。

「あと二週間だっけ?」

「うん、あと――ヒック――二週間」

「じゃあ、あと二週間で完璧《かんぺき》な理論《りろん》を組みたてて、マナティーを守ってもらえるように、ボートクラブの会員を説得《せっとく》しよう」すごくいいことをいったと思う。有言実行する人って感じだ。

「でも、レイリーさんがこのことを知ったら?」

「なにかしてくるかな?」

「ぼくたちの家を買う代金は、まだはらってもらってないんだ。やっぱり買うのはやめるっていいだすかもしれない。それか……えっと……ぼくたちをまたトラブルに巻《ま》きこむかも」

母さんはいっていた。「レイリーさんは困《こま》らせないほうがいい人なんだよ」

でも、ぼくはレイリーさんなんてこわくない。これまで、こわいと思ったこともない。それに、レイリーさんはぼくの天敵《てんてき》だ。レイリーさんを困《こま》らせることこそ、ぼくの仕事だ。

「ぼくはやるよ。やらなきゃならない。おまえはどうする、フォックス? やるか?」立ちあがってトミーのほうに手を差しだした。

トミーはぼくの手を見つめた。少しのあいだ、部屋はしんとなった。トミーのしゃっくりと鼻をすする音しかきこえない。ぼくがのばした腕《うで》は宙《ちゅう》ぶらりんのままだ。やっぱりだめかなと思いはじめたとき、トミーが立ちあがってほほえみながらぼくの手を取った。「やるよ、ファルコン」

トミーの手には鼻水がついていて、げっと思ったけど、笑顔《えがお》を見たら心が晴れた。なにもかももとどおりになったみたい。秘密《ひみつ》の作戦もうまくいきそうだ。

秘密《ひみつ》の作戦とはこうだ。ボートクラブの会合の準備《じゅんび》を手伝ってもらってトミーをいそがしくしておけば、たぶん——あくまで、たぶんだけど——ミシガンなんかに行っている場合じゃないとわかってくれるだろう。ここが自分のいるべき場所で、ここでぼくといっしょに世界を救《すく》うんだって、きっと思ってくれる。トミーの両親もわかってくれるはずだ。トミーはここにいるべき、ぼくといるべきなんだって。

トミーを忘《わす》れようとするよりも、ずっといい考えだ。この作戦がうまくいけば、もう忘《わす》れる必要はない。

そう考えたら心が軽くなった。果汁《かじゅう》をしぼりきったレモンみたいに。

トミーとがっちり握手《あくしゅ》をした。「やるぞ」ぼくはいった。

「うん――ヒック――やろう」

18

生き物発見ノートにゾーイのことを書きおわったあとも、ウェスト・インディアン・マナティーについて学ぶべきことはたくさんあった。完璧《かんぺき》な理論《りろん》を組みたてて、マナティーを守るべきだとボートクラブの会員に納得《なっとく》させたいなら、なおさらだ。

調べてわかったのは、ウェスト・インディアン・マナティーは、ぼくたちが生まれる前の一九七〇年代に絶滅《ぜつめつ》しかかっていた、ということだ。想像《そうぞう》しただけでゾッとする。もし、そのときに絶滅《ぜつめつ》していたら、ゾーイには会えなかったことになる。キャシディやビリーにも会えなかった。フロリダ・マナティー協会は存在《そんざい》すらしていなかったはずだ。

でも、幸運なことに、動物愛護運動家《どうぶつあいごうんどうか》や自然保護活動家《しぜんほごかつどうか》がウェスト・インディアン・マナティーを保護《ほご》しようとがんばった。そのおかげで、いまフロリダには何千頭ものマナティーがいる。すごいことだ。

それでも、いまだにマナティーはたくさんの脅威《きょうい》にさらされていて、いつ絶滅《ぜつめつ》してもおかしくない。じっさい、ウェスト・インディアン・マナティーは国際自然保護連合《こくさいしぜんほごれんごう》（IUCN《アイユーシーエヌ》）から絶滅危惧種《ぜつめつきぐしゅ》に指定されている。

マナティーの死には人間が多くかかわっている。いちばん多いのはボートとの衝突事故《しょうとつじこ》だ。レイリーさんもぜったいゾーイにぶつかったはずだ。でも、マナティーを守るためにボートの所有者ができることはたくさんある。たとえば、運河《うんが》の速度制限区域《そくどせいげんくいき》では制限《せいげん》を守るとか、水深の深い水路だけを走行するとか（たいていマナティーは水深の浅いところにいる）、水の中にゴミをすてないとか。

偏光《へんこう》サングラスをかけるのもいい方法だ。これをかけると水面に反射《はんしゃ》する太陽光がカットされるので水の中がよく見え、まわりにマナティーがいないか確認《かくにん》しやすい。

「『偏光《へんこう》』ってどんなつづり?」ぼくはきいた。

「P-O-L-A-R-I-Z-E-D」トミーが答える。

トミーがパソコンでマナティーを保護《ほご》する方法について調べ、ぼくはトミーの部屋のクローゼットにあった模造紙《もぞうし》に、大事なポイントを書いていった。この模造紙《もぞうし》はトミーが四年生のときの自由研究で「光の屈折《くっせつ》」とかいうものについて調べたときに使ったものだ。その裏《うら》にマナティーのことを書いていった。

「ケガをしているマナティーを見つけたボートの所有者は、すぐにフロリダ海洋生物委員会に――」

「ちょっとまって！　まだ偏光《へんこう》サングラスのところ、書きおわってない」いつもなら字を書くのは速いのだけど、いまはマジックで一文字一文字、色を変えながら、めだつように書いている。ポスターは目をひくようなものにしないとならない。

ボートクラブでのスピーチにポスターを使うのは、ぼくのアイデアだ。たくさんの人の前で話すとき、ちゃんとした人が大事なことを話していると思わせるには、なにかを指ししめしながら話すのがいい。パソコンでスライドをつくればいいんじゃないかとトミーはいったけど、会合が行われる場所にプロジェクターがあるかどうかはわからない。それに、トミーは自由研究で使ったこの模造紙《もぞうし》を、ちょうどすてようとしていた。親から引《ひ》っ越《こ》し先にもっていく荷物を減《へ》らすようにいわれていたから。

そう、荷づくりは着実に進んでいた。今週は母さんが仕事から帰ってきたあと、毎晩《まいばん》トミーの家に来ているけど、来るたびに段《だん》ボール箱がすごい勢《いきお》いで増《ふ》えている。トミーは本当に引《ひ》っ越《こ》してしまうようだった。段《だん》ボール箱を目にすると、部屋の中が遊園地の乗り物みたいにぐるぐる回って気もちが悪くなる。

でも、あと九日間で引《ひ》っ越《こ》しなんてしてる場合じゃないとトミーに思わせればいい。九日間あれば、いろいろなことが起こるだろう。日が長い夏の九日間だからなおさら。永遠《えいえん》みたいなものだ。

「ケガをしているのを見つけたら、なんだって？」ぼくはいった。

「ケガをしているマナティーを見つけたボートの所有者は、すぐにフロリダ海洋生物委員会に知らせなくてはいけない。電話番号は８８８――」

「ちょっとまって！」めだつように大きく書くには時間がかかることを、トミーはわかっていない。

ぼくが字を書いていると、トミーがいすをくるりと回してこちらをむいた。「これ、きみの家でやらない？」

「無理だよ。母さんにはないしょにしておかなくちゃ」

「わかってる。でも、明日、きみのお母さんが仕事に行ってるあいだなら――」

ぼくは首をふった。「リスクが高すぎる」

そっか、とトミーがうなずいて、ボソッといった。「ぼくはただ、いまの自分の部屋がいやなんだ」また泣きだすのかな。先週末にぼくの家で話をしてから、トミーは急に泣きだすことがあった。そのたびにぼくのアレルギーもひどくなる。

正直にいえば、ぼくだっていまのトミーの部屋は好きじゃない。でも、まだトミーにはおじいちゃんの病気のことは話していないし、この夏ぼくがお世話係をやっていることもいっていない。

おじいちゃんが認知症《にんちしょう》だと知っても、トミーはへんな態度《たいど》を取ったり、いじわるをいったりするやつじゃないのはわかっている。すごくやさしいことをいってくれると思う。でも……おじいちゃんの具合がよくなったら、だれにも認知症《にんちしょう》のことをいわなくてすむはずだ。トミーにいってしまったらおおごとになる気がするし、いまよりおおごとになるのは、たえられない。

だから、トミーのこれまでの生活が段《だん》ボール箱につめこまれていくのを見るのはいやだけど、とりあえずトミーの家が完璧《かんぺき》な理論《りろん》を組みたてるための作戦本部だ。

それに、悪いことばかりじゃない。トミーの両親がスナック菓子《がし》やオレンジ・ソーダをたくさんもってきてくれるし、そのたびに、ぼくたちふたりが楽しくやっているところを見てもらえる。そしたら、トミーの居場所《いばしょ》はここだってわかってくれるはずだ。

「オーケー。海洋生物委員会の電話番号のつづきは？」

電話番号を書きおえ――数字ごとに色を変えて書いた――ほかにポスターに追加することをトミーがいってくれるのをまっていたけど、それ以上なにもいわなかった。キャスターのついたいすにすわってくるくる回っている。「ボートクラブの会員が知らなきゃいけないことは、それくらいだと思うよ」

ぼくはポスターの空白部分を見つめて、まゆをしかめた。「あと五つくらい書くスペースがある」

「あいてるところに絵をかいたらいいんじゃない？」

たしかに、それも悪くない。最近ずっとマナティーの絵をかく練習をしているから、すごくうまくなった。

でも、もっといい考えが浮《う》かんだ。マナティーの保護《ほご》についてさらに学べて、フロリダはすごくいいところではなれられない、とトミーに思わせる方法がある。

「よし、トミー。エメラルド・スプリングス州立公園に行こう」

19

キャシディの車はおんぼろだとトミーに警告《けいこく》しておくのを忘《わす》れていた。車が深いねむりから目覚めたモンスターみたいな音をたてると、後部座席《こうぶざせき》でぼくのとなりにすわっていたトミーは、恐怖《きょうふ》のあまり目を見ひらいた。国道に合流するときにキャシディがヒャーとさけぶと、トミーはぼくの腕《うで》にギュッとつめをたてた。

「いたっ！」

トミーは手をゆるめたけど放しはしない。「このあいだ、『サイエンス・デイリー』で恐怖《きょうふ》を感じたときの体の反応《はんのう》についてやってた。ぼくはいま、その症状《しょうじょう》が全部出てる」

「あたしも『サイエンス・デイリー』大好き！」キャシディがいった。「タコの知性《ちせい》についての回、きいた？　タコってすごく頭がいいんだってね。それって、ちょっとこわいけど」

昨日、キャシディに電話をしたら、上司のマリー・リュウが、来月ボートクラブでぼくがスピーチをするのに賛成《さんせい》してくれたといっていた。だから、母さんの許可《きょか》ももらったよ、と伝えておいた。ウソだけど。ウソをつくのはきらいだけど、いいことのためにつくなら、まあいいかなと思っている。トミーによると、道徳とは相対的なものだという意見もあるらしい。どういう意味かよくわからないけど、とにかく、今回のことでぼくがキャシディにウソをつくのは悪いことじゃないって意味だと思う。

昨日の電話で、今日ぼくとトミーをエメラルド・スプリングス州立公園に連れていってほしいとキャシディにお願いした。そうすれば、キャシディやビリーにマナティーの保護《ほご》についていろいろ質問《しつもん》をして、ボートクラブでのスピーチに生かすことができる。そしたらキャシディはいった。「トミーって名前の友だちはいないんじゃなかったっけ？」

だから、こう答えておいた。「状況《じょうきょう》は常《つね》に変わるんだよ」

というわけで、いまトミーとぼくは、キャシディの車の後部座席《こうぶざせき》にいる。完璧《かんぺき》な理論《りろん》を組みたてるミッションを遂行中《すいこうちゅう》だ。

というか、メインのミッションはそれだけど、じつは秘密《ひみつ》のミッションもある。フロリダにはまだ見たこともない場所があるんだってトミーに思わせること。エメラルド・スプリングス州立公園を見たら、だれがミシガンなんかに引《ひ》っ越《こ》したいと思う？

州立公園に着くと、ぼくは公式のツアーガイドみたいにふるまった。「まずはボブキャットのおりにご案内します」大きな声で歌うようにいった。知らない人がこっちを見ているけど、気にしない。ツアーに参加したければどうぞご自由に。

「えっと、ビリーに話をききにきたんじゃなかったっけ？」キャシディがいった。

「うん。トミーに全部見せおわったらね」本当は、もうあと数分もしたら愛《いと》しの君に会えるよっていってやりたかったけど、やめておいた。その気になれば、ぼくだって余計《よけい》なことをいわないでいられる。

「すごいところだね」ツアーの最初の地点に行くと、トミーがいった。「ちょうどボブキャットの記事を読んだところなんだ。夜行性《やこうせい》だから、野生のボブキャットはめったに見られないらしい。泳ぎがうまいって知ってた？　ネコ科の動物は泳ぐのがきらいだってみんな思ってるけど、そうでないのもいるらしくて……」目を大きく見ひらいてあまりにも早口でしゃべるものだから、言葉がもつれている。これまでのところ、秘密《ひみつ》のミッションは大成功だ。

ボブキャットのあとも、通路という通路を全部トミーに見せてまわった。アメリカシロヅル、サイ、それからヒョウ。トミーはたくさんメモを取り、スマホでたくさん写真をとっていた。動物の説明が書いてある看板《かんばん》とか、野生だとどのあたりに生息しているかを示《しめ》した地図まで。

カバのおりの前では、カバが池にザブンと入るまでねばった。トミーは写真をとり、ぼくは金網《かなあみ》にしがみつくようにして見ていた。

「ここにいる生き物を発見生物として数えたら、生き物発見ノートは今日で完成するのにね」トミーがいった。

たしかに。トミーのリュックには生き物発見ノートが入っている。そうしたい気もちでいっぱいだった。あと少しで完成するんだから。このあいだ六つの水玉模様《みずたまもよう》があるハンミョウ（発見番号97）が、ぼくのビーチサンダルにとまっているのを見つけたところだ。

でも、いそぐことはない。夏休みはまだまだある。トミーとトミーの家族がずっとフロリダに残ることになったらの話だけど。

「発見クラブのルールは守らなくちゃ」ぼくはいった。「飼育《しいく》されてる生き物はカウントしない」

「発見クラブってなに？」急にキャシディの声がしたのでおどろいた。後ろにいるのを忘《わす》れていた。

トミーとぼくは顔を見合わせて、おたがいの反応《はんのう》をさぐりあった。発見クラブの話はクラブ員以外にはしないことにしている。つまり、ぼくたち以外の人には話さないということだ。もちろん、両親は別。生き物をさがしに車で連れていってもらうときもあるから。おじいちゃんも例外。おじいちゃんには全部話している。

でも、ぼくはキャシディが大好きだし、秘密《ひみつ》を話してもいいんじゃないかと思った。トミーにむかってうなずくと、トミーが生き物発見ノートを取りだした。

「発見クラブの目的は、生き物発見ノートを完成させることなんだ。見つけた野生の生き物をすべて記録してる」ぼくは説明した。「それぞれ二ページを使うんだ。こんなふうに。片方《かたほう》のページにはぼくが絵をかいて、もう片方《かたほう》にはトミーが説明を書く」

キャシディは笑顔《えがお》でページをパラパラとめくった。ぼくとトミー以外の人が生き物発見ノートを手にしているところを見るなんて、なんだかちょっとへんな気分。すぐ取りかえしたい気もしたけど、そうしないように両手をポケットにつっこんだ。ぼくはキャシディを信じている……つまずいてカバの池に落としたりしないかぎりは。

「すごくいいね」キャシディがいった。見まちがいかもしれないけど、ちょっと目がうるんでいる。キャシディはトミーに生き物発見ノートをていねいに返した。「きみたちくらいの歳《とし》のころ、あたしにもふたりみたいな友だちがいたらよかったんだけどなあ」

「いま、ぼくたちがいるじゃないか」ぼくはいった。

「友だち認定《にんてい》してもらえるの？」

「もちろんだよ。だから生き物発見ノートを見せたんじゃないか」

キャシディはほほえんだ。きっといま、自分が特別な存在《そんざい》だと感じていると思う。

州立公園の奥《おく》にたどりつくまでに、トミーはすべての動物の写真をとり、三十回はくしゃみをした。どうやら州立公園にもアレルギーのもとがあるらしい。ぼくたちは三人とも汗《あせ》びっしょりになった。

「今日は一時間以上、直射日光《ちょくしゃにっこう》を浴びてたら、18パーセントの確率《かくりつ》で熱中症《ねっちゅうしょう》になるって、お父さんがいってた」トミーが息を切らしながらいった。「症状《しょうじょう》が出てないかどうか、気をつけていないと。気分が悪くないかとか、息がしづらくないかとか――」

「ぼくは最高に気分がいいよ」肌《はだ》がヒリヒリして息もしづらかったけど、そう答えた。「フロリダは日光をたくさん浴びられて最高だな。お日様があまり照らないところで暮《く》らすのはさびしいだろうなあ。北のほうとかさ。なあ？」

トミーがグスグスと鼻を鳴らす。キャシディがぼくを見てまゆをしかめたので、ぼくは肩《かた》をすくめた。「あくまでぼくの意見だけどね」

マナティー・リハビリセンターに行くと、ビリーが大きなプールの横にすわって、クリップボードになにか書きつけていた。今日も頭から足の先までカーキ色だ。きっとカーキ色の服しかもっていないんだろう。変わった人だ。

「ピーター！」ビリーはそういって、ぼくの背中《せなか》をバシッとたたいた。予想していなかったから、思わずたおれそうになった。

今回、ビリーとキャシディは同時にハグしようとした。前回よりぎこちなくない。進歩している。

「ビリー、こいつはトミー」ぼくはいった。「トミー、この人がビリーだよ」

「やあ。きみもマナティーのファンなの？」ビリーがいった。

トミーはうつむいて、自分のテニスシューズを見つめている。トミーは知らない人がいると、すごく緊張《きんちょう》することがある。ぼくは肩《かた》でトミーをこづいた。「トミーは生き物のことをよく知ってるんだ。このあいだ教えてくれた言葉、なんだっけ？　えっと……なんとか発光？」

「生物発光」トミーが顔をあげていった。「生物が自分の体内で光を生成することだよ。だからホタルは光る。海の生き物にも発光するものがたくさんいる」

「よく知ってるなあ！」ビリーがいった。

トミーは、はにかんで笑った。

「ゾーイはむこうにいる。行こうぜ！」ぼくはいった。

ぼくは隔離用《かくりよう》プールにむかって走りだしたけど、トミーはためらっている。ビリーとキャシディの前で恥《はじ》をかかせたくなかったので、ぼくは歩いてもどり、トミーの耳もとでささやいた。「マナティーのプールに波はないからだいじょうぶだよ、フォックス」

トミーははっと息を飲んで、うなずいた。いっしょにプールぎわまで行くと、ゾーイが目の前にぷかりと浮《う》かんできて、トミーにむかって息をはいた。

「キャベツのにおいがする」トミーが鼻にしわをよせながらいった。とてもうれしそうだ。ときどき思うのだけど、トミーは人といるより動物といるほうが居心地《いごこち》がいいみたいだ。ぼくにもその気もちはよくわかる。

「傷《きず》が少しよくなってる。なおってきたみたいだね」ぼくはいった。

「前よりよく泳いでる」キャシディがビリーといっしょにぼくたちの後ろまで来ていった。

「ゾーイは元気にしてるよ。食欲《しょくよく》もすっかりもどってるしね！」ビリーがいった。

「じゃあ、レタスをあげてもいい？」ぼくはきいた。

「いまは食事と食事のあいだの時間だし、ここのスタッフしかあげちゃいけないことになってるんだ。ごめんな」

「レタス一個《こ》だけでもだめ？」どうかお願いしますって訴《うった》えるように大きく目をひらいて、精《せい》一杯《いっぱい》、無邪気《むじゃき》な表情《ひょうじょう》をつくった。

「うーん……」ビリーはうなりながらキャシディを見た。ときどきぼくがおじいちゃんやトミーとやるみたいに、ふたりは顔の表情《ひょうじょう》を変えたり、うなずいたり肩《かた》をすくませたりしながら、ほかの人にはわからない秘密《ひみつ》の言葉を交《か》わした。

「わかった。いいよ。でも一個《こ》だけだぞ」

トミーとぼくはロメインレタスをひとつ、ゾーイに食べさせることができた。これはたぶん、いままでで最高の経験《けいけん》だ。レタスをちぎって水の中に投げてやり、ゾーイが灰色《はいいろ》の大きな掃除機《そうじき》みたいに一枚《まい》一枚《まい》吸《す》いこんでいくのをながめた。すごく優秀《ゆうしゅう》なお世話係になった気分だ。一枚《まい》食べるごとにゾーイの体が強くなっていくところを想像《そうぞう》してみる。急に笑いがこみあげてきた。ゾーイの食べる姿《すがた》が、なんだかおかしくて。

ぼくが笑うと、トミーも笑った。笑いって、こんなふうに伝染《でんせん》するものなんだ。ほかの感《かん》情《じょう》もそうなのかな。悲しみ、怒《いか》り、喜《よろこ》びなんかも伝染《でんせん》するんだろうか。たぶん、ゾーイといるときのぼくはそうだ。ゾーイの平穏《へいおん》な気もちが伝わってくる。

ゾーイにおやつをあげたあとは、完璧《かんぺき》な理論《りろん》を組みたてるために、キャシディとビリーに質問《しつもん》しまくった。「ボートにはプロペラガードをつけたほうがいいんですか？」とか「絶滅危《ぜつめつき》惧種《ぐしゅ》にならないためには、どれくらいマナティーがいればいいんですか？」とか「偏光《へんこう》サングラスはどこに行けば買えますか？」とか。

「なにもかも話そうとしなくていいんだよ。マリアとあたしも話すし」キャシディがいった。

「スター総出演《そうしゅつえん》だな！」ビリーはそういうと、ぼくとトミーのほうをむいた。「マリア・リュウはマナティーの保護活動《ほごかつどう》をしている人のあいだでは伝説的な存在《そんざい》なんだ。だれよりもマナティーにくわしいし、ずっとマナティー保護《ほご》のために闘《たたか》ってきた人だ」

そうきいて、マリア・リュウはぼくのヒーローになった。

「あれ、ちょっとまって」ビリーがいった。「キャシディは人前で話すの、苦手じゃなかったっけ？」

「ぜんぜん！　ていうか、それほど苦手じゃないよ」あきらかにウソだ。でも、道徳って相対的なものらしいから、きっとこのウソも問題ない。

「ホントに？　キーウェストでマナティーの食事についてプレゼンするとき、バケツにはいてなかったっけ？」

「それは……」顔を真っ赤にしたキャシディがぼくたちのほうを見ながらいう。「熱中症《ねっちゅうしょう》だったのよ」

「それで、キャシディとマリアはなにについて話すの？」話をそらしてあげたほうがいいと思って、ぼくはいった。

「完璧《かんぺき》な理論《りろん》を組みたてたいなら、なにをするべきか、だけじゃなくて、どうしてそうしなくてはならないか、って話をしたらいいと思う」ビリーがいった。

「どういう意味？」

ビリーがゾーイのほうをあごで示《しめ》しながらいった。「どうしてボートクラブの会員はマナティーに気をつけなくちゃいけないのかな？」

くだらない質問《しつもん》に思えた。なにから答えればいいのかよくわからない。「とにかく、そうしなくちゃいけないんだ。だって……つまり……なんていうか……」

「マナティーはフロリダ沿岸《えんがん》の生態系《せいたいけい》を構成《こうせい》する大切な動物だからだよ」トミーがかん高い声でいった。

「そう。だから絶滅《ぜつめつ》させてはいけないの」キャシディがいった。「ひとつの種がいなくなると、回り回って地球上にいるほかの種にも影響《えいきょう》が出る。人間も例外じゃない」

「それに、マナティーは最高にカッコいい動物だしな」ビリーがいった。「ほら、見てみろよ！」

ゾーイのビーズみたいな目をまっすぐに見た。息を吸《す》ってはきながら、静けさが体じゅうに満ちていくのを感じる。そのとき、おかしな気もちになった。なんていうか、たぶんだけど、ゾーイの魂《たましい》が見える気がした。そして、ゾーイにもぼくの魂《たましい》が見えている気がした。

へんなことをいっているのはわかっている。魂《たましい》なんて目に見えるわけがない。トミーなら、魂《たましい》なんて科学的じゃないって、きっというだろう。

でも、科学で説明のつかないことも世の中にはある。少なくとも、いまはまだ解明《かいめい》できていないこともある。

しばらくのあいだ、ぼくたちはそのままでいた——目と目で、魂《たましい》と魂《たましい》でつながったまま。まわりは、しんとしていた。ゾーイを見つめたままぼくはいった。「マナティーも人間と同じ生き物だ。きっと人間と同じように安全に暮《く》らしたいと思ってる。ちょっと変わってるけど、すごくきれいな生き物だ。それに、とってもおだやかだ。人間がマナティーを傷《きず》つけるのはフェアじゃない。だって——」そこまでいって、ぼくは唇《くちびる》をかんだ。それ以上いったら、すごいアレルギーを起こしそうだったから。

「そう、それだよ」ビリーがいった。「それがきみの論点《ろんてん》だよ」

キャシディがぼくにむかってほほえんだ。その笑顔《えがお》を見ていたら、先週末、ぼくの部屋でトミーが泣きながらほほえんだときのことを思いだした。ふたりの笑顔《えがお》が似《に》ていたからじゃなくて、ふたりの笑顔《えがお》がぼくを同じ気もちにさせたからだ。うれしさと悲しさをごちゃまぜにしたスムージーみたいな気もちに。

トミーがぼくの肩《かた》に手をかけた。トミーの手は、さっきぼくの背中《せなか》をたたいたビリーの手とはぜんぜんちがう。まるでチョウが肩《かた》にとまったみたいだ。足をふるわせたチョウみたいに、トミーの手がふるえている。へんな気分だったけど、ぼくは動かなかった。そのままじっとそこに立っていた。トミーと、キャシディと、ビリーといっしょに。

ゾーイはぼくたちの近くをゆらゆらと泳いでいた。泳ぎ方を思いだすかのようにゆっくりと尾《お》びれを動かしながら、もぐったり浮《う》かびあがったりしている。自分の調子をたしかめるように。ぼくの心の傷《きず》はまだいたむし、目もじんじんしているし、熱中症《ねっちゅうしょう》のせいなのか頭もふらふらしているけど、いますぐ時間を止めたかった。いまこの時間が、永遠《えいえん》につづいてほしかった。

20

ぼくの家はトミーの家に行くとちゅうにあるので、キャシディはまずぼくの家の前で車をとめた。でも、ぼくはすぐには車を降《お》りなかった。母さんが玄関先《げんかんさき》でだれかと話をしていたからだ。だれだかはよく見えない。車の後部座席《こうぶざせき》で窓《まど》ガラスに顔をくっつけて外を見ていると、母さんがぼくに気づいた。母さんがこっちにむかって手をふると、そのだれかもくるりとふりむき、日に焼けたしかめっつらが見えた。

「あの人、このあいだのニュースできみが指さしてた人じゃない？」キャシディがいった。

「これまでのことを考えると、これは87パーセントの確率《かくりつ》で、よくない展開《てんかい》だ」トミーは小声でそういうと、レイリーさんから見えないように後部座席《こうぶざせき》で身をかがめた。

「かんべんしてくれよ」ぼくはぼやいた。

州立公園に連れていってくれてありがとう、とキャシディにお礼をいって車を降《お》り、どしどしと庭を横切っていった。いったい、うちになんの用だ？　最近は迷惑《めいわく》をかけるようなことはしていないから、文句《もんく》をいいにきたはずはない。まあ最近といっても、レイリーさんを指さした動画が広まって、地元のニュースでぼくが有名になってからは、ってことだけど。

庭の中ほどまで行くと、母さんがいった。「ピーター、ガレージのほうから家に入ってくれる？　わたしもすぐに入る」

母さんの声はかたかった。電話で父さんにむかって「ええ、仕事はうまくいってる」とか「ええ、父も元気よ」とか「いいえ、養育費《よういくひ》以外は必要ない、気もちだけ受けとっておく」とかいうときと同じだ。

レイリーさんは顔をしかめながら、横目でぼくをちらりと見た。だから、ぼくも顔をしかめながら横目で見かえしてやった。でも、いまはまだ直接《ちょくせつ》対決するときじゃない。まだいろいろと調べている段階《だんかい》だ。

ガレージに入ると見せかけて、母さんとレイリーさんから見えないところまでくるとすぐに身をかがめ、家の壁《かべ》ぎわに生えている低木の茂《しげ》みのかげを通って、こっそり玄関《げんかん》に近づいていった。茂《しげ》みと家のあいだのスペースはすごくせまいので、とがった枝《えだ》が腕《うで》や足にこすれる。思わず「いたっ！」といいそうになるたび、唇《くちびる》をかんでこらえた。何度も唇《くちびる》をかむはめになった。

やっと、ぬすみぎきできるくらい近くまで来た。

「ビエラ・ストリートの家は、あと数週間で準備《じゅんび》できそうだ」レイリーさんがいう。

すると母さんがいった。「修繕《しゅうぜん》が終わったら、住宅診断士《じゅうたくしんだんし》をむかわせますね」

「まちがいなく、あの家の価値《かち》は上がっとるぞ。照明もエアコンも新しくしたし、壁《かべ》もぬりなおしたからな。いろいろと手をかけてある」

「床《ゆか》はどうなってます？」

レイリーさんがあごをゴリゴリ鳴らす音がきこえる。「床《ゆか》もやることになってたかな？」

「ええ。床《ゆか》もはりかえるつもりだって、おっしゃってましたよ」

「そうか、わかった。腕《うで》のいい職人《しょくにん》を知ってる」

え？　ぼくのききまちがい？　母さんとレイリーさんが、いっしょに仕事してるってこと？

「不動産ってのは、つくづくありがたいものだ」レイリーさんがいった。「エレーンは宝《たから》くじの賞金《しょうきん》をまるまる貯金《ちょきん》したいといったんだが、わたしはそのお金を元手に、中古の家を修《しゅう》繕《ぜん》して高く売るビジネスをやろうと思ってな。手はじめに、ソンダースの家を買って、いま住んでる家は修繕《しゅうぜん》して売ることにした」

「いつごろ売りに出せそうですか？」

レイリーさんがゴホンとせきをすると、茂《しげ》みのかげにいるぼくから五、六センチはなれたところにツバがとんできた。うえっ。「ソンダース夫婦《ふうふ》と、あのトミーって子が出ていったら、ふたりですぐに引《ひ》っ越《こ》すつもりだ」

「あら、そうなんですか？　昨日、ぐうぜんエレーンに会ったんですけど、引《ひ》っ越《こ》しがいつになるかはわからない、っておっしゃってました。ききましたよ、あのこと……」母さんが小声になった。

レイリーさんがうなった。「エレーンは頭が混乱《こんらん》しとるんだ。そのうち、離婚《りこん》したいなんてバカなことはいわなくなるさ。ソンダース一家が出ていったら、ふたりで引《ひ》っ越《こ》すつもりだ。ソンダースにはきれいに掃除《そうじ》してから出ていくようにいっておいた」

頭がいそがしく回転した。レイリーさんの奥《おく》さんが離婚《りこん》したがってる？　そういえば数週間前、奥《おく》さんはこんなことをいっていた。「じつはね、わたしも生活を変えようと思ってるの」

「いっしょにお仕事ができるのを楽しみにしてます」母さんがいった。のどになにかつまったような声だった。

レイリーさんが笑った。「こちらこそ！　わたしのおかげで最優秀社員賞《さいゆうしゅうしゃいんしょう》は確実《かくじつ》だな！」

「賞《しょう》のためにやってるわけじゃありません」母さんの声はさっきよりもトゲトゲしていた。

レイリーさんがまた話しはじめた。すごく低い声でよくきこえないので、鼻をつまんで目をとじて、声に集中する。「息子《むすこ》に首をつっこむなといっておくんだぞ。いいな？　これ以上やっかいなことをしたら、ほかの不動産屋に変えるからな」

茂《しげ》みのかげからとびだして文句《もんく》をいいたいのを、ぐっとこらえた。体じゅうがブルブルとうなるようにふるえている。離陸寸前《りりくすんぜん》のロケットみたいだ。

でも、ぼくはじっとしたまま、母さんがいうべきことをいってくれるのをまった。怒《おこ》ったときの母さんがすごいのは知っている。これまではレイリーさんに愛想《あいそ》よくしていたし、いっしょに仕事までしようとしているけど、もうがまんの限界《げんかい》のはずだ……。

でも、母さんはなにもいわなかった。

気づいたらレイリーさんが庭を大またで歩いて帰るところで、玄関《げんかん》のドアもしまろうとしていた。ぼくはかがんだまま茂《しげ》みの根もとに落ちているレイリーさんのツバをながめた。

信じられない。母さんがレイリーさんのために家を売るなんて信じられない。あんな話し方をさせておくなんて信じられない。ぼくのことをあんなふうにいわせておくなんて。

道路まで出ると、レイリーさんは上をむいて猟犬《りょうけん》みたいに鼻をくんくんさせた。「これは嵐《あらし》になるな」だれにいうともなくいっている。なんでだろう。空は晴れていて雲ひとつないのに。

レイリーさんが道路の真ん中に立っていると、トミーを家まで送って折りかえしてきたキャシディの車が来た。あやうくレイリーさんにぶつかりそうになり、キャシディが急ブレーキをかけた。キキーッとすごい音がした。火をふかなかったのが不思議なくらいだ。

「おい、気をつけろ！」レイリーさんはどなりながら車のボンネットをたたいた。ひどいなあ。ただでさえボロボロの車なのに。

キャシディが窓《まど》から顔を出した。「やだ、ごめんなさい！　カーブで視界《しかい》が悪くて。よく見えなかったんです」

レイリーさんは、もういい、と手をふると、ゆっくりと時間をかけて道路をわたっていった。まるでそこが自分の土地であるかのように。すべてが自分のものみたいに。

レイリーさんなんてきらいだ。

大きらいだ。もうたえられない。

イライラしていたら、自分がとっくに家に入っているはずだったことを忘《わす》れていた。

レイリーさんの姿《すがた》が見えなくなると、キャシディの車はノロノロと走っていき、ぼくはいそいで茂《しげ》みからぬけだし、ガレージを通って家に入った。頭にきているのと、わけがわからないのと、そのほかもろもろのことで、心臓《しんぞう》がバクバクいっていた。

母さんはキッチンで手紙を仕分けていた。「あら、そこにいたの。ふたりとも州立公園は楽しめた？」

「うん、まあね」平気な顔でいったけど、本当はぜんぜん平気じゃない。

レイリーさんだけでなく、母さんにも腹《はら》がたっていた。めちゃくちゃ腹《はら》がたっていた。ぼくの悪口をだまってきいていたことに。宝《たから》くじであたったお金で家を買ったり売ったりしようとしているレイリーさんと仕事をすることに。それをぼくにないしょにしていたことに。

でも、ふたりの会話をぬすみぎきしていたことを知らせるわけにはいかない。すごく怒《おこ》られるだろう。だから、心の中でふつふつとわきたっている、このいやな感情《かんじょう》も、表に出すわけにはいかない。

感情《かんじょう》が爆発《ばくはつ》しないうちに、母さんから遠ざかった。おじいちゃんはリクライニングチェアにすわって、よくわからないデザイン画をかいている。

「それ、なに？」ぼくはきいた。

おじいちゃんがまゆげをピクリと動かした。毛虫がおどっているみたいだ。「ゾーイのためのものだ」

そのとき、思いだした。このあいだ、おじいちゃんがキッチンの窓《まど》をあけようとしていたときに、リラックスさせたくていった言葉を。ゾーイのためになにかつくってあげようよ、と声をかけたんだった。いっしょにつくろう、と。

「運河《うんが》の行き止まりのところに取りつけようと思ってな。屋根というか、ひさしみたいなものだ。あぶないときは、ここに来れば安全だ。でも太陽の光は通るものにする」

おじいちゃんのスケッチをいろいろな方向から見てみたけど、ただ無造作《むぞうさ》に線がかいてあるだけだった。そういえば、ここのところ、おじいちゃんのデザイン画はなにがかいてあるのかよくわからない。

それでも、ぼくはわくわくした。

「いいアイデアだね。今日ゾーイに会ってきたけど、傷《きず》は前よりよくなってた！　きっともうすぐもどってくるよ」

「そうか。じゃあこれに取りかからなきゃならんな。えっと、この――」おじいちゃんがなにかを期待するような目でぼくを見る。

「〈マナティー・セーフティー・ハウス〉？」ぼくは提案《ていあん》した。

おじいちゃんはうなずくと、デザイン画の上に製品名《せいひんめい》を記入した。これで正式な名前になった。それから声を落としてささやいた。「ゾーイが帰ってきたら、いっしょに運河《うんが》に行こう。おまえとわたしとで、これを取りつけよう。どうだ？」

「うん、いいよ」ぼくも小声で答えた。「ぜったい行こうね」母さんはおじいちゃんを家から出しちゃだめだっていうだろうけど、かまわない。母さんがどう思おうが関係ない。

それでも、どこか落ちつかない気分だったので、自分の部屋で絵をかくことにした。いつだって絵をかいていると心が落ちつく。それから数時間、絵をかいていた。ほとんどはマナティーの絵。あとはカバとか、アメリカシロヅルとか、州立公園で見た動物の絵。手を動かしながら考えた。

ぼくがボートクラブの会合でスピーチをしたら、レイリーさんはきっとすごく怒《おこ》るだろう。そしたら、家を売ったり買ったりするのは別の不動産屋さんにまかせることになって、母さんはスペース・コースト不動産で最優秀社員賞《さいゆうしゅうしゃいんしょう》を取れなくなるかもしれない。

だったら……ぼくはスピーチをしないほうがいいのかも。

でも、自分がスピーチする場面を想像《そうぞう》せずにはいられない。目をとじるとステージの上にいた。ぼくは大勢《おおぜい》の人の前で、みんなで協力してマナティーを守らなくてはならない理由を話している。聴衆《ちょうしゅう》の中にはレイリーさんもいる。ぼくの話をちゃんときいているようだ。キャシディとビリーが応援《おうえん》してくれている。いちばん前の席にいるのはトミーだ。まだフロリダにいて、完成した生き物発見ノートをひざにのせている。そのとなりにいるのは、おじいちゃん。すんだ目をして、足もふるえていない。

目をあけて口をぎゅっとひきむすび、やるぞ、とうなずいた。インディゴ川ボートクラブの会合でスピーチをするぞ。

もうだれも、なにも、ぼくを止められない。

21

みとめたくはないけど、レイリーさんはひとつだけ正しかった。嵐《あらし》が近づいていた。カテゴリー2のハリケーンがカリブ海を北上していた。チャンネル9のニュースによると、今週の後半にフロリダ州に上陸するころには、カテゴリー3になっているだろう、という。カテゴリーの数字が大きいほど強く、カテゴリー「5」が最強のハリケーンだ。

日曜日、母さんがお客さんを家の見学に連れていっているあいだ、おじいちゃんとぼくはコーンチップスを食べながらニュースを見ていた。ハリケーンは天気図の中でぐるぐると大きな渦《うず》を巻《ま》いている。

「まずいな」おじいちゃんがいった。

「まずいね」ぼくも同意した。

部屋からトランシーバーを取ってきた。「フォックス、見てるか？」

「見てるよ、ファルコン。これは73パーセントの確率《かくりつ》で、すごい被害《ひがい》が出るね。お父さんが、引《ひ》っ越《こ》しはハリケーンが去ってからにするかも、っていってた」

「そうか。それは……残念だな」

本当はぜんぜん残念じゃない。いままでで最高のニュースだ。

コマーシャルのあいだ、裏庭《うらにわ》に出てみた。空はまだ晴れていて明るい。トミーの家の裏庭《うらにわ》にあったルリツグミの巣の中の卵《たまご》みたいに青い。ハリケーンが近づいているなんて信じられない。そこがフロリダの不思議なところだ。さっきまで理想的な夏の一日だったのに、次の瞬間《しゅんかん》には世界の終わりみたいな嵐《あらし》になったりする。

世界が終わりそうな嵐《あらし》なんて最悪だけど、それでトミーがここにいられるなら大歓迎《だいかんげい》だ。

家に入ると、おじいちゃんが立ちあがろうとしていた。フットレストをもとの位置にもどそうと苦労している。いすの上にはコーンチップスがちらばっていた。

「なにか取りにいくの？」

「道具箱だ。ハリケーンにそなえないとならん」

去年の夏、ハリケーンが来たときのことを思いだした。おじいちゃんはまだここに住んでいなかったけど、ハリケーンのあいだ、うちに泊《と》まりにきて、母さんが家を補強《ほきょう》するのを手伝ってくれた。ベニヤ板を窓《まど》にはり、洪水《こうずい》にそなえて玄関《げんかん》と裏口《うらぐち》に砂袋《すなぶくろ》を置いてくれた。

コマーシャルが終わると、天気図の中のハリケーンが大きく映《うつ》しだされた。渦《うず》を巻《ま》いている様子が画面いっぱいに広がる。ぼくはぶるっと身ぶるいした。いつもならハリケーンなんてこわくない。なんなら、わくわくするくらいだ。でも、今度のハリケーンはなんだかいやな予感がする。トミーをフロリダに永遠《えいえん》にひきとめておく作戦を後押《あとお》ししてくれるとしても。たぶん、おじいちゃんのいうとおりだ。そろそろ家を補強《ほきょう》したほうがいい。

フットレストを下げて、おじいちゃんを立たせてあげた。でも、ガレージに道具箱を取りにいこうとしたところで、母さんが仕事から帰ってきて、おじいちゃんをまたいすにすわらせた。

「ちょっとリラックスしよう」コーンチップスのかけらをひろいながら母さんがいう。「ハリケーンが来るまで、あと数日ある。こっちには来ない可能性《かのうせい》もある。ハリケーンの進路はよく変わるから」

でも、おじいちゃんはリラックスしているようには見えない。イライラしているようだ。

結局、ハリケーンの進路は変わらなかった。月曜日と火曜日、おじいちゃんにはニュースを見せないようにして、一日じゅう『アイ・ラブ・ルーシー』と自然ドキュメンタリー番組を映《うつ》しておいた。ぼくはスマホで天気予報《てんきよほう》をチェックして、ハリケーンが少しずつフロリダ沿岸《えんがん》に近づいてくるのを見ていた。ハリケーンはますます大きくなっていく。海水を吸《す》いあげるみたいに、どんどんふくらんでいく。

水曜日の朝、新聞の一面にこんな見出しが出た。「金曜日にブレヴィン郡を直撃《ちょくげき》」。ぼくの住んでいるところだ。

「そうか。じゃあ本格的《ほんかくてき》にそなえないとね」母さんがいった。

母さんはその週の家の見学をキャンセルし、ぼくたちはハリケーンにそなえるモードに入った。母さんはお店で日もちする食べ物と、水を入れるタンクを買ってきた。ガソリンスタンドがしまってしまうといけないので、ガソリンの缶《かん》もいくつか調達してきた。母さんが帰ってくると、ぼくも庭に置いてあるいすを家の中に入れるのを手伝った。ハリケーンにふきとばされて家にぶつかるといけないから。

おじいちゃんも手伝いたがったけど、母さんはだめだといった。前におじいちゃんから教えてもらったように砂袋《すなぶくろ》を積むときになってもまだ、だめだという。

「なにかさせてあげようよ」母さんにそういいながら、砂袋《すなぶくろ》を車から降《お》ろす。うわ、これめちゃくちゃ重たい。

「興奮《こうふん》させたくないのよ」

ぼくは砂袋《すなぶくろ》を家の前までひきずっていった。「でもさ」歯を食いしばりながらいう。「もうおそいみたいだよ」

そう、もうおそかった。ハリケーンが近づくにつれ、おじいちゃんはそわそわして混乱《こんらん》していくみたいだった。ほかにすることがないので〈マナティー・セーフティー・ハウス〉のデザイン画を必死にかいている。いまや〈嵐用《あらしよう》マナティー・セーフティー・ハウス〉だ。ハリケーンが来る前に運河《うんが》に設置《せっち》したいみたいだ。この計画を知ったら母さんが怒《おこ》るのはわかっているから、おじいちゃんはぼくだけにこっそりとデザイン画を見せてくれた。

「ゾーイもハリケーンから身を守るところが必要だ」おじいちゃんが小声でいった。

「ゾーイは州立公園にいるんだよ」ぼくは何度もそういった。でも、おじいちゃんはどんよりとした目でぼくを見るばかりだ。どうしよう。いつもならゾーイの話をすれば落ちついてくれるのに、いまは、なにをいってもだめだ。

ぼくまで落ちつかなくなってきた。だって、やることがありすぎる。母さんの手伝いをして、おじいちゃんのお世話をして、ハリケーンにそなえて、マナティーについてのスピーチをこっそり用意しないとならない。それからなんといっても、ミシガンに行くのはやめて、ずっとここにいようとトミーに思わせないといけない。夏休みなのに、ぜんぜん休みじゃないみたいだ。

でも、だいじょうぶ。ぼくはいくつものことを同時にやるのが得意《とくい》だ。ジャグリングみたいなものだ、と自分にいいきかせる。完璧《かんぺき》にジャグリングをして、ボールを落とさなければいい。楽勝だ。

そうはいっても、ちょっとは大変だと思う。チャンネル9の天気予報《てんきよほう》では、金曜日には風速三十五メートル、雨量は三百ミリに達するだろうといっている。去年のハリケーンよりもずっとひどい。

でも、いい面もある。道路は水びたしになるだろうし、木がたおれて道をふさいでしまうこともあるだろう。トミー一家は数日間、いや数週間、ひょっとすると何年も、どこにも行けなくなるかもしれない。そしたらトミーといっしょにいられる時間が増《ふ》える。トミーをずっとフロリダにとどめておく方法をゆっくり考えられる。

ところが、水曜の夜、部屋でスピーチの内容《ないよう》を考えていたら、トランシーバーからトミーの割《わ》れた声がきこえてきた。

「ピーター?」

ぼくの名前をよぶ声が、みょうに心にひっかかった。ファルコンじゃなくてピーターってよんでいる。元気がなさそうだし、泣いているみたいな声だ。

トランシーバーをつかんだ。手がふるえる。どうしてふるえるんだろう。

「どうした、トミー?」

「お父さんとお母さんが予定を変えた。ハリケーンが来る前に出発するって。明日、ここを出る」

22

木曜日の朝、空には灰色《はいいろ》の雲があちこちに広がり、空気はしめっていて重苦しく、いまにも雨が降《ふ》りだしそうだった。ぼくはトミーの家へむかった。これまでトミーと何百万回も歩いたり走ったり自転車で通ったりした道をはだしでとぼとぼと歩いているあいだ、世界はみようにしんとしていた。まるで息を止めているみたいに。

今日トミーが行ってしまう。今日、トミーが、行ってしまう。言葉を頭の中でつなげてみても、まったく意味がわからない。脳《のう》みそがぜんぜん働かない。

心臓《しんぞう》も同じだ。昨日は一晩《ばん》じゅうねむれなかった。タップダンスをはじめたり、爆発《ばくはつ》したりするんじゃないかと思ったけど、そうはならなかった。ただただ岩のように重苦しい。

カーブを曲がると、トミーの家が見えてきた。引《ひ》っ越《こ》し用の大きなトラックが外にとまっている。それでも、なにもかも現実《げんじつ》とは思えなかった。家の前でトミーの両親が自家用車にスーツケースをのせるのを見ても。

「ああ、ピーター！　来てくれるかどうか心配してたんだよ」トミーのお父さんがいった。

「トミーが中でまってるわ」トミーのお母さんがやさしくいった。

ふたりは悲し気にほほえんでぼくを見た。夏休みの最初の週に、レイリーさんの奥《おく》さんが「ずっといまのままでいられないのは、さみしいわね」といいながら浮《う》かべていた笑顔《えがお》と同じだ。トミーの両親の声は、なんだか遠くのほうからきこえてくるようだった。水の中できいているみたいな声。ぼくは無言のまま、ゆっくりと家に入っていった。

がらんとした家の中は、暗くてしんとしていた。窓《まど》にはハリケーンにそなえてベニヤ板が打ちつけてあり、壁《かべ》にはもうなにもかかっていない。がらんとした部屋に自分の足音がひびいた。大声を出したら、きっとよく反響《はんきょう》するだろう。どこかにかくれようと思っても無理だ。かくれられるものはもうなにも残っていない。

今日トミーが行ってしまう。まだ実感がわかない。わきようがない。

トミーは自分の部屋にいた。床《ゆか》にすわってリュックを胸《むね》にぎゅっとかかえ、ぼくには見えないなにかを見つめている。トミーがすごく小さく見えた。

部屋も小さく見えた。なにもない部屋はスペースがたくさんあって、荷物があったときより広く見えるのが普通《ふつう》だ。でも、トミーの部屋はちがった。窓《まど》にベニヤ板が打ちつけてあるからなおさらだ。本当ならここからハイビスカスの花が見わたせる。去年の自由研究では、ハイビスカスの葉っぱをトミーの顕微鏡《けんびきょう》でいっしょに観察した。

「来てくれないかと思った」トミーがいった。どこか遠くのほうでしゃべっているような、きこえづらい声だった。こわれかけのトランシーバーからきこえてくるような声。

少なくとも声は出せるらしい。でも、ぼくの声はどこかへ行っちゃったみたいだ。

トミーの横にすわり、ふたりで宙《ちゅう》を見つめた。床《ゆか》は冷たかった。じゅうたんも、もうない。

「十時には出るって」トミーがいった。

腕時計《うでどけい》を見た。地球と十のあいだは、少ししか空いていない。残りはせいぜい数分。文字《もじ》盤《ばん》の上で惑星《わくせい》がゆっくりと、でも確実《かくじつ》に太陽のまわりを回っていくのを見ていたら、またあの言葉が頭をかすめた。

トミーが行ってしまう。

トミーが行ってしまう。

とつぜん、言葉の意味がはっきりとわかった。言葉がきこえる、見える、味わえる。独立《どくりつ》記念日《きねんび》に打ちあげられる花火みたいに、言葉が頭の中で大きな音をたてて爆発《ばくはつ》しはじめた。すごく熱い。胸《むね》も熱くなってくる。ぼくは汗《あせ》ばんだ手を冷たい床《ゆか》にペタッとつけて深呼吸《しんこきゅう》をした。部屋の壁《かべ》がぼくたちにむかってせまってくる。息ができなくなりそうだ。息苦しい。

「ゾーイの様子を知らせてね。あと、ボートクラブの会合がどうだったかも……それ以外も全部。ね、ピーター、ぜったいだよ」

言葉が頭の中にあふれてくる——やだ、知らせないよ。だっておまえは行っちゃうんだろう？　本当に行っちゃうんだろう？　そしたらレイリーさんがおまえのうちに引《ひ》っ越《こ》してきて、なにもかも終わりだ。ゾーイのことを知らせるつもりはないし、ほかのことも知らせてなんかやらない。

でも、なんとか口にすることができたのは、これだけだった。「トランシーバーは、そんなに遠くまでつながらないよな」

自分の声じゃないみたいだった。汗《あせ》が目にしみて視界《しかい》がかすむ。どれだけ息を吸《す》っても、じゆうぶんな空気が入ってこない。

「でも、電話でなら話せるよね？」トミーがいった。ぼくからの答えをまっている。

ぼくは首をふった。電話じゃ代わりにならない。トミーもわかっているはずだ。電話はだれとでもできるけど、トランシーバーで話せるのは親友だけだ。

いまなにが起こっているか、トミーには見えないんだろうか？　壁《かべ》がせまってきて、ぼくたちがもうすぐ押《お》しつぶされそうだってことが、わからないのか？

「ピーター、これからは電話で話そう。ね？」

トミーが泣いている。顔を見なくてもわかる。とても顔を見ることができない。話すこともできない。床《ゆか》に手のひらをつけたまま考えていた。数週間前、トミーがうちに来たときに話をしなければよかった。あのまま、トミーなんていないふりをしていればよかった。そしたら、こんな気もちでここにすわっていることもなかったのに。

「あのポスターは――ヒック――あそこにしまってあるから」トミーがクローゼットを指さす。ほとんど空のクローゼット。中に残っているのはポスターだけだ。ちっぽけで、取るに足らないものに見えた。

「それから、これをきみに」トミーがリュックからなにかを取りだした。「絵をかいたのはきみだから、手もとに置いておきたいかと思って」

トミーは黄色い表紙の、ピーターとトミーの生き物発見ノートを手にしていた。それを見たとたん、ぼくの中でなにかがこわばった。手をぎゅっとにぎり、いたいくらいに口をひきむすぶ。この夏は生き物発見ノートを完成させる予定だった。でも、もう完成することはない。だからもう、こんなものはどうでもいい。

「いらない」冷たくてかたい小石のような言葉が口から出た。「こんなの、もうどうでもいい。発見クラブをつくったときは、まだ小さかったし……」ぼくは首をふった。「もう忘《わす》れよう」

トミーの目を見つめた。なにいってるんだ、といいかえしてほしかった。でも、いってはくれなかった。生き物発見ノートを胸《むね》にぎゅっとかかえたトミーの顔を、涙《なみだ》と鼻水が流れていく。

トミーが口をひらいたけど、ききとれないくらい小さな声だった。「お願い、そんなこといわないで。ぼくはここをはなれたくないって知ってるでしょ？　残れるならなんだってするよ」

ぼくは立ちあがってクローゼットからポスターを取りだした。こんなさよならの仕方、バカみたいだ。もういなくなるやつとすごして、なんになる？　もう友だちじゃなくなるんだから、いまこの瞬間《しゅんかん》から友だちじゃなくなったっていいわけだ。数週間前からそうしておけばよかったんだ。

ぼくにはやらなきゃいけないことがある。たくさんある。おじいちゃんのお世話をして、レイリーさんに文句《もんく》をいいにいって、マナティーを救《すく》う。どれも、ぼくひとりでやれる。だれの助けもいらない。水がこわくてマナティーのそばに行けないやつの助けなんて、こわいものだらけのやつの助けなんて、必要ない。

「ミシガンで楽しくやれよ。もう波に流されるなよ」

トミーをふりかえることはしなかった。一度たりとも。ずんずんと歩いて家を出て、トミーの両親の横をすぎ、くそいまいましいトミーの家の車と引《ひ》っ越《こ》しトラックの横を通りすぎた。

「ピーター？　どうかした？」トミーのお母さんがいった。

「さようなら」

ほらどうだ。ちゃんと、さようならっていえたぞ。

家にむかっていると、小雨が降《ふ》ってきた。ポスターにカラーペンで書いた文字が雨にぬれてにじみ、家に着くころにはすっかり虹《にじ》みたいな色になっていた。それくらいでちょうどいい。走って自分の部屋に行き、母さんに見つからないうちにポスターをクローゼットに押《お》しこんだ。

間にあってよかった。気づいたら、母さんがぼくの部屋の入り口にいた。

「トミーはどうだった？」母さんがきいた。「あなたは、だいじょうぶ？」

「平気」その言葉を、意味がわからなくなるくらい何度も自分にむかってくりかえした――平気、平気、平気。

母さんはドアのわくによりかかって立っていた。何年か前の夏休みに、おじいちゃんといっしょにディズニー・ワールドに行ったときに買ったミッキーマウスのT《ティー》シャツを着ている。ちょうどそのころ、トミーがここに引《ひ》っ越《こ》してきたんだった。どうして覚えているかというと、初めていっしょに遊んだときに、その話をしたからだ。おじいちゃんから教えてもらったことを話した。たとえば、ロボットに自然な動きをさせるのがどれくらいすごいことかとか、どんなふうに動いているのかとか、ウォーターライドに乗ると、どうして全身ずぶぬれになるのかとか。

「お別れをいうのはつらいよね」母さんがいった。「わたしも子どものころ、親友のエミリーが引《ひ》っ越《こ》し――」

「べつに、どうってことなかった」

一分くらい、ふたりともだまっていた。ぼくはベッドに横になり、天井《てんじょう》を見つめた。

「ここのところ、いろいろ大変だったね。わたしもやらなきゃいけないことが山ほどあって……まあ、みんなそうだろうけど。ねえピーター、あまり家にいられなくて、ごめんね。もしなにか話したいことがあったら、いつでもきくから。わかった？」

「話したいことってなんだよ」

「なんでも。どんなことでも」

「ちょとつかれた。昼寝《ひるね》する」

そういいながら、バカみたいだと思った。小さかったときは昼寝《ひるね》をしていたけど、いまはしない。それは母さんも知っている。とにかく、出ていってほしかっただけだ。やっと母さんは出ていった。

足音が遠ざかっていく。目をとじて息を吸《す》いこんだ。長いあいだ水にもぐっていたあと、やっと息を吸《す》えたときみたいな感じだ。そういえば二年前、近所のプールでトミーと、どれだけ長くもぐれるか競争したことがあった。勝ったのはぼくだけど、肺《はい》が爆発《ばくはつ》しそうになったのを覚えている。

くだらない思い出だ。なにもかもが、くだらない。

めまいがした。のどもカラカラだ。キッチンに行ってコップに水を入れ、息を吸《す》うみたいに水を飲みこんだ。

「ねむれないの？」母さんがいった。

母さんはおじいちゃんとキッチンテーブルのところにいた。母さんはノートパソコンで仕事をしていて、おじいちゃんは、ねじとかナットとかボルトの入った箱に手をつっこんで、なにかをさがしていた。手がふるえている。ぼくのほうを見もしなかったし、トミーのこともなにもいわなかった。気にならないのだろうか。

ぼくだって、べつに気にしてなんかいないけど。

そのとき、窓《まど》の外をなにか赤いものが通りすぎた。窓《まど》に近よると、赤い車が走っていくのが見えた。トミーの家の赤い車だった。トミーを乗せた、赤い車。

車は角を曲がって見えなくなった。車が見えなくなっても、ぼくはしばらく窓《まど》におでこをくっつけて外を見ていた。

「ピーター？」

すぐ後ろまで来ていた母さんが、ぼくの肩《かた》に手をかける。

「水を飲みにきたんだ」

母さんはぼくの肩《かた》をぎゅっとつかんだ。「ねえ、窓《まど》にベニヤ板を打ちつけるあいだ、おじいちゃんといっしょにいてあげてくれる？　いま、すごく混乱《こんらん》してるみたいなの」

ぼくはうなずいて、キッチンテーブルの前にすわった。やることがあるのは助かる。

おじいちゃんは箱からボルトを取りだした。リビングから天気予報《てんきよほう》の音声がきこえてくる。

「州知事がブレヴィン郡の海岸ぞいの地域《ちいき》に避難命令《ひなんめいれい》を出しました……」

母さんが窓《まど》にベニヤ板を打ちつけはじめ、ガンガンとハンマーの音が部屋に広がった。

その音に、おじいちゃんはびくっとした。ボルトが手から落ち、水の入ったコップがたおれた。こぼれた水をふいているあいだ、ガンガンという音がぼくの頭蓋骨《ずがいこつ》で反響《はんきょう》した。おじいちゃんはぼくを見て、まゆげをよせながら、なにか早口でしゃべっている。なにをいっているのか、よくきこえない。「ちょっとまって」大声でいったけど、おじいちゃんの口は動きを止めない。

ハンマーの音がやむと、おじいちゃんの声がきこえた。「時間がない。〈マナティー・セーフティー・ハウス〉をつくらないと。ボルトが十個《こ》必要だ……いや十二個《こ》だ」

「ゾーイは運河《うんが》にはいないんだよ。州立公園にいる。覚えてないの?」

「これならうまくいく」新しいデザイン画を指でトントンとたたきながら、おじいちゃんがいった。前のものより、もっと線が曲がりくねっている。

「これでいこう。だが、金網《かなあみ》がいるな……」

またハンマーの音がきこえてきて、おじいちゃんの声がきこえなくなった。おじいちゃんの手をぎゅっとつかんだ。何年も前、海で波にさらわれたときにぼくの手をつかんでくれたみたいに。でも、おじいちゃんはぼくの手をふりはらった。箱の中をかきまわして、しきりになにかをさがしている。そのあとねじやボルトを机《つくえ》の上にぶちまけて、宝《たから》さがしみたいにガシャガシャとかきまわしはじめた。

ハンマーの音がやむと、またおじいちゃんの声がきこえた。「サイズをはからないとならん。運河《うんが》へ行かないと」

ゾーイはそこにはいないんだよ、と教えてあげた。何度も何度も。おじいちゃんはぼくのほうを見たけど、ぼくの言葉はまったくきこえていないみたいだった。それとも、きこえてはいるけど、ぼくを信用していないのか。もしかすると、ぼくがだれだかわかっていないのかもしれない。おじいちゃんは、ふるえる手でボルトをさがしつづけ、母さんは次つぎと窓《まど》にベニヤ板を打ちつけていく。どんよりとした灰色《はいいろ》の光がベニヤ板でさえぎられ、しだいに家の中は暗くなっていった。

23

真夜中に目が覚めると、ぐっしょりと汗《あせ》をかいていた。夢《ゆめ》に出てきたモンスターが、うなり声をあげながら窓《まど》の外をひっかいている。

でも、真夜中ではなかった。腕時計《うでどけい》が朝の八時だと告《つ》げている。昨日母さんが打ちつけたベニヤ板のあいだから、どんよりとした光が差しこんでくる。

起きあがって窓《まど》に顔をくっつけ、ベニヤ板のあいだから外を見た。モンスターはいない。外は灰色《はいいろ》で、強い風がふきあれている。世界じゅうがミキサーにかけられているみたいだ。雨があばれるようにあちこちにむかって降《ふ》り、木は小さな竜巻《たつまき》に巻《ま》きこまれたみたいに激《はげ》しくゆれている。うなり声にきこえたのは風の音だった。窓《まど》をひっかく音は枝《えだ》が窓《まど》にこすれる音。

ついにハリケーンがやってきたのだ。

トランシーバーを手に取って「やばいな!」といいそうになった。そしたらトミーが「95パーセントの確率《かくりつ》で、このあたりにいるトカゲは風にふきとばされてると思う」とかなんとかへんなことをいいそうな気がした。

がくぜんとした。トミーがもういないことを思いだしたからだ。

トミーはもういない。

もしかすると、ぼくの頭がへんになったのかもしれない。昨日のできごとは、ただの悪い夢《ゆめ》だったのかも。たしかに、悪い夢《ゆめ》って感じがする。

でも、クローゼットをあけると、ボートクラブの会合で使う予定の、雨にぬれたポスターが入っていた。見た瞬間《しゅんかん》、息がつまった。八歳《さい》のとき、休み時間にうんていから落ちて背中《せなか》を強く打ったときと同じだ。心細くて、冷たい水をぶっかけられたみたいな気分。だって、トミーが行ってしまったから。本当に行ってしまったから。

こんなのひどい。目が覚めたらトミーとトランシーバーで話すこともできない世界になっていたなんて。もう、ただただねむっていたい。ベッドにもぐりこみ、目をぎゅっととじた。でも、ねむろうとすると、またモンスターがうろつきはじめる。今度はうなっているだけでなく、嵐《あらし》の中をはいまわっている。でも、このモンスターはまだいい。問題なのは、引《ひ》っ越《こ》しトラックのモンスター、生き物発見ノートのモンスター、ポスターのモンスターだ。こいつらはどうにもならない。

ねむるのをあきらめて、重い足どりでキッチンへ行った。鉄のかたまりをひきずって歩いているような気分だ。テーブルには焼きたてのワッフルが何枚《なんまい》も置いてあって、少し気分がよくなった。ほんのちょっぴりだけ。

母さんとおじいちゃんの話し声が、おじいちゃんの部屋からきこえてくる。まちきれないので先に食べることにした。いすにすわってワッフルにバターとシロップをたっぷりかける。親友が去って、代わりにハリケーンが来たときは、こうするしかない。

ワッフルを食べていると、おじいちゃんが部屋から足をひきずるように出てきた。母さんがすぐ後ろにいて、おじいちゃんの腕《うで》をつかんで支《ささ》えている。

「お父さん、お願いだから、ちょっとすわって」母さんがいった。

おじいちゃんは足をひきずっていたけど、一歩一歩ゆっくりと進んでキッチンまで来た。そして、ふるえる手で食器棚《しょっきだな》や引き出しをあけた。「だれかがボルトをぬすんだんだ。金網《かなあみ》も。

金網《かなあみ》が必要なのに」

「いったでしょ。全部片《かた》づけたの。そんなもの必要ないでしょう？　とにかくいまは朝食を食べよう」

母さんは真っ赤な目でぼくを見た。昨日の夜はよくねむれなかったみたいだ。というか、よくねむれない日のほうが多いんだろうと思う。「ピーター、おじいちゃんがなにをしたがってるのか、わかる？　マナティーがどうとかいってるんだけど……」

「〈マナティー・セーフティー・ハウス〉のこと？」

「あなたとおじいちゃんとで、つくってるの？」

母さんの声に非難《ひなん》がましさを感じた。「ちがうよ。ていうか、正確《せいかく》にはちがう」

おじいちゃんの足もとでコップが割《わ》れる音がした。おじいちゃんはボルトをさがして食器《しょっき》棚《だな》をあさっている。母さんは目をとじてシューッと息をはいた。

「ねえ、おじいちゃん。もう一度デザイン画を見せてよ。説明してくれるとうれしいな」

ぼくがいうと、おじいちゃんはしばらく考えこんだあと、いすに腰《こし》をおろした。

「こうやって土手に固定するんだ」おじいちゃんはデザイン画をトントンとたたきながらい

った。「こっち側とあっち側でな」

あいかわらず、わけのわからない絵だけど、ぼくはうなずいた。まるで抽象画《ちゅうしょうが》のようだ。昔みたいにはっきりとした線でかかれた、きれいな絵じゃない。

「どういうことなの？」母さんが割《わ》れたコップのかけらをプラスチックのゴミ箱に入れながらいった。

「ゾーイのためになにかしてあげたいんだって」

「上には金網《かなあみ》をはるんだ。屋根みたいに……」スケッチブックをトントンとたたきながら、おじいちゃんがいう。

「マナティーの件《けん》は、もう手に負えなくなってる」母さんがいった。「レイリーさんにも迷惑《めいわく》かけちゃったし、今度はおじいちゃんまで」

頬《ほお》がカッと熱くなった。「おじいちゃんがこうなったのは、ぼくのせいじゃ――」

「運河《うんが》の水底に柱を何本か立てなきゃならん。わかるか？」こっちの話なんてきこえていないみたいに、おじいちゃんがいう。

フォークを置いた。ワッフルを食べているのはぼくだけだ。もう食欲《しょくよく》もなくなった。ちがうよ、って何回いえばわかってくれるんだろう。「おじいちゃん、いまゾーイは運河《うんが》にはいないんだよ。それに、すごい嵐《あらし》だから外には行けないよ」

外では風がうなっていて、木の枝《えだ》が窓《まど》にあたってこすれる音がする。電気もチカチカしはじめた。おじいちゃんはとなりにいるのに、海のむこう側からぼくを見ているみたいだった。深くて大きな海。船も永遠《えいえん》に方向を見失ってしまいそうな海。おじいちゃんがまゆをしかめると、顔全体にしわがよった。「ゾーイを守ってやらんと」おじいちゃんがいった。

「ゾーイは元気になるまで州立公園にいるんだよ」

おじいちゃんは首をふった。「やつらがそういってるだけだ。わたしたちに、そう思わせたいだけだ」

おじいちゃんは頭が混乱《こんらん》しているだけだとわかってはいるけど、ぼくまで心配になってきた。ゾーイが無事じゃなかったらどうしよう。州立公園が安全じゃなかったらどうしよう。ハリケーンのとき、州立公園の人たちは、どうやって動物を守ってあげるんだろう。

それからトミーは？　考えたくないけど、考えずにはいられない。ハリケーンが来る前にフロリダを出られたんだろうか？

母さんを見ると、まだ目をとじて深呼吸《しんこきゅう》をしている。母さんも海のむこうにいるのかもしれない。もっと大きくて深い海のむこうに。

しばらく、だれもなにもいわなかった。ぼくと母さんが深呼吸《しんこきゅう》をし、外でハリケーンがごうごうと音をたてているあいだ、おじいちゃんは絵をかいていた。テレビでだれかがさけんだ。「このハリケーンはかなり手ごわそうです！」

ぼくはリビングにあるテレビに目をやった。レインコートを着たレポーターが、風がふきあれる中、マイクにむかって必死にさけんでいる。後ろではヤシの木が風で大きくたわんでいる。すぐに、そのレポーターが、ゾーイ救出《きゅうしゅつ》のときにぼくにインタビューをした男性《だんせい》だと気づいた。カテゴリー3のハリケーンの中、いったいあの人は外でなにをしているんだろう。

画面が切りかわると、今度は車が風であちこちにふきとばされている映像《えいぞう》になった。遊園地にあるゴーカートみたいだ。「ご覧《らん》のとおり、この風ですから、外に出るのはとても危険《きけん》です」レポーターが声をあげた。「無謀《むぼう》です！」

ぼくはテレビを消した。

「ピーター」母さんが少し落ちついた声でいった。「ろうそくとマッチをさがしてくるから、ちょっとおじいちゃんといっしょにいてあげてくれる？　停電《ていでん》するかもしれない」

ぼくはうなずいた。おじいちゃんが混乱《こんらん》しているのはぼくのせいだっていわれたみたいで、まだ母さんには頭にきていた。ちょっと前から、ほかにもいろいろと頭にきていることがある。

母さんがキッチンの引き出しをさがしまわっているあいだ、ぼくは去年の夏にやってきたハリケーンのことを思いだしていた。たくさんのろうそくやランプに火をつけて、家の中がおばけ屋敷《やしき》みたいになった。もっとおもしろかったのは、おじいちゃんが自作の懐中電灯《かいちゅうでんとう》〈ギラギライト３０００〉で自分の顔を照らしながら、おばけの話をしてくれたことだ。

そんなおじいちゃんはいま、どんよりとした目でキッチンテーブルにすわり、ふるえる手で、けっしてつながることのない線をかいている。

母さんがろうかの奥《おく》に消えると、スマホでフロリダ・マナティー協会に電話をかけた。四回よびだし音が鳴ったところで、事務所《じむしょ》にはだれもいないことに気づいた。カテゴリー３のハリケーンが来ているのに、仕事に行く人なんていない。チャンネル９のレポーター以外には。

でもそのとき、声がきこえてきた。「こちらはフロリダ・マナティー協会です。中央フロリダでもっとも歴史《れきし》のある、マナティーの調査《ちょうさ》と保護《ほご》を行う団体《だんたい》です！　わたしはキャシディ・コーリーといいまして――」

「出勤《しゅっきん》してるの？」

ぼくの声におじいちゃんがびっくりした顔でこっちを見た。

「えっと、こんにちは」ちょっと声を落としていう。

「あら、ピーター」キャシディが答えた。「ううん、いまは家にいる。フロリダ・マナティー協会への電話は、あたしのスマホに転送されるようにしてあるんだ。この嵐《あらし》でケガをしたマナティーがいたら、すぐに連絡《れんらく》を受けられるようにね。まあ、この天気じゃマナティー・リハビリセンターの人が現場《げんば》に行くのは無理だけど……嵐《あらし》が去ったらすぐに助けにいけるように。いまのところとくに連絡《れんらく》はなくて安心してる」

「ゾーイはだいじょうぶ？　嵐《あらし》から守られてる？」

雷《かみなり》が大きな重低音をとどろかせた。おじいちゃんはまだこっちを見ている。

「ついさっきまでビリーと電話で話してたの。いつも電話してるわけじゃないんだけどね。マナティーたちは室内プールに移《うつ》したってビリーがいってた。いまごろゾーイも、ほかのマナティーと友だちになってると思うよ！　あそこの仲間といっしょに泳ぐのは初めてだもんね」

「よかった」そういいながら、おじいちゃんに親指を立ててみせた。「すごくいいことだね」

また雷鳴《らいめい》がとどろいた。電気がチカチカする。キャシディがいった。「ピーター、どうかした？　なんだかちょっと……いつもと声がちがうみたい」

「だいじょうぶだよ」

「それならいいんだけど」信じていないみたいだった。ぼくも自分の言葉を信じていない。

キャシディに本当のことを話そうかとも思った。親友をひきとめる方法を見つけられたはずなのに、親友が行ってしまったこと、おじいちゃんが病気で、ぼくがいくらお世話係の仕事を一生懸命《いっしょうけんめい》やっても少しもよくならないこと、胸《むね》の中でカテゴリー3の、いや、カテゴリー5くらいのハリケーンがふきあれていて、なにもかもうまくいっていないことを。

耳をつんざくような大きな雷鳴《らいめい》がとどろき、家全体がゆれた。すわっていたおじいちゃんが立ちあがる。「運河《うんが》に行くとマリアンに伝えてくれ」おじいちゃんがいった。

ぼくはキャシディにあいさつもせずに、あわてて電話を切った。「おじいちゃん、なにいってるんだよ?」自分の声がイライラしているのがわかる。深呼吸《しんこきゅう》をしたほうがいいのはわかっているけど、浅い呼吸《こきゅう》をするのがやっとだ。「ゾーイは運河《うんが》にはいない」これをいうのは百万回目くらいだ。「もしいたとしても、ぼくたちにはなにもできないんだよ。だって——」〈マナティー・セーフティー・ハウス〉のデザイン画を指さしていった。「こんなの無理だから。そもそも、このデザインはおかしいんだよ!」

「ボルトが十二個《こ》」おじいちゃんがブツブツいう。「いや、十個《こ》だ」

自分の血がふつふつとわきたつのがわかったけど、自分でもそれがいやだった。おじいちゃんに腹《はら》をたてたくない。だけど、どうしてぼくのいうことをきいてくれないんだろう。どうしてわかってくれないんだ?

「ピーター?」ろうかの奥《おく》から母さんがよんだ。「ちょっと来てくれる?」

「ちょっとまって!」大声で答えた。「おじいちゃん、ちょっとだけここにいてくれる? すぐにもどるから」

おじいちゃんはボルトを取ろうとしたけど、手がひどくふるえている。ボルトがガチャンとテーブルに落ちた。ぼくは目がヒリヒリした。

たぶん、ぼくが腹《はら》をたてているのはおじいちゃんに対してじゃない。自分に腹《はら》がたっているんだ。うまくお世話ができていないから。トミーをひきとめられなかったみたいに。

「ピーター？」また母さんがよぶ。

「ちょっとまってってば！」

外では風がうなっている。ぼくはこぶしで目をぬぐいながら、母さんの声がするぼくの部屋まで行った。母さんはとびらのあいたクローゼットの前にいて、片手《かたて》にろうそくの入った袋《ふくろ》、もう片方《かたほう》の手にボートクラブの会合で使う予定のポスターをもっていた。

「これはなんなの？」

「なんでぼくの部屋にいるんだよ？」

「あなたの部屋のクローゼットに、ろうそくをしまっておいたからよ」

「だけど、ここはぼくの部屋だ。ぼくにききもしないで部屋をあさるなんてひどいよ」

母さんがため息をついた。「ピーター、話をそらさないで。なにをしようとしてるの？　このポスターはなに？」

ハリケーンが窓《まど》を激《はげ》しくゆらす中、まともにものを考えるなんて無理だった。うまいウソも考えつかない。

「学校の課題なんだ」

母さんはうたがうように目を細くした。「夏休みに学校の課題があるの?」

「うん、科学の授業《じゅぎょう》で。家でやっていかなきゃいけないんだ」

母さんがポスターをながめる。大きく書かれた文字とマナティーの絵。右上にはギラギラ照りつけるフロリダの太陽の絵、下にはモーターボートの絵。先週かいたものだけど、もうずっと前にかいたような気がする。

「もうすぐ中学校に入学するのに、どうして小学校の課題があるの?」

「やるかやらないかは自由なんだ」すばやく考えをめぐらせた。「成績《せいせき》がつけられるわけじゃない。ただ——」

「ピーター」母さんが首をふりながらいった。「ウソをつかないで」

ウソなんかじゃない、とさらにウソをつこうとしたとき、プッという音とともに電気が消え、部屋が真っ暗になった。それと同時に風がやみ、窓《まど》ガラスに枝《えだ》がこすれる音もしなくなり、すべてが静かになった。耳もとで自分の血がどくどくと流れる音がきこえる。母さんがハーッと長いため息をついた。

平和な静けさではなかった。ゾーイといっしょにいるときの気もちとはちがう。じっと息をひそめて、怒《おこ》られるのをまっているときの静けさ。

「七月の終わりに、インディゴ川ボートクラブの会合でスピーチをするんだ」もうバレたってしかたない。嵐《あらし》がふきあれているし、トミーは行ってしまったし、おじいちゃんは混乱《こんらん》していくいっぽうだし、秘密《ひみつ》なんてもうどうでもいい。マナティーを助けることは、ぼくにできるたったひとつの正しいことだ。だから、母さんの許可《きょか》があってもなくても、これだけはぜったいにやる。「フロリダ・マナティー協会がボートクラブの会員たちに、どうやったらマナティーを傷《きず》つけずにすむかって話をするんだけど、ぼくも手伝うんだ。それはぼくが話すときに使うポスター。指ししめしながら話をする」

暗やみに目が慣《な》れて、母さんの姿《すがた》が見えるようになってきた。目もとのシワに心配がにじんでいる。あのシワの何本がぼくのせいなんだろう。

「あのね」母さんがいう。「あなたが動物好きなのは知ってるし、そんなあなたがわたしは大好きだけど、ボートクラブの会合に行くのはだめ」

外ではまた風がふきはじめ、ため息のような音からハミングに変わり、しだいにうなり声のようになっていった。木の枝《えだ》が中に入れてくれというかのように窓《まど》をノックしている。ぼくの心の嵐《あらし》も大きくなっていった。稲妻《いなずま》が血管をかけめぐり、頭の中で風がふきあれ、声がひび割《わ》れた。「なんでだよ？」

「マナティーのせいで、おじいちゃんの頭が混乱《こんらん》してるから。それに、こういうことにかかわるのに、あなたはまだ幼《おさな》すぎる――」

「ぼくは幼《おさな》くなんかない！」ひとつひとつの言葉が雷《かみなり》みたいにとどろいた。こんなにどなったのは初めてだ。嵐《あらし》なんかに負けない。これはすごく大事なことなんだ。いままでいちばん大事なことかもしれない。「ぼくは幼《おさな》くなんかない」もう一度いった。「それに、おじいちゃんはゾーイの話が好きなんだよ。ゾーイの話をきくと調子がよくなる。ぼくはずっとおじいちゃんの助けになろうとしてきたんだ」

「わかったから深呼吸《しんこきゅう》でもして――」

「深呼吸《しんこきゅう》なんてしないよ！　深呼吸《しんこきゅう》すれば落ちつくっていうけど、そんなことないから。母さんは深呼吸《しんこきゅう》したって、ぜんぜん落ちつかないじゃないか。ぼくに会合に行ってほしくない本当の理由をいってみろよ。レイリーさんがこわいんだろう？　家の売買をまかされてるから。ぼくはレイリーさんなんかこわくない。こわいと思ったこともない」

暗やみで母さんがハッとしたように目を見ひらくのが見えて、母さんの心の中にも嵐《あらし》がふきあれているのがわかった。母さんは避雷針《ひらいしん》みたいに背《せ》すじをぴんとのばした。「レイリーさんのことがこわいんじゃない。わたしがこわいのは、この家族を守れなくなること。レイリーさんとはかかわるな、っていってるだけ。それだけなのよ、ピーター」

「それだけじゃないよ！　この夏はずっとおじいちゃんのお世話をしろっていったじゃないか。この夏休みはトミーといっしょに生き物発見ノートを完成させるはずだったのに。認知《にんち》症《しょう》のおじいちゃんの世話なんかしてる子は、ほかにいないよ。みんな海に行ったり、ゲームをしたり――」そこまでいって、目を手でおおった。こんなことをいう自分が大きらいだ。本心だと思いたくない。だって、ぼくはおじいちゃんが大好きだ。助けてあげたいんだ。力になってあげたいと思ってる。

しかられる覚悟《かくご》をしたけど、目から手を放して母さんの顔を見ると、もう怒《おこ》ってはいないみたいだった。「あなたにいろいろ押《お》しつけすぎてるかなって、毎日心配してる」母さんが静かな声でいった。「でも、これまであなたとわたしのふたりで、うまくやってこれたでしょう？　あなたのお父さんが出ていってから、ふたりでチームになってやってきたでしょう？　それに、あなたはおじいちゃんとも仲がよかったから……うまくいくと思ったの」

これからいう言葉が、母さんを傷《きず》つけることはわかっていた。でも、ウソをつくなといったのは母さんだ。だから、本心をいった。「もう長いあいだ、ぼくたちはチームなんかじゃなかったよ」

母さんはがっくりと肩《かた》を落とした。「どういう意味？」

ぼくはふたりのあいだのスペースを示《しめ》しながら、ぴったりの言葉をさがした。「ときどき、海のあっち側とこっち側にいるみたいに思える」

「ちょっとまって、よくきこえない」母さんは嵐《あらし》の音に負けないようにさけんで、ぼくのほうによってきた。

「ぼくたちのあいだに海があるみたいだ、っていったんだ」

そこまでいって、言葉を切った。自分の声もよくきこえない。ハリケーンの音がさっきよりも大きくきこえる。窓《まど》の外からきこえてくるだけじゃないみたいだ。家の中からもきこえる。そんなのおかしい。嵐《あらし》が家の中でふきあれているってどういうことだ？

母さんとぼくは窓《まど》にかけよったけど、ベニヤ板はまだしっかりついている。板と板のあいだのガラスも割《わ》れてはいない。

数秒間、母さんとぼくはその場でかたまっていた。次の瞬間《しゅんかん》、ぼくは部屋をとびだした。母さんもついてくる。

「お父さん？」母さんがよぶ。「お父さん？」

ろうかを走っていくと、急にすごい風がふいてきた。写真立てが棚《たな》からふきとばされ、ぼくの頭をかすめて床《ゆか》に落ちた。

「気をつけて！」母さんにむかってさけんだ。

リビングに行くと、部屋はめちゃくちゃになっていた。雑誌《ざっし》や手紙が宙《ちゅう》をまい、鳥みたいにパタパタとはためいている。葉っぱや木の枝《えだ》やビニール袋《ぶくろ》もとんでいる。観葉植物の鉢《はち》がたおれ——ガシャン！——土がまいあがった。果物が入ったバスケットもキッチンカウンターからふきとばされ、テレビの横の壁《かべ》に激突《げきとつ》した。横なぐりの雨が家具に激《はげ》しくふきつけ、ソファやおじいちゃんのリクライニングチェアの上でドラムのような音をたてている。

いち早くあけっぱなしの玄関《げんかん》ドアまで行ったのはぼくだった。ドアは風にあおられて激《はげ》しくゆれ、外の壁《かべ》にガンガンぶつかっている。

灰色《はいいろ》の空の下、風が激《はげ》しくふきあれる前庭で道具箱を手にして立っていたのは、おじいちゃんだった。

ぼくはなにも考えずに嵐《あらし》の中にとびだし、砂袋《すなぶくろ》をとびこえ、壁《かべ》のように立ちはだかる雨と風の中を進んでいった。

「ピーター、あぶない！」母さんがさけんだ。

でもぼくは歩みを止めなかった。おじいちゃんがあそこにいる。そのとき突風《とっぷう》がふき、バランスをくずしたおじいちゃんがたおれ……。

そこから先は、どれだけ時間がたったのか、よくわからなくなった。

24

じっさいに時間が速くなったりおそくなったりすることはないけど、速く感じたりおそく感じたりすることはある。そのとき人間の頭の中でなにが起こっているのかを、前にトミーが教えてくれた。体の状態《じょうたい》によっても時間の感覚は変わるらしい。

たとえば、ぼくとトミーが川の近くの湿地《しっち》でアリゲーターを見つけてにげたときは、すべてがあっという間だった。一秒前まではいなかったのに、次の瞬間《しゅんかん》、アリゲーターがそこにいて、ぼくたちは全速力でにげた。あのときは全世界の時間が早送りされているみたいに思えた。アドレナリンがたくさん出たねってトミーがいっていた。

学校にいるときは反対のことが起こる。とくに、天気がよくて、外に行って生き物をさがしたいなって思っている日はそう。太陽電池の腕時計《うでどけい》を見ると、木星の動きはすごくゆっくりで、一分が一年くらいに思えてしまう。

カテゴリー3のハリケーンの中をおじいちゃんにむかって走りながら、ぼくは生まれて初めて時間が速くなると同時におそくなる感覚をいだいていた。そんなの、ありえないことだろうけど。停止《ていし》ボタンと早送りボタンを同時に押《お》すなんてできないだろう？

でも、これは本当だ。おじいちゃんは水中でダンスをおどっているみたいに、すごくゆっくりとたおれていった。白いシャツが風にはためくのが見えた。おじいちゃんのまわりにとんでいる葉っぱの一枚《まい》一枚《まい》もしっかりと見えた。まるで、おじいちゃんがスノードームの中にいて、だれかがそれをゆらしたみたいだった。おじいちゃんの体を受けとめられると思った。スノードームの雪が下に落ちるまでに行けばいい。時間はたっぷりある。無限《むげん》にある。

だけど、できなかった。じっさいは、ほんの一秒くらいのできごとだったから。

一秒もなかったかもしれない。千分の一秒だったかも。まばたきをするひまもなかった。

前庭に立っていたおじいちゃんは地面にたおれた。あっという間に。

風が妖精《ようせい》のバンシーみたいにかん高い音をたてる中、母さんはさけび、ぼくはおじいちゃんにむかって走った。とちゅうでなにかがとんできて頭の横にぶつかり、ぼくはさけび声をあげた。いたい。すごくいたい。でも、しだいにいたみを感じなくなっていった。世界が静かになって、目の前が灰色《はいいろ》の渦《うず》だらけになり、そのうち灰色《はいいろ》一色になって、最後にはなにも見えなくなった。

25

母さんの車の後部座席《こうぶざせき》で窓《まど》ガラスにおでこをくっつけ、タイヤがはねあげる水しぶきを見ていた。車はときおりスリップしそうになりながら病院にむかっている。いつも通る道なのに、今夜は知らない道に見える。暗くて水が流れこんでいる町も、知らない町みたいだ。ぼくはおじいちゃんの手をきつくにぎった。おじいちゃんはとなりでぎゅっと目をつむっている。手をにぎりかえしてはこなかった。

「ピーター」母さんが大きすぎる声でいった。「今日は何曜日？」

「それ五分前にもきいたでしょ。どならないでよ。頭にひびくから」

「どなってなんかいない。で、何曜日？」

母さんはぼくが脳《のう》しんとうを起こしたんじゃないかと心配している。頭にケガをしたときは脳《のう》しんとうを起こすことがある。たとえばハリケーンがふっとばしたバカでかい木の枝《えだ》が頭の横にあたったときとか。いちおういっておくと、それがぼくに起こったこと。それからずっと、母さんはぼくが記憶《きおく》をなくしていないかチェックしている。

「いまは土曜日。時間は午前三時三十分」ぼくは答えた。

「起きてからのこと、全部覚えてる?」

「もちろん」念のため、朝起きてからのことを思いだしてみた。

木の枝《えだ》が頭にあたったあと、気づいたらソファに寝《ね》かせられて、頭に氷をあてられていた。これ以上ないくらい頭がいたかった。なにがどうなっているのか、わからなかった。どうしておじいちゃんが玄関《げんかん》の床《ゆか》にたおれているのか、どうして母さんが悪態《あくたい》をつきながらおじいちゃんを運ぼうとしているのか。どうして家の中がこんなにめちゃくちゃになっているのかも、わからなかった。

体を起こすと母さんがかけよってきて、いままでにないくらい強くぼくをだきしめた。ぼくの髪《かみ》に顔をうずめて泣いていた。そのあと両手でぼくの頰《ほお》をつつむと、おでこに何度も何度もキスをしてきた。

なにが起こったか思いだすまでに数分かかったし、ぼくが気を失っているあいだのことを母さんからきくのにも数分かかった。嵐《あらし》の中にとびだしたあと、母さんはぼくとおじいちゃんを、やっとのことで家に入れたらしい。おじいちゃんは玄関《げんかん》のところでたおれたきり立ちあがれなくなったという。それで、救急車《きゅうきゅうしゃ》をよぼうと電話をかけたけど、ハリケーンが来ているから救急車《きゅうきゅうしゃ》は出せないといわれたそうだ。「おじいちゃん、大腿骨《だいたいこつ》が折れてるんじゃないかと思う」母さんがいった。「今度は本当に折れちゃったみたい」

だれかに頭をハンマーで何度もなぐられているみたいで、立ちあがるとめまいがしたけど、母さんがおじいちゃんをソファまで運ぶのを手伝った。すごく大変だったし、いたい思いをさせているんじゃないかとこわかったけど、ずっと床《ゆか》にたおれたままにはしておけない。

それから、みんなでハリケーンがすぎさるのをまった。ぼくは氷を頭にあてたまま、道具箱の中にあった電池式の緊急用《きんきゅうよう》ラジオでハリケーンの最新情報《さいしんじょうほう》をきいた。母さんはウロウロと歩きながら一時間ごとに電話をかけたけど、毎回、救急車《きゅうきゅうしゃ》はまだ出動できないといわれ、そのたびに悪態《あくたい》をついた。おじいちゃんは体がいたむのか、ソファの上で身をよじり、飲み物も食べ物もいらないといい、薬も飲みたがらなかった。

真夜中になると、ようやく雨も風もおさまってきて、まわりが奇妙《きみょう》なくらい静かになった。母さんがもう一度電話をかけると、今度はすべての救急車《きゅうきゅうしゃ》が出はらっているという。救急車《きゅうきゅうしゃ》をうちに回すまでに五、六時間かかるといわれたので、母さんは、もうとっくに五、六時間たってます、と電話のむこうにいった。ののしるような言葉といっしょに。

母さんは電話を切ると、いいはなった。「うちの車ならどんな天気でもだいじょうぶなはず」

というわけで、ぼくたちは夜中の三時にスリップしそうになりながら病院にむかっている。「この風ですから、外に出るのはとても危険《きけん》です。無謀《むぼう》です！」と、昨日、チャンネル9のレポーターがいっていた。ハリケーンはほぼ通りすぎたみたいだけど、まだ道路に出るのは危険《きけん》だ。

まず、ほとんどの道に水があふれている。母さんの車はどんな天候でも走れることになっているけど、さすがにハリケーンのすぐあとはあぶない。タイヤがツルツルして、あちこちにすべっていってしまう。遊園地の乗り物みたいだ。それよりもっとこわいけど。ほかの車がほとんど走っていないので助かった。

木や電柱がたおれて道をふさいでいるところもあったから、回り道をしないとならなかった。

「もう！」また道が行き止まりになり、母さんがいった。本当は、「もう！」じゃなくて、もっときたない言葉を使ったんだけど。U《ユー》ターンしようとしたら、車がすべってガードレールにガシャンとあたった。もう一度走りはじめるまでに数秒かかり、母さんはさらに何度も「もう！」といった。

数分のあいだ、車の中は静かだった。だんだん目がとじてくる。つかれた。こんなにつかれたのは生まれて初めてだ。

すると母さんがいった。「ピーター、目をとじちゃだめ！　脳《のう》しんとうを起こしてるかもしれないから、診察《しんさつ》してもらうまでは、寝《ね》ないほうがいい」

「わかってるよ」もう五十回くらいきいている。「ちょっと目を細めただけだよ」

母さんがタカみたいな目でバックミラーごしにぼくを見たので、目をぐいっと、できるだけひらいた。でも、むずかしかった。まぶたの上に小さな鉄のかたまりでもついているみたいだ。

「ねむくなったら足をつねりなさい。いい？　足をつねって！」

ため息をつきながら足をつねっているあいだ、おじいちゃんは、自分がケガをしたことをマリアンには知らせないでくれ、とかなんとかブツブツいいはじめた。そのマリアンが運転していることは、わかっていないみたいだ。目をぎゅっととじている。

「おじいちゃんは、なんていった？」母さんがきいた。

ぼくはびくっとした。「大きな声出さないでっていってるだろ？」

「スーザンにも心配をかけないようにしないと」おじいちゃんがいった。スーザンというのは、おばあちゃんの名前だ。ぼくが三つのときに亡《な》くなった。「わたしは無事だといっておいてくれ」おじいちゃんはいったけど、おばあちゃんに伝えることはできないし、そもそも、ぜんぜん無事じゃない。

どうすればいいかわからなくて、もう一度おじいちゃんの手を強くにぎった。いたみを取りのぞく力があったらいいんだけど。頭の中の霧《きり》も晴らしてあげられたら。でも、ぼくにそんな力はない。きっとこれからも。

ズキズキする頭を、また窓《まど》にくっつけた。ストーンクレストの町全体が停電《ていでん》しているみた家々《いえいえ》の真っ暗な窓《まど》がこちらを見つめかえしてくる。川みたいになった道路をゴミが渦《うず》を巻《ま》くように流れ、こわれた信号機がワイヤーからぶら下がっている。

まるで世界の終わりみたいだった。

この中を行くなんて無謀《むぼう》なことに思えた。

26

CT《シーティー》スキャン（コンピュータ断層撮影《だんそうさつえい》というやつだ）をとったあと、男性《だんせい》の看護師《かんごし》さんがぺろぺろキャンディーをくれた。子どもあつかいされた気がしたけど、オレンジ味だったので食べた。アイスではいちばん好きな味だから、ぺろぺろキャンディーでもきっとおいしいはずだ。

頭とお尻《しり》のいたみをまぎらわすのにもちょうどいい。

頭がいたいのは大きな枝《えだ》が頭にぶつかったからだ。看護師《かんごし》さんがいたみ止めをくれたけど、まだだれかが頭の中でドラムをたたいているかのようだ。とりあえず、脳《のう》しんとうは起こしていないのでよかった。

お尻《しり》がいたいのは病院の待合室のいすが最悪だから。見た目はやわらかそうなのに、じっさいにすわってみると、ぜんぜんやわらかくない。

そういえば前にも、お尻《しり》がいたいと思いながらこのいすにすわったことがある。トミーのお父さんが木から落ちて腕《うで》を骨折《こっせつ》したときだ。トミーとトミーの両親といっしょにこの病院に来た。お父さんはギプスをはめられ、サバイバルゲームは二度としません、とお母さんに誓《ちか》うはめになった。それで、ぼくとトミーが本格的《ほんかくてき》なトランシーバーをもらえることになったというわけだ。

病院は混雑《こんざつ》しているけど電気はついている。ハリケーンのせいで停電《ていでん》しているので、バックアップ電源《でんげん》を使っているようだ。でも、うす暗いし、自動販売機《じどうはんばいき》やテレビは使えない。

使えない自動販売機《じどうはんばいき》を見つめた。どんよりとして悲し気に見える。

「お腹《なか》すいた？」母さんはつめをかじったり、いすのひじかけの木の部分をガリガリとひっかいたりしている。「売店でスナック菓子《がし》が買えるよ。チップスもあるみたい。好きでしょ？」

「なにもいらない」

母さんはいすの上で体をずらした。きっとお尻《しり》がいたいんだろう。「少し寝《ね》たほうがいいんじゃない？　ひと晩《ばん》じゅう起きてたんだから。わたしのことは気にしないで、ちょっと休んでなさい」

「べつに、つかれてなんかない」ぼくはウソをついた。腕時計《うでどけい》の木星と地球の位置からすると、いまは午前五時四分。かれこれ二十四時間近く起きている。

看護師《かんごし》さんが車いすに乗ったおじいちゃんをレントゲン撮影《さつえい》に連れていってから、母さんは落ちつかない様子だ。たしかに、こんなときにリラックスするなんてむずかしい。目をとじるたびに、ハリケーンの中にとびだしていく場面と、おじいちゃんがとてもゆっくり、それでいて一瞬《いっしゅん》のうちにたおれる場面が、くりかえしよみがえってくる。

だから、いたみ止めが効《き》いてくるまで、悲し気な自動販売機《じどうはんばいき》を見つめていた。頭の中のドラム音が少しずつ静かになってきた。まわりの景色もぼんやりしてくる。考えごとをするのもむずかしくなってきた。べつに困《こま》りはしない。なにも考えないほうがいいときもある。

しばらくすると、白衣を着た女性《じょせい》が待合室にいるぼくたちのところへ来た。無造作《むぞうさ》にまとめたお団子《だんご》から、黒髪《くろかみ》がピンピンとつきでている。やさしそうな人だった。名札には「Dr.アグロワル」と書いてある。

母さんとぼくは立ちあがった。母さんがぼくの肩《かた》をぎゅっとつかむ。

「いたみ止めを飲んで、いまはお休みになられてます」アグロワル先生はそこまでいってから、ちょっとためらった。よくないサインだ。「大腿骨《だいたいこつ》を骨折《こっせつ》しているので手術《しゅじゅつ》が必要ですね」

母さんが胸《むね》に手をあてるのが見えた。そのあと母さんの唇《くちびる》が動き、先生が答え、何度かやりとりをしていたようだけど、ぼくにはふたりの声がよくきこえなかった。「骨折《こっせつ》」と「手《しゅ》術《じゅつ》」という単語しかきこえなかった。まるでこの世にはふたつの言葉しかないみたいに、それればかりが頭の中でこだましている。

アグロワル先生がいうのがきこえた。「ハリケーンが来ているのに、どうして外に出ていったのかは、わからないんですね？」

母さんがちらっとぼくを見た。一瞬《いっしゅん》だったけどわかった。感じとった。

「わかりません」母さんが答える。「玄関《げんかん》のかぎは二重にかけておいたんです。本当です。それなのに――」

「責《せ》めているわけではないんです」アグロワル先生がやさしくいった。「でも、おききしておかなければと思って。レントゲンをとるときに少し頭が混乱《こんらん》していたようですので。お父さまはもしかして……?」

「アルツハイマー病です」

先生がうなずく。「わたしの母もアルツハイマーなんです。つらいですよね」

母さんはだまったままだった。今度は母さんが悲し気な自動販売機《じどうはんばいき》を見つめている。

しばらくたってから母さんがいった。「これから、どうなるんでしょう?」

「道路が通れるようになったら、外科医《げかい》がすぐにこちらに来ることになっています。それまでは休んでいてもらいます。こうしているあいだにも、いたみ止めが効《き》いてきていると思いますよ」

きっとぼくのと同じいたみ止めだろう。いまごろ、おじいちゃんの世界もぼんやりしてきているはずだ。といっても、おじいちゃんの世界はちょっと前からぼんやりしていたんだろうけど。

「会えますか?」ぼくはきいた。

「ピーター、車で家まで送ってく」母さんがいった。

「おふたりとも、いまのような道路状況《どうろじょうきょう》では、どこにも行かないほうがいいと思います。無事にここまで来れたのだって奇跡《きせき》ですよ。あまり前例はないんですが、病院内に部屋を用意します。待合室で寝《ね》なくてもすみますよ」そのあと先生はぼくのほうにかがんでいった。「このいす、すわりごこちが悪いもんね」

「うん、最悪」ぼくがいうと、先生はにっこりと笑った。ぼくも笑う元気があったら笑顔《えがお》を返せたんだけど。

先生はおじいちゃんの部屋までぼくたちを案内してくれた。入り口にいちばん近いベッドは空いていた。おじいちゃんのベッドは奥《おく》の窓《まど》ぎわだ。おじいちゃんは目をつむっていた。胸《むね》が静かに上下している。どんな夢《ゆめ》を見ているんだろう。まだいたみはあるんだろうか。

「ねむっているようで、よかったです」先生が小声でいった。

母さんは少しのあいだ、おじいちゃんの手をにぎってから、いった。「行きましょう、ピーター」でも、母さんもまだはなれたくないみたいだった。だから、ぼくたちはそのままそこにいた。ふたりでならんでベッドのわきに立ち、おじいちゃんが息をするのをながめていた。

先生が部屋を出ていったあとも、ぼくたちはそのままでいた。

外ではまた雨が降《ふ》りだした。ハリケーンのときのような激《はげ》しい雨ではなく、やさしくて、さびしい感じの雨が窓《まど》ガラスを伝っていく。雨が降《ふ》るのをながめながら、どれくらいそこにいたのかはわからない。しばらくすると母さんがいった。「昔ね、おじいちゃんは工業学校に行きたかったんだって。この話、したことあったっけ？」

ぼくは母さんを見つめた。髪《かみ》の毛が顔にはりついて、目の下にはクマができている。自分をだきしめるみたいに腕《うで》を組んでいる。

「おじいちゃんが？」

母さんがうなずいた。「若《わか》いころね。でも、お金がなくて行けなかったらしい。それで、お父さんの時計店で働きはじめて、それからずっと働いてきたの。でも、わたしにはちゃんと大学に行かせてくれた。お金をためて。あなたのお父さんが家を出ていったあとも、おじいちゃんはわたしのそばにいてくれた。いつでも。わたしのためにあらゆることをしてくれた。だから、今度はわたしがなんでもしてあげなきゃと思って、それで……」

それで……。

雨音をききながら、それ以上深く考えないようにした。見たくないような事実がまっている気がしたから。

「責《せ》めているわけではないんです」と、アグロワル先生はいっていた。

でも、責《せ》められるべき人はいる。それがだれか、母さんもぼくもわかっている。

病室を出ると、ぺろぺろキャンディーをくれた看護師《かんごし》さんがまっていて、ぼくたちを少しむこうの、空いている病室に案内してくれた。

「いつもは、こんなことはしないんですけどね。ゆっくり休んでください」看護師《かんごし》さんがいった。

窓《まど》ぎわのベッドに横になって、病院で夜をすごすのは初めてだな、と思った。といっても、正確《せいかく》にはもう夜じゃない。太陽がのぼりはじめている。雨のむこうの太陽を見つめた。

母さんはベッドの端《はし》にすわって、小さいときのように、ぼくの髪《かみ》をクシャクシャッとした。

「ちょっとねむりなさい」母さんがいった。そのとき、おじいちゃんが嵐《あらし》の中に出ていく前、自分が母さんにいった言葉を思いだした。

「もう長いあいだ、ぼくたちはチームじゃなかったよ」

体を丸めて目をとじた。朝日が顔にあたり、まぶたの裏《うら》で光がおどる。見つめていると、光はしだいに形をおびていき、運河《うんが》を泳ぎはじめた。レイリーさんの家を通りすぎ、〝カントリーミュージックの聖地《せいち》〟と書かれたチカチカ光るネオンサインの横を通り、ヤシの木にかこまれた入り江《いえ》へとむかった。そこにはカヌーに乗ったおじいちゃんがいた。赤い道具箱と、ボルトやねじがいっぱい入った箱をもっている。

よく見ると、おじいちゃんだと思ったのは、ぼくだった。空は青くない。灰色《はいいろ》で巨大《きょだい》で、風がふきあれている。ハリケーンがもどってきたのだ。パタパタとはためいているのは鳥じゃない。生き物発見ノートのページだ。ぼくはつま先立ちになって、つかまえようとした。でも、そのときカヌーがゆれ、バランスをくずしたぼくは水の中に落ちた。思わず息を止める。ぐるぐると回りながら暗い川の中に落ちていく。どっちが上かわからないまま、おじいちゃんの手がぼくの手をつかんでくれるのをまつ。頭と肺《はい》がいたくなっても、おじいちゃんは来てくれない。

そのとき、ゾーイの姿《すがた》が見えた。これ以上、息がつづきそうにないとわかってはいるけど、ゾーイにむかって泳いでいく。必死に腕《うで》と足を動かす。肺《はい》が悲鳴をあげる。

もうちょっとだ――あとちょっとでゾーイにさわれそうだ――と思って手をのばしたとたん、ゾーイは何千という小魚に姿《すがた》を変えてぼくの手をすりぬけ、消えてしまった。

27

朝食は病院の売店で買ったグラノラ・バーと、クマの形をしたグミだった。正確《せいかく》には朝食じゃないけど。夜が明けるころにねむって、目が覚めたのはお昼ごろだったから、朝食というより昼食だ。

待合室で食べながら、まわりにいる人たちをながめた。昨日の夜はぼくと母さんしかいなかったけど、今日は何人かいる。クロスワードパズルをやっているカップルと、かばんの中をひっかきまわしているおばあさん。さがしものが見つからないみたいだ。

停電《ていでん》は解消《かいしょう》されていた。テレビもついている。チャンネル9では水が道路に流れこむ様子や、海ぞいの家で屋根に避難《ひなん》している人を消防士《しょうぼうし》が助ける映像《えいぞう》が流れていた。

「うわ、こわい。あんなの、想像《そうぞう》できる?」母さんがいった。

おじいちゃんが手術室《しゅじゅつしつ》に連れていかれてから、母さんはずっと待合室をウロウロしている。今朝、少しはねむれたといっていたけど、ウソだと思う。朝食はあとで食べるといっていたけど、それもウソだろう。

スマホを見た母さんが顔をこわばらせた。「あなたのお父さんから六回も不在着信《ふざいちゃくしん》が来てる。ハリケーンを無事に乗りきれたか、きっと心配してるんだね」

なにもおかしなことはいっていないのに、ぼくは笑いそうになった。だってぼくたち、ちっとも無事じゃなかったから。

「電話しとかなきゃ」

母さんがその場をはなれると、ぼくはテレビのリモコンをさがした。もっと気楽な番組に変えたいと思ったのだけど、リモコンは見つからなかった。そこで、ナースステーションにいる女性《じょせい》に、あまった紙とえんぴつがあったらください、とお願いした。その女性《じょせい》は病院で行われるビンゴ大会のチラシをくれた。「裏《うら》は白紙よ」

でも、いすにすわったとたん、なにもかくものがないことに気づいた。生き物の絵しかかけないのに、もう生き物の絵はかきたくない。とくにマナティーの絵は。マナティーのことは考えたくない。

なにも、考えたくない。

ぼくはまた自動販売機《じどうはんばいき》を見つめた。いまはもう電源《でんげん》も入っていて、ブーンという音をたてている。頭の横のたんこぶにふれてみた。ずいぶん大きい。

数分後、母さんはもどってくると、ぼくにスマホをつきだした。「お父さんが話したいんだって」口の動きで伝えている。

ぼくは首をふった。父さんからの電話には出ないことにしている。でも母さんは、ほらピーターって顔をする。もう、もめるのも面倒《めんどう》くさくなった。母さんもきっと同じだろう。

ぼくはスマホを受けとった。「もしもし？」

「やあ、ピーター」父さんがいった。声を聞くのは久《ひさ》しぶりだ。チューバみたいに太くて低い声。いつかぼくの声もこんなふうになるんだろうか。「母さんからきいたよ。なんか……いろいろ大変だったみたいだな」父さんはここで少し間を置いた。「気分はどうだ？」

ぼくはとまどった。ぼくの気分がどうかなんて、いままできいてくれたことはない。父さんは気分のことなんて話さない人だ。

そのとき気づいた。父さんは気もちじゃなくて、頭のケガのことをきいているんだ。「だいじょうぶだよ」たんこぶがズキズキするけど、とりあえずそう答えておいた。「そうか。そいつはよかった」父さんはせきばらいをした。「母さんにもいったんだが、もしなにか必要なことがあれば……」

なにかしてもらうつもりはない、っていいたかった。なにもしてもらいたくない。父さんは出ていったんだから。こんなときに電話してきて、いい人ぶるなんて。

でも、それをいう元気はなかったし、母さんの前で声をあらげたくなかった。「うん、わかった」ぼくはいった。

そのあとは長い沈黙《ちんもく》がつづいた。父さんがまたせきばらいをする。そのとき、アグロワル先生と、緑色の手術着《しゅじゅつぎ》を着た外科《げか》の先生が待合室に入ってきて、母さんのほうにまっすぐむかってきた。

「もう切るね」父さんにいった。

「わかった。あ……愛してるよ、ピーター」

愛してるっていうとき、父さんはちょっと言葉をつまらせた。ぼくは電話を切って、母さんのところへ行った。

「手術《しゅじゅつ》はうまくいきました」外科《げか》の先生がそっけなくいった。仕事なので、とりあえず伝えますって感じで。「合併症《がっぺいしょう》もありません。ですが、少なくとも数日間は入院してもらって様子を見ます。認知症《にんちしょう》の件《けん》もふくめて」

母さんは先生たちに答えるひまもあたえないまま、いくつも質問《しつもん》をならべたあと、すみませんとあやまって、最後にきいた。「また歩けるようになるでしょうか？」

「はい、といいたいところですが、まだわかりません」アグロワル先生がいった。アグロワル先生の口調は、これはたんなる仕事だって感じではなかった。すごく大事な話だという感じだった。だから、アグロワル先生は好きになることにした。「人工股関節《じんこうこかんせつ》にした患者《かんじゃ》さんの中には、以前のように動けるようになる方もいますが、そうでない場合も……。まあ、いまの段階《だんかい》では様子を見るしかありません」

アグロワル先生のことは、たぶん好きだけど、「様子を見る」って言葉はきらいだ。もううんざりだ。母さんも大きなため息をついているから、きっとうんざりしているんだろう。

それでも、これはいいニュースだと思う。手術《しゅじゅつ》がうまくいって、合併症《がっぺいしょう》もないんだから。

でも、おじいちゃんのところへ行くと、ベッドに寝《ね》ているおじいちゃんの姿《すがた》がとても小さく見えて、涙《なみだ》が出てきた。病院にもアレルギーのもとがあるみたいだ。腕《うで》につけられたチューブは、ベッドのわきにあるへんな機械につながっている。その機械がピッピッと鳴っている以外、まわりはしんとしていた。

母さんは少しのあいだベッドの横のいすにすわり、ぼくはその後ろに立っていた。母さんがトイレに行ったので、そのいすにすわった。

機械がピッピッと鳴りつづけ、おじいちゃんの胸《むね》が上下している。

ぼくがいえるのは、ひと言しかなかった。「ごめんね」手で顔をおおいながら、何度も何度もいった。「ごめんね、ごめんね、ごめんね」

いくらあやまっても、あやまりきれない。こうなったのはすべてぼくのせいだ。

ボートクラブの会合で使うポスターなんかつくらなければ、母さんがそれをぼくの部屋のクローゼットで見つけることもなかったし、ケンカをすることもなかったし、頭が混乱《こんらん》しているおじいちゃんをキッチンにひとりで残しておくこともなかった。

そもそも、ぼくがおじいちゃんの頭をマナティーのことでいっぱいにしなかったら、おじいちゃんがカテゴリー3のハリケーンの中、〈マナティー・セーフティー・ハウス〉をつくろうと外に出ていくこともなかった。

母さんは正しかった。マナティーの件《けん》は手に負えなくなっていた。

この夏、ぼくはいろいろなことができると思っていた。生き物発見ノートを完成させて、レイリーさんをだまらせて、マナティーを救《すく》って、おじいちゃんのお世話をして、トミーをひきとめて。そうして世界だって変えられるかもしれないと思っていた。

でも、ひとつもできなかった。

自分がバカみたいに思えた。いったいなにを考えていたんだろう。ぼくはまだ子どもだ。トラブルばかり起こしているガキだ。直そうとしたものを全部こわしてしまうガキだ。

だからもう、なにかを直そうなんて、しないほうがいいんだ。

28

おじいちゃんがいない家の中は、なにかがちがう。

いっしょに住みはじめてからまだ六か月しかたっていないのに。たったの六か月だけど、そばにいるのがあたり前になっていたんだと思う。

ひとりで『アイ・ラブ・ルーシー』を見て、チョコミントのアイスを食べて、コーンチップスを食べてみたけど、やっぱりいつもとはちがう。家の中は静かすぎる。がらんとしすぎている。

母さんが仕事やおじいちゃんのお見舞《みま》いで家にいないときは、もっとそう感じる。ひとりで家にいてもやることはないし、お世話をしなきゃいけない人もいない。

スマホをじっと見つめて、トミーが電話をかけてきてくれるのをまった。でも、あんなにいろいろいったあとでトミーが電話をくれるなんてこと、あるはずがない。いえなかったこともたくさんあったし。

母さんが家にいるときも、気分はたいして変わらなかった。おじいちゃんが転んでしまってから、母さんには掃除《そうじ》という新しい趣味《しゅみ》ができた。

まずは、ハリケーンでめちゃくちゃになったものを片《かた》づけはじめた。窓《まど》からベニヤ板をはずし、テラスにあったいすやテーブルをもとにもどした。割《わ》れた窓《まど》ガラスはきれいにはいた。部屋に入ってきた葉っぱ、枝《えだ》、土、何匹《なんびき》かのトカゲも、きれいに片《かた》づけた。ほとんどは茶色と緑色のアノールトカゲ（発見番号22と31）だった。

家がいつもどおりになると――おじいちゃん以外はってこと――母さんは家の中のホコリをはらって、掃除機《そうじき》をかけて、消毒《しょうどく》をした。前庭の雑草《ざっそう》をぬいて、車もあらった。人工観葉植物の葉っぱまで、ぬれたタオルでふいていた。そんな姿《すがた》、いままで見たことない。

ハリケーンが来るまで、夏休みはとぶようにすぎていた。やらなきゃいけないことが百万個《こ》くらいあって、時間が足りないくらいだった。でもいま、残りの夏休みはどこまでもつづく海みたいに目の前に広がっている。中学校がはじまるまで、あと六週間ぐらいある。それまでなにをすればいいだろう？　なにをして時間をつぶしたらいい？

ハリケーンが通りすぎて一週間後のある日、母さんが掃除機《そうじき》をかけていた。

「なにか手伝おうか？」ぼくは声をはりあげていった。

「だいじょうぶ。ゆっくりしてて！　なにか楽しいことでもしてなさい！」

母さんは大声で答えて、にっこり笑った。この一週間、ぼくを見るときの母さんは、いつも笑顔《えがお》だ。どうしてだろう。おじいちゃんに起こったことを考えたら、ぼくを怒《おこ》っていて当然なのに、どうしてこんなにやさしいんだろう？

とにかく、なにをしても落ちつかないし、なにをしても楽しくない。外にも行きたくない。暑すぎる。それに蚊《か》がたくさんいる。いままでだったらどんなに暑くても、どんなに蚊《か》がいても、外に行きたくてしかたなかった。でもいまは行きたくない。

だから、自分の部屋を片《かた》づけることにした。本をアルファベット順にならべてみたり、表紙の色別にならべなおしたりした。それから五年生のときの学校の成績表《せいせきひょう》や宿題を集めて、ガレージにあるごみ箱まで運んでいった。

家に入ると、母さんがスマホでだれかとしゃべっていた。「ピーターからきいてない？　わたしの父の具合が悪くてね。この夏はピーターが父のお世話を手伝ってくれてるの……ええ、そうね。本当に助かってる」母さんがぼくに手まねきをした。

え？　ぼくに電話？　もしかしてトミーから？　緊張《きんちょう》しながら母さんに近づいていった。ずっとトミーからの電話をまっていた。トミーと話したくてしかたなかった。でも、いざ話せるとなったら、いったいなにを話したらいいのかわからない。それにしても、どうしてぼくじゃなくて母さんに電話してきたんだろう？

母さんからスマホを受けとると、自分の部屋に走っていった。「もしもし？」

「こんにちは、ピーター！」

電話のむこうはトミーじゃなかった。キャシディだった。

「いま、お母さんと話してたの。おじいさんのことをきいた。大変だったね」

スマホをにぎりしめた。「ぼくならだいじょうぶだよ」

「そう……えっと、あのね、今週、うちの事務所《じむしょ》に来れるかな。インディゴ川ボートクラブの会合の前に、マリアがあなたと話がしたいって。よければ家まで迎《むか》えにいく」

窓《まど》の外の運河《うんが》を見た。土手に植わっているヤシの木が、ハリケーンでまっぷたつに折れている。

「ボートクラブの会合には行かない」

「え、そうなの？　本当に？　あんなに行く気まんまんだったのに」

「うん、行かない」

しーんとなった。本当はキャシディにききたいことがいっぱいあった。ゾーイはどうしているのか、野生に返す日は近いのか、ハリケーンで傷《きず》を負ったマナティーはいなかったのか。でも、なにもきかなかった。

「もし気が変わったら――」

「変わらない」

電話を切ったあとも、運河《うんが》のほうをながめていた。カラシ色のレイリーさん家《ち》が見える。レイリーさん夫婦《ふうふ》は、まだあの家にいるんだろうか。それとも、もうトミーの家に引《ひ》っ越《こ》したんだろうか。レイリーさんの奥《おく》さんはレイリーさんと離婚《りこん》したんだろうか。そこまで考えてから、もうこれ以上考えるのはよそうと思った。どれも、もうどうでもいい。ぼくの知ったことではない。いままでだって、どうでもよかった。

「ピーター？」声をかけられるまで、母さんがぼくの部屋の入り口にいるなんて気づかなかった。

ぼくはくるりとふりむいた。「いつからそこにいた？」

「カーター中学校からまた手紙が来てるわよ」母さんはそういって、封筒《ふうとう》をぼくの机《つくえ》の上に置いた。「どうしてボートクラブの会合に行かないの？」

「えっと、母さんが行くなってていったから。覚えてないの？」

母さんはぼくのベッドの端《はし》に腰《こし》かけた。「あのときは怒《おこ》ってたから。それに、心によゆうがなかった。でも、動物好きのあなたが大好きなのは本当だよ。すごいなって、いつも思ってる」

母さんは目を細めてこちらを見ると、ぼーっとしているぼくの意識《いしき》をひきもどそうとするようにいった。「会合でスピーチをするのは、あなたにとっていいことかもしれないよ。フロリダ・マナティー協会はちゃんとした組織《そしき》みたいだし。キャシディもいい人だしね。だから、あなたにとって大切なら――」

「大切じゃない。ボートクラブなんてどうでもいい。マナティーのことも、もうどうでもいい」

母さんはぼくをじっと見た。ぼくは母さんの後ろの壁《かべ》を見つめた。というか、なにも見ていなかった。

「ねえ、ピーター。おじいちゃんのことは、あなたのせいじゃないから。わたしがあなたにそう思わせたんだとしたら、あやまる。ごめんなさい。おじいちゃんは頭が混乱《こんらん》してただけ。すごく混乱《こんらん》してた」

母さんが海をへだてたむこうにいるならいいのに。こんなに近くにいたら、うまく息ができない。

しばらくすると母さんが立ちあがった。「もし会合のことで気が変わったらいってね。応援《おうえん》する。母さんはいつでもあなたの味方だよ。頼《たよ》りないとは思うけど、がんばる。約束する」

母さんは机《つくえ》の上の封筒《ふうとう》をぽんとたたいて、部屋を出ていった。封筒《ふうとう》をあけると、中学校の時間割表《じかんわりひょう》が入っていた。選択科目《せんたくかもく》は希望どおりのものが取れていた。美術《びじゅつ》と演劇《えんげき》。でも、それもう、どうでもよかった。

時間割表《じかんわりひょう》を靴下《くつした》が入っている引き出しの奥《おく》につっこんだ。ここにはトランシーバーもつっこんである。そのあと、ほかに片《かた》づけるものがないか部屋を見まわした。

クローゼットにマナティーのポスターがあった。それを半分に折ってリサイクル用のゴミ箱に入れ、上から足で何度かふみつけて押《お》しこんだ。

29

七月四日に、おじいちゃんはドッグウッド・リハビリセンターに移《うつ》された。その夜、母さんとぼくは独立記念日《どくりつきねんび》を祝う花火は見にいかず、遠くのほうで花火の音が鳴るのをきいていた。

おじいちゃんは一週間ほどリハビリセンターにいる予定だった。でも、いたみ止めを飲んでいるせいで、頭が前よりもっと混乱《こんらん》している。歩行のリハビリを担当《たんとう》してくれている、理学療法士《りがくりょうほうし》のデクスターさんから母さんがきいたところによると、リハビリの進み具合は「二歩進んで一歩下がる」状況《じょうきょう》らしい。だから、一週間の予定が二週間になり、三週間になり、いつになったら家に帰れるのか、だれにもわからなかった。

七月は陸生カタツムリのリンゴマイマイ（発見番号68）よりもゆっくりとすぎていった。ときどき母さんは車で仕事に行くとちゅう、ぼくをリハビリセンターの前で降《お》ろしていく。そして、ぼくはおじいちゃんと部屋ですごす。たいてい、おじいちゃんは寝《ね》ている。起きているときでも、ぼくがだれだかよくわからないことが多い。

そのほかの日は、母さんがふたりでなにをしてすごすか考えてくれる。中学校に着ていく服を買いにいったり、自然公園に連れていってくれたりする。ぼくがまだ動物をさがしたがっていると思っているらしい。どうして急にいっしょにすごす時間を増《ふ》やしたのかは、わからない。

ある朝、外もまだ暗い時間に起こされた。「海に行くわよ」母さんが高らかにいった。

どうしちゃったんだろう。もうずっと、ふたりで海になんて行っていない。おじいちゃんとは行ったことがあるし、トミーの家族に連れていってもらったこともある。でも、母さんとはずっと行っていない。しかも、こんなに朝早くなんて。

「もっとあとじゃだめ?」ぼくはぶつくさいった。

母さんは、だめ、ときっぱりいった。

数分後、ぼくたちはまだ静かな通りを車で走りだした。世界はまだねむっている。真夜中に病院まで車を走らせたときのことを思いだした。でもいまは、あのときほど暗くない。街灯が星のようにてんてんと通りを照らしている。地平線がうっすらと明るくなってきた。母さんがアクセルをふむ。「日の出前に着かなくちゃ」

遊歩道の近くに車をとめ、グラグラする板ばりのスロープを通って海岸に下りていった。こんなに静かな、だれもいない海岸は初めてだ。パラソルは一本もないし、浅瀬《あさせ》で遊んでいる子どももいない。ただ海があるだけ。海の上に広がる空がオレンジ色がかった紫色《むらさきいろ》になってくると、母さんは砂浜《すなはま》に毛布《もうふ》をしいて、トートバッグから水筒《すいとう》をふたつ取りだした。

「コーヒーよ」

「まだコーヒーは飲ませてもらえないと思ってた」

母さんが肩《かた》をすくめた。「ルールは、やぶるためにある」

「えっと、母さんだいじょうぶ？　いつもだったら、そんなこといわないよね？」

「まあいいじゃないの。飲んでごらん」

ぼくは水筒《すいとう》からひと口すすったあと、すぐにはきだした。「うぇっ！」

母さんは笑ったけど、すぐ真顔になった。ぼくは海を見つめた。小さいときは、よく波をつかまえようとしたものだ。母さんがぼくを見ているのを感じる。「泳いでくる？」

「ううん」昔は海で泳ぐのが好きだったし、この夏、海に来たのはこれが初めてだったけど。きっともう、今年は来られないだろう。

ふたりでだまって太陽がのぼるのを見つめた。オレンジ色と紫色《むらさきいろ》だった空が黄色に変わり、青くなりはじめた。きれいだけど、どこかさみしかった。トミーと見たかった、という思いばかりが頭に浮《う》かぶ。

だれかがいなくてさみしいと思うとき、本当に胸《むね》がいたくなるなんて、いままで知らなかった。トミーのことを考えるたび、胸《むね》の真ん中がハチにさされたみたいにチクリといたむ。トミーからはまだ電話もこない。でも、してくるわけがない。きっとミシガンで楽しくやっているんだろう。いまごろ、きつい言葉やひどいことをいわない新しい親友を見つけているかもしれない。

おじいちゃんが、けっしてイライラしないし、おじいちゃんのことをはずかしいとも思わない人たちに面倒《めんどう》をみてもらっているみたいに。

ゾーイだって、ぼくにはとてもできないような世話をしてくれるビリーといっしょにいる。

「ピーター、元気出して」太陽の光に目を細めながら、母さんがぼくを見る。母さんの髪《かみ》が風にひるがえった。

ひざをぎゅっとかかえた。ひざの上にあごをのせて、地平線でもりあがる波に目をやる。波は岸まで来てくだけ、あわだった海水が毛布《もうふ》の近くまで流れてきた。思わずあとずさって、波打ちぎわからはなれた。

30

「判定《はんてい》は？」デクスターさんがいった。

ドッグウッド・リハビリセンターの訓練室のすみにすわっているぼくは、十点と大きく書かれた紙をかかげた。

デクスターさんがおじいちゃんの肩《かた》をやさしくたたく。「見てください！　今日は絶好調《ぜっこうちょう》ですね」

体が大きくて筋肉《きんにく》もりもりのデクスターさんは、リハビリセンターにいる現実《げんじつ》の理学療法《りがくりょうほう》士《し》というより、ハリウッド映画《えいが》に出てくる理学療法士《りがくりょうほうし》みたいだ。リハビリには、ほめることがなにより大事、とデクスターさんは考えている。おじいちゃんがなにかをうまくできたとき、たとえば歩行器なしで立てたり、だれにも支《ささ》えられずに一歩ふみだせたりしたときに、高い点数が書いてある紙をぼくがかかげるというのは、デクスターさんのアイデアだ。

おじいちゃんは目をパチパチとさせてこっちを見た。「ありがとう、ポール」

胃《い》がきゅっとなった。おじいちゃんがぼくを忘《わす》れてしまったときは、いつもこうなる。でも、ぼくはピーターだよ、とはいわないでおく。デクスターさんによると、まちがいを正されるとやる気がそがれてしまうものらしい。だから、ただほほえんだ。というか、ほほえんで見えるように、ちょっと口の端《はし》をもちあげた。少し胸《むね》がいたむ。

「じゃあ、あと二歩行きましょう。ぜったいできます」

デクスターさんのことは好きだ。でも、ぼく以外の人がおじいちゃんの世話をしているのを見るのはつらい。

訓練室を見まわした。いつも何人かの患者《かんじゃ》や理学療法士《りがくりょうほうし》がいる。今日はカーディガンをはおった女の人が、部屋のすみで小さな紫色《むらさきいろ》のダンベルをもちあげていた。その近くでは、おじいちゃんのルームメイトのハリントンじいさんが、大きな青いバランスボールにすわって、「手助けなど、いらん」と理学療法士《りがくりょうほうし》にいっている。

ここにいる人たちはみんなどこかケガをしているけど、それは身体的なものだ。おじいちゃんみたいに頭が混乱《こんらん》している人はいない。

デクスターさんによると、おじいちゃんには〝まあまあの日〟と〝調子がいい日〟があるらしい。これまでのところ、今日は〝調子がいい日〟みたいだ。少し動けるし、リハビリセンターをぬけだそうともしないし、スタッフに道具をもってこいともいわない。ぼくがチョコミントのアイスをもってきたから、きげんがいいんだと思う。

リハビリのあと、おじいちゃんは昼食にアイスしか食べたがらなかった。結果的にそのほうがよかったかもしれない。ハリントンじいさんのお皿にのっている、食堂《しょくどう》のプルプルしたラザーニャは、あまりおいしそうには見えない。

部屋でおじいちゃんとハリントンじいさんが昼食を食べているあいだ、ぼくはふたりのそばにすわっていた。ドッグウッド・リハビリセンターは病院よりも明るい感じだ。海や魚の絵がかざってあって、部屋のすみには観葉植物が置いてある。テレビも大きい。ハリントンじいさんはテニスの試合を見ていて、選手がボールを打つたびにうめくのをきいてクスクスと笑っている。テニスの試合は見たことがなかったけど、ボールが行き来するのを見ているのはおもしろい。ちょっと催眠効果《さいみんこうか》がある。

「わかったぞ！」ハリントンじいさんが急に声をあげたので、ぼくはおどろいてとびあがった。「見覚えがあると思ってたんだ。ずっと頭のすみで気になってた。きみはあのマナティーの男の子だろう！」

おじいちゃんはぼくからハリントンじいさんに視線《しせん》を移《うつ》した。モジャモジャのまゆげがゆがむ。「ゾーイ」おじいちゃんがいった。ゾーイの名前は覚えているんだ。

「そう、そんな名前だった。ゾーイだ」ハリントンじいさんがしゃがれた声で笑った。「地元のニュース番組で見たぞ。あれは見ものだったなあ。きみが近所の人を犯人《はんにん》よばわりして。ずいぶん腹《はら》をたててたみたいだな」

とつぜん、おじいちゃんがベッドの手すりをつかんだ。「運河《うんが》に行かなきゃならん」火をふきそうなほどガラガラの声だった。「あれを、あれをつくらなきゃ――」おじいちゃんがうすくなった白髪《しらが》をゆらしながら首をふった。「嵐《あらし》が来る前につくらないと」

デクスターさんからいわれたことを思いだした。まちがいを正すのはやる気をそぐのでよくない。これまでおじいちゃんのまちがいを正して、うまくいったことがないのもたしかだ。だから、おじいちゃんの手をにぎって、頭の中の嵐《あらし》がすぎさるのをまった。

「道具がいる」おじいちゃんはぼくをぐっとひきよせると小声でいった。「だれかが道具をかくしたんだ」

部屋のむこうでは、ハリントンじいさんがなにごともないかのように昼食を食べている。数日前にここに来たハリントンじいさんは、四番目のルームメイトだ。おじいちゃんの頭が混《こん》乱《らん》することには、もう慣《な》れているようだった。それに、プルプルのラザーニャを食べるのに必死みたいだ。

「気をつけて行かないと」おじいちゃんが言葉をつづける。「やつらは、わたしたちをここから出したくないみたいだからな。わたしについてこい。いいな？」

おじいちゃんは立ちあがろうとした。でも、いたみに顔をゆがめてベッドにたおれこみ、肩《かた》で息をした。ぼくはおじいちゃんの手をきつくにぎった。今日は〝調子がいい日〟ではないらしい。たぶん〝まあまあの日〟なんだろう。つまり、あまり調子がよくない日、ということだ。

頭の中の嵐《あらし》がすぎさっておじいちゃんが落ちつくまで、ぼくはとなりにすわっていた。いたみ止めのせいで、ぼうっとしているみたいだ。夕方、母さんが迎《むか》えにきたときには、おじいちゃんは寝息《ねいき》をたてていた。平穏《へいおん》そうな顔をして。夢《ゆめ》の中では頭もすっきりしていることだろう。

「今日のおじいちゃんはどうだった？」母さんが小声できいてきた。

「まあまあだったよ」

部屋のむこうからハリントンじいさんがこっちを見た。耳がよくきこえないといつもいっているけど、本当のところはわからない。耳毛はたくさん生えている。

ぼくはいいなおした。「いつもと変わらない、って意味だよ」

母さんはおじいちゃんの髪《かみ》をなで、頬《ほお》にキスをした。母さんはいつも少しだけおじいちゃんのそばにいてから家に帰る。でも今日は、仕事用のかばんを下ろしもしない。

「さ、帰ろう。もうすぐ夕食の時間よ」

夕食の時間って何時のことだろう。日によって食べる時間はちがうのに。おじいちゃんがリハビリをするようになってからは、とくにそうだ。

帰りの車の中で、母さんはやけにおしゃべりだった。「今日はいい日になるわよ。そんな気がしない？」

今日の母さんへんだね、って視線《しせん》を送る。「べつに。今日はもう半分以上終わってるし」母さんはただにっこりするだけだった。

家に帰ると、母さんは炒《いた》め物にする野菜を角切りにし、ぼくには先週テレビショッピングで買ったチョッパーでニンニクをみじん切りにするよういいつけた。おじいちゃんの手術《しゅじゅつ》以来、母さんはテレビショッピングで買い物をしまくっている。四つ目のニンニクをみじん切りにしていると、玄関《げんかん》のよび鈴《りん》が鳴った。

「ちょっと出てくれる？」どこかいつもとちがう声で母さんがいった。

チョッパーを置いて玄関《げんかん》へ行った。ドアのむこうにまたハリケーンが来ていて、ぼくの頭をぶんなぐろうとしている気がする。

それか、レイリーさんだったらどうしよう。いつもならいいかえす自信があるけど、いまは無理そうだ。そう思うとちょっとこわい。負けずにいいかえせるのがぼくのいいところなのに、できないなんてぼくらしくない。

玄関《げんかん》のドアを少しだけあけて外をのぞいた。

ハリケーンは来ていない。

レイリーさんでもなかった。

やせっぽちで、めがねをかけた、くるくるの黒髪《くろかみ》の男の子が、『サイエンス・デイリー』のT《ティー》シャツを着て、大きなリュックを背負《せお》い、太陽の光にまぶしそうに目を細めながら立っていた。

31

「こんなところで、なにしてるんだ？」ドアのすき間から、声をひそめて強めにいった。トミーが来たことを母さんに知られてはいけない。きっと家からにげてきたんだろうから、かくまってあげないと。もしかすると、警察《けいさつ》に追われているのかも！　ま、それは冗談《じょうだん》だけど。トミーが法律《ほうりつ》をやぶるなんてありえない。

「きみに会いにきた」トミーがいった。

「どうやってここまで来たんだ？」

「飛行機で」トミーはニコッと笑って、くしゃみをした。その音をきいて、自分がトミーのくしゃみをききたくてたまらなかったことに気づいた。「飛行機で緊急時《きんきゅうじ》につける酸素《さんそ》マスクの酸素《さんそ》は十五分しかもたないって知ってた？」

ぼくは首をふった。

「緊急事態《きんきゅうじたい》にならなくてよかったけど、ちょっとゆれた」

「えっと……ミシガンから来たんだよね？」

「うん。そこから飛行機に乗った」

ぼくたちはおたがいを見つめた。

トミーがここにいるのはわかっている。たしかに目の前にいる。ぼくの前に立っている。でも、現実《げんじつ》とは思えない。ほんの一秒でも目をそらしたら消えてしまいそうでこわかった。だから、じっと目もそらさずにトミーを見た。まばたきもしないで。

「えっと、入ってもいい？　外は暑いし、蚊《か》にもさされた。4パーセントの確率《かくりつ》で死にいたるウイルスを媒介《ばいかい》されたと思う」

もしかしたら本当にトミーをかくまわなきゃいけないかもしれないと思い、ドアを大きくあける前に、母さんがまだキッチンでいそがしく働いているか確認《かくにん》しようとふりかえった。すると、母さんがソファの背《せ》にもたれかかってニヤニヤしながらぼくたちを見ていたので、思わずさけびそうになった。

「お客さんをひと晩《ばん》じゅう外でまたせておくつもり？」

そうきいたとたん、母さんがこっそり計画していたんだとわかった。

ぼくがドアを大きくあけると、母さんがわざとらしく声をあげた。

「おどろいた、トミーじゃないの！」

わざとらしかったけど、トミーは心配になったみたいだ。

「あれ？　きいてないですか？　昨日、うちのお父さんが、ぼくが何時の飛行機に乗るか電話で伝えたはずなんですけど」

母さんは、あははと笑った。「バレちゃったか。先週、トミーのご両親と話をしたのよ。夏休みのあいだ、トミーが遊びにきてくれたら楽しいわねって」

ぼくは母さんからトミーに目を移《うつ》した。「ミシガンからひとりで飛行機に乗ってきたのか？」

「お父さんが、飛行機はいちばん安全で効率《こうりつ》のいい移動手段《いどうしゅだん》だっていってた。飛行機に乗るのは初めてだったからこわかったけど、ずっと目をつむって、お母さんがもたせてくれたストレスボールをにぎってたんだ。ちょっときつくにぎりすぎたみたいで、手がいたいよ」

「タクシーには問題なく乗れた？」母さんがきいた。

「きいてたとおり、空港を出たら運転手さんがまってくれました。ぼくのために『サイエンス・デイリー』までかけてくれたんです。そうだ、沼地《ぬまち》と湿地《しっち》のちがい、知ってますか？」

「知らないわ」母さんがいった。「ピーター、トミーに入ってもらって。すぐに夕食にしましょう。トミーは炒《いた》め物は好き？」

「ぼくはなんでも好きです」トミーが答えたけど、本当はちがう。オリーブもブルーチーズも苦手だし、ハチミツがかかっていないピーナッツはきらいなはずだ。ぼくは知ってる。だって親友だから。

母さんがキッチンにもどると、ぼくはまたトミーを見た。でもすぐに、ぎゅっと目をとじた。いろいろな感情《かんじょう》で胸《むね》がいっぱいだ――おどろきと、とまどいと、罪悪感《ざいあくかん》。

そして、幸せだった。その気もちがいちばん強い。

幸せはいちばんすてきな感情《かんじょう》だとよくいわれる。けれど、鉄の球みたいにすごく強い力で心に衝撃《しょうげき》をあたえることもあるから、心を落ちつけるのにちょっとだけ時間が必要だ。

「えっと、ピーター。深呼吸《しんこきゅう》をしてるところ悪いんだけど、リュックが重くてしかたないんだ」

目をあけた。トミーはまだ目の前にいる。よかった。

お客をもてなすようにトミーのリュックを受けとり、ぼくの部屋にもっていった。ウソじゃなかった。砂袋《すなぶくろ》よりも重い！「おまえ、なに入れてきたんだよ？」

「救急《きゅうきゅう》セットと、外に行くとき用のサバイバルキットと、ゾンビが来たとき用のサバイバルキットと、服が何枚《なんまい》か。あ、あと生き物発見ノート！」

穴《あな》のあいたビーズクッションのとなりに、リュックを置いた。

「ぼくたちの生き物発見ノート？」

「ここにいるあいだに完成させられるかなと思って。時間があれば、だけど。土曜日にはインディゴ川ボートクラブの会合もあるしね」

いいたいことはたくさんあった。そんなもの、もうどうでもいいよとか、発見クラブはもうないんだぞとか、ボートクラブの会合には行かないことにしたとか。

でも、それを口にするのはやめて、トミーの腕《うで》をつついた。

「なんでつつくの？」

「おまえが現実《げんじつ》にここにいるのかどうか、たしかめた」

「『サイエンス・デイリー』によると、現実《げんじつ》とはなにかということについて、科学的な見解《けんかい》の一致《いっち》はないらしいよ。ぼくの肉体がここにあるかどうかということなら――」

トミーがそのバカバカしい文章をいいおわる前に、ぼくはトミーをハグした。

32

夕食のあと、ふたりでぼくの部屋に行った。ぼくはベッドに寝《ね》そべり、トミーは母さんがふくらませたエアーマットレスに横になって、これまでのことを全部、話してくれた。フロリダからミシガンまで行くあいだ、ずっと『サイエンス・デイリー』をきいていたこと、ナッシュビルで入ったレストランのこと、そこで女性歌手《じょせいかしゅ》が悲しみとウィスキーの歌をギターで弾《ひ》きがたりしていたこと、フロリダにくらべてミシガンは寒いこと。といっても、まだ夏だから、じっさいはすごくあたたかいはずなんだけど。

「海の近くじゃないから、波に流される確率《かくりつ》は低いんだ」トミーがいった。

笑うのは失礼だと思ってこらえた。でも、トミーが笑ったので、ぼくもちょっとだけ笑った。

笑ったあとは、しんとなった。日がしずんで部屋が暗くなってきたので、ベッドの横のテーブルに手をのばして万華鏡《まんげきょう》ランプをつけた。何年も前に、時計店でおじいちゃんといっしょにつくったものだ。その名も〈ミラーボールふう万華鏡《まんげきょう》ランプ〉。さまざまな色と形の模様《もよう》がついたランプのかさが、スイッチを入れるとくるくると回りだす。しばらくのあいだ、天井《てんじょう》でゆらゆらと動くさまざまな色の光を見ていた。トミーも見ていたと思う。

でも、ずっとこのまま、だまっているわけにはいかない。いわなきゃいけないことがある。でも、なかなかいえない。ぼくにしてはめずらしい。いつもなら、なんでもかんたんに口にできる。むしろ、止められないくらいなのに。

胃《い》がパタパタしていなければ、心臓《しんぞう》がタップダンスするみたいにドキドキしていなければ、手のひらに汗《あせ》をかいていなければ、きっとかんたんにいえるはず。でも、いうことをいうまで、おさまりそうもない。

だから、いまいおう。

本当に。

深呼吸《しんこきゅう》して。

よし、いおう。

いや、ちょっとまって。もう一回深呼吸《しんこきゅう》してから。

よし。今度こそ、いうぞ。

「トミー、ごめん」

数を数えて、しんとした時間がすぎるのをまった。七まで数えたところで、がまんできなくなっていった。

「引《ひ》っ越《こ》しの日、いやな態度《たいど》をとっちゃってごめん。本当にごめん。さよならっていえなかったんだ。悲しくて。あんなに悲しい気もちになったのは生まれて初めてだった。悲しいとイライラしちゃうときがあるんだ。怒《おこ》ってたわけじゃない。ただ悲しかった。わかるだろ？でも、ミシガンで波に流されるなよ、っていったのは本気だよ。イヤミじゃない。まあ、ちょっとはイヤミも混《ま》じってたかもしれないけど、本当におまえが海に流されたりしたら、たえられない。最悪だ。つまりなにがいいたいかというと、ごめん、ってことだ。本当にごめん。死にそうなくらい後悔《こうかい》してる。文字どおり死ぬわけじゃないけど……本当に死にそう」

そこまでいって息をついた。また、しんとなった。ドキドキしているぼくの心臓《しんぞう》の音はトミーにもきこえていると思う。それどころか、世界じゅうにきこえているかもしれない。銀《ぎん》河《が》じゅうにも。

「なにかいってくれよ。なんでもいい。『ゆるさない。きみはとんでもなくイヤなやつだ』でも、『いまごろあやまっても、おそい。これから先、永遠《えいえん》にきみがきらいだと思う』でもいいから」

青緑色の光が波のように天井《てんじょう》を流れていく。今度はトミーが口をひらくまで二十三秒数えてまった。いままででいちばん長い二十三秒だった。

「傷《きず》ついたよ。すごく」やっとトミーが口をひらいた。

なにもきかないほうがよかったかもしれない。アレルギーがひどくなってきた。目に水がたまり、部屋の中でゆらゆらとおどっている光がにじんでいく。ベッドにもぐって姿《すがた》をかくしてしまいたい。

「でも、イヤなやつだとは思ってないよ」トミーがいった。「きみがやったことはイヤだったけど、だからといって、きみはイヤなやつじゃない」

ぼくは目をこぶしでぬぐい、ごろりとむきを変えてトミーを見た。「イヤなことをするやつはイヤなやつだよ」

「でも、ケーキを一度焼いたことがあるだけでパティシエっていえないのと同じだよ。魚つりを一度したことがあるだけで漁師《りょうし》とはいえないでしょ。それに――」

「じゃあ、ぼくのこと、きらいになってない？」

トミーは目をとじた。最初はねむってしまったのかと思った。もしそうだとしたら最悪のタイミングだ。でも、トミーはいった。「たしかに、きみには腹《はら》がたった。すごく。それに、つらかった。怒《おこ》るのは好きじゃないから。いちばんきらいな感情《かんじょう》だから」ひと息ついてからつづける。「でも、きらいになんてなってない。そんなの、ありえないよ」

「それは、おまえがだれのこともきらいにならないからだろう？」

トミーがパチッと目をあけた。さまざまな色の光がおどる中、トミーがぼくを見た。「きみのことは、きらいになんかなれないよ」

え、どうして？　いい人すぎないか？　どうしたらそんなにいい人になれるんだ？　もうだめだ。アレルギー全開。

「どうしてうちに来てくれたんだ？　もちろん、来てくれてうれしい、すごくうれしい。でも、どうして？」

「きみのお母さんが、うちのお母さんに電話をくれて――」

「それはわかってる。どうしてうちの母さんは電話なんかしたんだろう？」

万華鏡《まんげきょう》ランプの光で、トミーの顔が青色から紫色《むらさきいろ》に変わる。

「おじいちゃんがリハビリセンターにいて、きみには友だちの力が必要だっていってた」

くるくる回る赤い光をつかまえるように両手をあげた。「ぼくはだいじょうぶだよ」

「でも、ピーター……」

「なんだよ？」

「いま『だいじょうぶ』っていったとき、ちょっと声が高かった。ウソをつくとき、人はそうなるらしいよ。『サイエンス・デイリー』でウソを見やぶる方法を放送してた。『これできみも刑事《けいじ》だ』っていうシリーズでさ、ちょうどミシガンに行くとちゅう、車の中できいてたんだ。きみに腹《はら》をたててたときに」

ぼくは枕《まくら》をぎゅっと胸《むね》にかかえた。ちょうど心臓《しんぞう》の前に。トミーのいうとおりかもしれない。だいじょうぶじゃないのかも。このところずっと、だいじょうぶじゃなかったのかもしれない。

「おじいちゃんは病気なんだ。骨《ほね》が折れただけじゃなくて」

そういったら、少し心が軽くなった。体の中にあった石をはきだしたみたいに。

でも、こわくなった。はきだした石をまた飲みこんでしまいたい。

だけど、いってしまったことはしかたない。それに心の底では、もっと早くトミーにいえばよかったと思っていた。

だから、全部話すことにした。どうしておじいちゃんがうちに来ることになったのか。どうしてトミーを家によばなくなったのか。お世話係の仕事のことも、それがぜんぜんうまくできなかったことも。

「おじいちゃんが嵐《あらし》の中に出ていったのはぼくのせいなんだ。ぼくがおじいちゃんの頭をマナティーでいっぱいにしたり、いっしょにマナティーのためになにかつくろうっていったり、頭が混乱《こんらん》してるのにキッチンでひとりにさせちゃったりしたから。ぼくのせいで、おじいちゃんは転んだんだ。ケガをしたのはぼくのせいなんだ」

先月、何百万回も同じことを思った。でも、口に出したら、ちがう感じがした。もっと現《げん》実味《じつみ》がある。ぼくは枕《まくら》に顔をうずめた。

「おじいちゃんのことは、きみのせいじゃないよ。それは〝過剰《かじょう》な責任感《せきにんかん》〟ってやつだと思うよ。心理的なもので、なにか悪いことが起きたときに、自分の責任《せきにん》を必要以上に感じてしまうことなんだって。これを知ったのは――」

枕《まくら》からチラリと目をのぞかせていった。「『サイエンス・デイリー』？」

トミーがうなずく。「悪いことが起きたからといって、きみが悪いお世話係というわけじゃない。すべてをコントロールするなんて無理なんだから。そうでしょ？」

「もういいよ」トミーがなにかいえばいうほど、目が熱くなってくる。

「アレルギーなの？」

そうだ、っていいたかった。おまえがへんなことというからアレルギーを起こしちゃったよ、過剰《かじょう》な責任感《せきにんかん》ってなんだよって笑いとばしたかった。でも、今日は本当のことをいう日だ。

「ぼくはアレルギーなんてないよ。おまえも知ってるだろ？」

「アレルギーなのに涙《なみだ》が出るだけなんてへんだなあって思ってた。ぼくは鼻水がたくさん出たり、くしゃみが出たり、耳がよくきこえなくなったりするよ。お母さんからは症状《しょうじょう》をおさえる注射《ちゅうしゃ》をしたほうがいいっていわれてるんだけど……」

トミーは注射《ちゅうしゃ》がこわいんだ。ぼくはそんなことも知ってる。だって親友だから。

体を起こして、頬《ほお》を流れていく涙《なみだ》をふこうとした。でも、多すぎてふききれない。ひと夏分の涙《なみだ》を流しているみたいだ。それどころか十一年分の涙《なみだ》かもしれない。だから、ふくのはあきらめた。そのまま流しておけばいい。いつものトミーみたいに。

「ボートクラブの会合には行かないつもりなんだ」

トミーも体を起こした。「行かなきゃだめだよ」

なにかしなきゃだめだ、とトミーがぼくにいうなんて。そんなこと、いままでいわれたことがない。

「バカな考えだった。トラブルになるだけだ」

「きみはトラブルなんてこわがらない人じゃないか。ぼくが知ってる中で、いちばん勇気のある人だよ。これから会う人をふくめても、きっといちばんだ。これからどんな人に会うかわからないから、ここまでいっていいのかわからないけど……きみはまちがいなく人類でいちばん勇気がある」

ぼくは首をふった。鼻水で顔がぐちゃぐちゃだ。「会合は五日後なんだ。スピーチの内容《ないよう》も暗記してないし、ポスターも……なくした」

今日は本当のことをいう日だ。でも、リサイクル用のゴミ箱の中で何度もポスターをふみつけたことはいわないでおこう。はずかしすぎる。

「ぼくが手伝うよ。今週末まで、いっしょに準備《じゅんび》しよう」トミーがいった。

なにかうまい言いわけがないか考えた。会合でスピーチをしたら、ぜったいレイリーさんを怒《おこ》らせてしまうだろう、とか。そしたら、レイリーさんは母さんと仕事をするのをやめるだろう、とか。でも、数週間前に母さんがいったことを思いだした。「もし気が変わったらいってね。応援《おうえん》する」

ランプは回りつづけ、ぼくの肌《はだ》が虹色《にじいろ》になる。光を見ながら考えた。そういえば、最近はわくわくするような大きな計画をたてていなかった。計画をたてないなんてぼくらしくない。

ゾーイの傷《きず》を思いだした——真っ赤な、深い傷《きず》。見ているだけで心がいたんだ。

ボートクラブの人にマナティーを守ってもらいたくて、トミーと完璧《かんぺき》な理論《りろん》を組みたてたときのことも思いかえした。

トミーはいってくれた。ぼくは知っている人の中でいちばん勇気のある人だって。そういわれてうれしかった。すごくうれしかった。

また心臓《しんぞう》がおどりはじめた。今度はイライラしたときの、いやなやつじゃない。いいときのおどり。やってやるぞ、っていうときの。

トミーがこちらを見てうなずき、ぼくは笑顔《えがお》を返した。心から笑顔《えがお》になれたのは、ここ数週間で初めてだ。最初はへんな感じがした。しばらくのあいだねむっていた筋肉《きんにく》を使っているような感じ。でもそのうち、そうだこれでいいんだ、って思えてきた。

トミーに見守られながら、ベッド横のテーブルに置いてあったスマホを取り、フロリダ・マナティー協会に電話をかけた。誰《だれ》も出ない。きっと夜だからだろう。でもだいじょうぶ。ピーという音のあとにメッセージを残しておけばいい。

ピー！

「こんばんは、キャシディ・コーリー。ピーターだ。やっぱりぼく、やることにしたよ」

33

インディゴ川ボートクラブの会合は、想像《そうぞう》していたのとちがっていた。

大きなホールで、明るい照明があたっているステージがあって、何百人もの人が期待をこめた目でこっちを見て、印象的《いんしょうてき》で説得力《せっとくりょく》のあるぼくのスピーチをきいてうなずいたり、涙《なみだ》を流したりする場面を想像《そうぞう》していた。

でも、じっさいの会場は、小型《こがた》のボートをとめておける桟橋《さんばし》にある大きな倉庫で、人も三十人くらいしかいなかった。しかも、その三十人の中にはぼく、トミー、キャシディ、ビリー、マリア、そのほかフロリダ・マナティー協会の人たちも入っている。席もホールにあるような立派《りっぱ》なものではなく、パイプいすがならんでいるだけだし、ステージもなかった。前方にある古ぼけたテーブルにすわっているレイリーさんが、今年の会費《かいひ》が12パーセント上がることを報告《ほうこく》すると、会員がブツブツと不平をいった。

「会員資格《かいいんしかく》を更新《こうしん》した人は、インディゴ川ボートクラブのトートバッグと、ボート用品店〈バリーズ〉で使える十ドルのクーポン券《けん》がもらえるぞ！」レイリーさんがいった。それほどすごい特典でもない。

「ねえねえ、思ってたのとちがうね」キャシディにむかってささやくと、キャシディもささやきかえしてきた。「わかる。こんなにたくさん人がいるとは思わなかった！」

え？　キャシディとぼくは、まったくちがうものを想像《そうぞう》していたみたいだ。

キャシディのことがちょっと心配になった。いすにすわってから、ずっと汗《あせ》をかいてふるえている。そういえば、フロリダ・マナティー協会で集合して、ドーナツを食べて、車でいっしょに来るときも、ずっと汗《あせ》をかいてふるえていた。キャシディの緊張《きんちょう》がうつったのか、ぼくも貧乏《びんぼう》ゆすりが止まらない。胃《い》もミミズみたいにのたくっている。

キャシディがビリーのほうを見ると、ビリーは、がんばれよ、と親指を立ててみせた。キャシディはほほえんだけど、船酔《ふなよ》いしているみたいな顔だ。ドーナツを食べたのがよくなかったかもしれない。すごくおいしかったけど。

「外の空気吸《す》ってくる」キャシディは小声でいうと、するりと倉庫を出ていった。

前にいるレイリーさんがせきばらいをした。「事務連絡《じむれんらく》だ。予定では今日の会合で来期の会長を決める選挙をすることになっていたが、行わないことになった。事務局《じむきょく》から連絡《れんらく》があって、会長の任期《にんき》が二年から二年半にのばされたらしい」レイリーさんがため息をつく。あのため息は信じちゃいけない。「会長職《かいちょうしょく》は大変だし、わたしもいそがしいが、必要とされるかぎりクラブのためにつくす、と答えておいた」

その場がざわめいた。不満の声がしだいに大きくなっていく。ぼくも声をあげたかった。だって、これ以上レイリーさんに会長をやってほしい人なんていないだろう？　でも、ぼくはあいかわらず貧乏《びんぼう》ゆすりが止まらなかったし、胃《い》の中ではミミズがのたくっているし、ほかのことで頭がいっぱいだった。

トミーのほうに身をかがめていった。「ぼくのスピーチ、ちゃんと全部のポイントをおさえられてるかな？　やっぱり、ほかの種類のマナティーのことも話したほうがいいんじゃないか？　アマゾンにいる種類とか。あと、傷《きず》ついたマナティーを見つけたらどうしたらいいかって話も、ちゃんと伝わると思う？」

「スピーチは問題ないよ、ファルコン。適切《てきせつ》なデータもあるし」

「わかった。でも、いまだに〝適切《てきせつ》〟って意味がよくわからないよ」

「〝適切《てきせつ》〟っていうのは〝その場にふさわしい〟って意味だよ。それか――」

トミーがかたまった。レイリーさんがぼくたちをにらんでいる。ほかの人たちも、レイリーさんの視線《しせん》を追ってこっちを見た。ほとんどの人がレイリーさんと同じくらいの年齢《ねんれい》の男の人で、日に焼けて、頰《ほお》ヒゲを生やしている。女の人も何人かいた。でもレイリーさんの奥《おく》さんはいない。

ぼくは背《せ》すじをのばして、あなたたちのことなんかこわくない、って顔をした。

だけど……なんだか落ちつかない気分だ。原因《げんいん》はレイリーさんじゃない。人前でスピーチをすることでもない。それはまったく問題ない。満員のサッカー場でスピーチをしろといわれても、冷《ひ》や汗《あせ》をかかずにやれる自信がある。

じゃあ……どうして落ちつかないんだろう。

倉庫の入り口を見た。キャシディはまだ外にいる。母さんもまだ来ない。今朝はお客さんを家の見学に連れていく予定があるけど、必ず来てくれるといっていた。ぜったいに行くからね、と。

「今日の議題はこれで終わりだ」レイリーさんは立ちあがり、ストレッチをした。倉庫にいる人全員にきこえるくらい大きく、バキバキと音が鳴る。「まだ時間がある人は、お客の話をきこうじゃないか。なんといったかな……マナティー・ギャングだ」

はあ、まったく。フロリダ・マナティー協会だよ、ってさけびたいのを必死にこらえた。

「それか、ボートに乗せてやろうか？」レイリーさんがいった。「外はすばらしくいい天気だぞ、坊主《ぼうず》ども。ああ、女性《じょせい》の方がたもいたな」

何人かがこちらをふりかえった。帰りじたくをはじめた人もいる。でも、みんなが帰る前にマリアが立ちあがった。「どうかみなさん、残ってください。少しだけお時間をください」

マリアの声は鐘《かね》のようだった。明るくて、くっきりした声。部屋は静まり、帰りかけた人たちも腰《こし》をおろした。前に歩みでて、くるりとふりかえるマリアを、レイリーさんがにらみつける。

「お時間をいただいて感謝《かんしゃ》します。以前にお会いしたことがある方もいらっしゃいますが、まずは自己紹介《じこしょうかい》をさせてください。わたしはマリア・リュウと申します。フロリダ・マナティー協会の会長をしております」マリアは少しほほえみながら、フロリダ・マナティー協会の名前を長くゆっくりと発音した。レイリーさんがききのがさないように。「わたしどもはマナティーの保護《ほご》を行う非営利団体《ひえいりだんたい》です。本日はこれから、インディゴ川に生息しているマナティーをいっしょに守っていただくための方法について、お話ししたいと思います」

マリアが話すのをきいて、なぜキャシディがマリアを尊敬《そんけい》しているのか、よくわかった。マリアはどうどうとして落ちついている。キャシディによると、マリアはこれまでずっとマナティーの研究をしてきたそうだ。ぼくとトミーが生まれる何年も前から、フロリダ・マナティー協会で働いているらしい。マリアはマナティーをなにより大切に思っているけど、けっしてボートクラブの人たちに文句《もんく》をいったり、だれかを責《せ》めたりはしない。友だちにむかって話すみたいに話している。事実を知ったら、きっとみんなマナティーを守ることに興味《きょうみ》を示《しめ》してくれるだろう、と思っているみたいに。

マリアは事実を伝えた。ウェスト・インディアン・マナティーの現在《げんざい》の個体数《こたいすう》。毎年ボートとの衝突事故《しょうとつじこ》でケガをするマナティーの数。背中《せなか》の傷《きず》の平均的《へいきんてき》な数。マリアはたしかに、とてもすばらしい人だ。でも、ちょっと困《こま》ったことになった。

「全部ぼくがいおうとしてたことだ！」トミーの耳もとに小さくさけんだ。

トミーはぼくが手にしているスピーチの原稿《げんこう》を指さした。今朝、ふたりでパソコンに入力して印刷したものだ。「じゃあ、ここの段落《だんらく》をとばそう。あと……ここも」

ぼくはまゆをしかめた。「すぐもどってくる」足音をたてないように、そっと出口にむかう。マリアの話をじゃましてはいけない。

外は太陽がさんさんと照っていて、潮《しお》の香りと魚のにおいがした。川に浮《う》かんでいるボートがゆらゆらとゆれて、桟橋《さんばし》にぶつかる音がする。倉庫にいちばん近いところにある桟橋《さんばし》で、キャシディが足を組んで川を見つめていた。

ぼくはいそいで近づいていった。「ぼくがいおうと思ってたことをマリアにいわれちゃった。だから、キャシディがなにをいうのかも教えてく――」

キャシディの顔を見て、ぼくは口をとじた。汗《あせ》をかいてふるえているんだろうと思っていた。まさか泣いているとは思わなかった。

「無理。できない。あたしにはできない」

「ちょうどいい！」思わず口にしてしまった。「ていうか、ぼくのスピーチでほとんどのことを話すから、もしキャシディがやりたくないなら、やらなくてもいいよ」

キャシディは首をふった。「スピーチだけじゃない。この仕事のこと」

「どういう意味？」

キャシディはひざをかかえた。「インターンのときはよかった。でも、じっさいに仕事をしてみたら、自分がちゃんとできてるのか、正しくやれてるのか、みんなのじゃまをしてるんじゃないかって心配で」

「マナティーにかかわる仕事をしたいんじゃないの？」

「もちろんそうだよ！　でも、マリアみたいになれなかったら？　一生をこの仕事にささげようと思えなかったら？　ほかのことを学びたくなったり、学校に入りなおしたり、ほかの動物にかかわる仕事をしたくなったら？　それか……もうよくわかんないけど、サーカスに入りたいと思ったりしたら？」

ぼくはキャシディのとなりにすわった。足の下の川を見ると、フジツボがびっしりついた桟橋《さんばし》の支柱《しちゅう》のまわりを、ミノウが泳いでいる。すごく小さい魚だ。

「ねえ、キャシディ・コーリー。ジャグリングって得意《とくい》？」

キャシディはひざの上に顔をのせたまま、悲し気なヒラメみたいな目でこっちを見た。「うん」みじめそうな声でキャシディが答える。「サーカス団《だん》にも入れてもらえないね」

「隠喩《いんゆ》としてのジャグリングだよ」

「え？」

「隠喩《いんゆ》っていうのは、たとえていう表現《ひょうげん》のひとつで――」

「隠喩《いんゆ》がなにかは知ってる」キャシディはちょっとほほえんだみたいだけど、ひざで顔がつぶれているので、よくわからない。

ビーチサンダルをぬいで川に足をつっこんだ。ミノウがつま先をつついてくる。「たくさんジャグリングしすぎて、どんなにがんばっても、いつもボールを落としてるような気がするときってない？」

「ある。ずっとそう。毎日。えっと……七歳《さい》くらいからそうだった」

ぼくは足をゆらした。ミノウはサッと散らばったあと、また近づいてくる。「その感じ、ぼくもわかるよ」

キャシディは顔を上げて川を見た。モーターボートが爆走《ばくそう》していき、川に波がたった。

「ちょっとはずかしいことを話してもいい？」キャシディがいった。

「いつでもどうぞ」好奇心《こうきしん》をおさえて答える。

「ずっと大学にいられたらいいのにって思ってた。友だちは卒業を楽しみにしてたし、自分もそうでなきゃいけないとわかってはいたけど。卒業するのがこわかったんだ。やっと大学に慣《な》れてきたのに、もう終わるのかって感じだった。ていうか、慣《な》れたようにふるまうのがうまくなってきたところだったのにって感じ」キャシディは明るい紫色《むらさきいろ》のスニーカーを見て、靴《くつ》ひもをぎゅっとしめた。「昔から環境《かんきょう》の変化が苦手なんだ。いい変化だったとしてもね。夢《ゆめ》だったフロリダ・マナティー協会で働けることになっても。こういう気もちわかる？　あたしがへんなのかな？」

カーター中学校が、ごつごつした岩山のてっぺんで、暗やみにつつまれた要塞《ようさい》みたいにそびえたっているところが頭に浮《う》かんだ。そんな想像《そうぞう》をするなんておかしい。じっさいの中学校はショッピングセンターのむかい側にある、れんがでできた平屋の建物なのに。その横を母さんと何度も車で通ったことがある。

ぼくはぶるっと身ぶるいをした。想像上《そうぞうじょう》の岩山から冷たい風がふきおりてくる。

「キャシディがへんなら、ぼくも同じようにへんだよ」

「そんな気がしてた」キャシディがいう。

「キャシディはちゃんと仕事してるじゃないか。ゾーイを助けるのを手伝ってくれたし、いつでも電話に出てくれる。カテゴリー3のハリケーンが来てるときでも。だから……」ぼくはため息をついた。「ボートクラブの人たちの前で話すべきだと思うよ。ぼくがいおうと思ってることをいっちゃうとしても。人前で話すのがこわくてもさ。

目の前のことをひとつひとつやっていったらどうかな。いまはまず、立ちあがって倉庫の前に行くことだけ考えようよ。そのほかは、あとで考えればいい。サーカスのこともね」

しばらくのあいだ、ぼくたちはだまってすわっていた。マリアはぼくたちをまっているだろうか。なぜか、まだ落ちつかなかった。キャシディの緊張《きんちょう》がうつったのかも。

「わかった」やっとキャシディが口をひらいた。「でも、ビリーの前ではくようなことにならないほうがいいよね」

「そんなの関係ないよ。もしそうなったとしても、ビリーはキャシディが好きだと思うよ」

キャシディはぼくをぎろっとにらみながらも、ほほえんだ。「はげましてくれて、ありがとう」

「人にやる気を出させるの、得意《とくい》なんだ」

倉庫にもどると、マリアがキャシディを前によびよせて、みんなに紹介《しょうかい》した。ビリーがまたキャシディにむかって親指を立て、がんばれというサインを送った。テレパシーってものを信じているわけじゃないけど、もしかしたら通じるかもしれないと思って、ぼくもキャシディにメッセージを送った。キャシディならできるよって。

「こんにちは」キャシディが話しはじめる。「マナティーを守るために、みなさんにもできることがあります――というか、わたしたち全員がやれることがあります」

キャシディが、ふるえる声で話しはじめた。速度制限区域《そくどせいげんくいき》では制限《せいげん》を守るのがとても大切なこと、ゴミをすてないこと、ケガをしたマナティーを見つけたら通報《つうほう》すること、などを話しているうちに、声がどんどん力強くなっていった。テレパシーが通じたのかもしれない。キャシディがほこらしかった。ぼくが話すつもりだった内容《ないよう》を、全部いわれちゃったけど。

「ぼくのスピーチの後半部分、全部いわれちゃったよ」トミーにささやいた。

「偏光《へんこう》サングラスのことは、まだいってないよ」トミーが小声でいう。

「それだけじゃ話がもたないよ！」

汗《あせ》がたれてきた。胸《むね》がドキドキする。どうしたらいいんだろう。

ぼくの番が来るまでにスピーチを書きかえたほうがいいかもしれない。詩みたいにするとか、歌にするとか、コメディーふうにするとか……とにかく、ほかの人とはちがうものにしないと。みんながびっくりするようなものに。

でも、トミーが半ズボンのポケットから太くてみじかいえんぴつを取りだしたころには、キャシディの話も終わりかけていた。「最後に、わたしの友だちのピーターが、みなさんにひと言、話したいそうです。ピーターは若《わか》い活動家です」

活動家。そのひびきが気に入った。すごくカッコいい。でも、なにを話したらいいのか、わからない。

「どうにかなるよ、ファルコン」トミーがいった。「いつもそうだろう？」

「ありがと、フォックス」トミーのいうとおりになることを願った。

キャシディと入れかわるように前に出ると、レイリーさんが、去年、ぼくたちがアボカドをぬすんでいるのを見つけたときと同じ目つきでにらんできた。まるでぼくが小さな虫で、つぶしてやろうとでも思っている目。レイリーさんは無視《むし》して、みんなのほうをむいた。

全員がこちらを見た。トミーはぼくのスピーチを録画するためにスマホをかかげている。計画どおりだ。キャシディとマリアとビリーは、ぼくをはげますようにほほえんでいる。

でも、母さんはまだ来ない。もう少しまっていれば、来てくれるかな……。

背後《はいご》からレイリーさんのあごの音がきこえてきた。また、噛《か》みタバコをかむみたいに口を動かしている。レイリーさんのことを頭から追いだすためにも、すぐに話しはじめよう。

「ぼくは偏光《へんこう》サングラスのことについて話したいと思います」

そのときだ。倉庫のドアがギーッと音をたててひらいた。差しこんできた太陽の光がまぶしくて、最初はだれが入ってきたのかよく見えなかった。でも、コンクリートの床《ゆか》にカツカツとハイヒールの音が鳴るのがきこえてきた。この音はきいたことがある。母さんだ。来てくれたんだ。しかも、ひとりじゃない。母さんの後ろにいるのは……デクスターさん？　デクスターさんが車いすを押《お》していて、車いすにすわっているのは……。

信じられない。

ウソみたいだ。

「この会合は一般《いっぱん》には公開していないんだがな」レイリーさんがぼやいたけど、どうでもいい。デクスターさんがおじいちゃんの車いすをトミーの近くにとめ、母さんはいそいでぼくにむかって歩いてきた。なにかをかかえている。なにか大きなもの。カラフルなものを。

「このあいだ、リサイクル用のゴミ箱でこれを見つけて」母さんが小声でいい、ぼくがつくったポスターを後ろのテーブルに置いた。「念のため、取っておいたの」

雨の中、トミーの家からもちかえったときのまま、ポスターの色はにじんでいる。折り目もついているし、よれよれだ。ゴミ箱に入るように、何度もジャンプして足で押《お》しこんだからら。でも、母さんがどうにかシワをのばそうとしてくれたみたいだ。

「おそくなっちゃって、ごめんね。おじいちゃんを連れてくるのに、ちょっと時間がかかっちゃって。どうしても連れてきたかったんだ」

なんていえばいいんだろう。なんとかいえたのは、これだけだ。「ちょうどいま、話しはじめたところだよ」

「マリアン、前にもいったが――」レイリーさんが声を出した。

「だまってください」母さんがぴしゃりといった。やるじゃないか。母さんがレイリーさんにいいかえすのをきいてスカッとした。母さんはおじいちゃんのとなりにすわった。そのとき気づいた。ぼくの好きな人たちが、いま、みんなここにいる。

それでもやっぱり、この会合は思っていたとおりじゃなかった。たしかに、トミーとおじいちゃんがここにいる。でも、トミーはミシガンから遊びにきているだけだし、おじいちゃんはわけがわからないような表情《ひょうじょう》をしている。ぼくと目も合わない。母さんがおじいちゃんの片方《かたほう》の手をにぎり、デクスターさんがもう片方《かたほう》の手をにぎっている。そうしていないと、おじいちゃんがとんでいってしまうとでもいうように。

トミーからおじいちゃんに目を移《うつ》したとき、自分がどうして落ちつかない気分だったのかわかった。

この夏、ぼくはなんでもできると思っていた。世界一のお世話係になって、生き物発見ノートを完成させて、トミーをここにとどめておく方法を見つけることができると思っていた。でも、どれもできなかった。

マナティーだって救《すく》えないかもしれない。ボートクラブの人たちに少しでも影響《えいきょう》をあたえられるような話もできないかもしれない。

もしできたとしても、すべての問題が解決《かいけつ》するわけじゃない。マナティーはあいかわらずあぶない目にあうだろう。世界じゅうの動物たちは危険《きけん》にさらされたままだろう。この問題は大きすぎる。ぼくを飲みこんでしまうくらい大きい。

「きみは人類でいちばん勇気のある人だよ」とトミーがいってくれた。本当にそうだろうか。いまは自分が勇気のある人だとは思えない。こわいし、自分が小さく思える。

それでも、いまぼくはこの場にいる。ぼくが話すのをまっている人たちの前に立っている。目をひくようなポスターもある。スピーチを録画してくれる親友もいる。

なにかいわなくちゃ。

やってみなくちゃ。

母さんから教わったように深呼吸《しんこきゅう》をした——肺《はい》がいっぱいになるまで空気を吸《す》いこんで、肺《はい》が空っぽになるまで息をはきだす。おじいちゃんを見た。いまはおじいちゃんもこっちを見てくれている。ぼくは話しはじめた。

「ぼくのおじいちゃんが、あ、あそこにいるのが、おじいちゃんです、いまのぼくぐらいの歳《とし》のころ、インディゴ川につりに行ったら、魚じゃなくてマナティーを見つけたそうなんです」

この話なら心にきざまれている。といっても本当に心臓《しんぞう》に保存《ほぞん》されているわけじゃない。左心室とか右心室とか大動脈《だいどうみゃく》の下にあるわけじゃない。ぼくたちが〝心〟というとき、じっさいは脳《のう》のことを指している。でも、なにかを感じるのは、だいたい胸《むね》の中だ。ちょうど心臓《しんぞう》があるところ。どうしてなのか、トミーなら知っているだろうか。

「おじいちゃんがマナティーを追いかけていくと、入り江《いえ》に出ました」ぼくはつづけた。「そこには、あっちにもこっちにもマナティーがいて、気づいたらマナティーの群れがまわりを泳いでいたそうです」

おじいちゃんにむかっておじいちゃんからきいた話をするのは、なんだかへんな気分。これじゃあ、あべこべだ。でも、おじいちゃんは耳をかたむけてくれている。話のつづきがどうなるのか知りたくてたまらないみたいだ。おじいちゃんの顔にかすかに笑《え》みが広がったのが見えた。

先をつづけた。おじいちゃんが日がしずむまで入り江《いえ》にいたこと、なにもしないでずっとここにいたいと思うくらい心がおだやかになったことも話した。

「ぼくがマナティーに会ったときも、同じように感じたんです」

トミーと発見クラブをつくったことや、ゾーイが95番目の発見生物になったいきさつなんかも話した。

「ゾーイはすごく大きかった。思ってたよりもずっと大きかったんです。でも、とてもやさしい動物でした。ぼくたちを傷《きず》つけることもなかった。おだやかで、見ているこっちまでおだやかな気もちになったんです。大げさかもしれないけど」

母さんがほほえむのが見えた。

「でも、そんなゾーイがケガをしました。ボートとぶつかったんです。それで——」

「異議《いぎ》あり！」レイリーさんがいった。「ボートとぶつかったとは、かぎらんだろう」

「すべての証拠《しょうこ》を見ると、ボートと衝突《しょうとつ》したと考えられます」キャシディがいった。自分でもおどろいたのか、すぐに手で口をおおった。

「ほかのマナティーがボートと衝突《しょうとつ》してできた傷《きず》と同じでした」マリアが冷静につけたす。

「これまで数多くのマナティーの治療《ちりょう》をしてきました」今度はビリーがいった。

「だから、ひと目見れば、ボートと衝突《しょうとつ》してできた傷《きず》かどうかはわかります」

「だからといって、我々《われわれ》のうちのだれかがやったとはいえんだろう」レイリーさんがぼくをにらみつけながらいった。キャシディでも、マリアでも、ビリーでもなく、ぼくを見ながら。

「おまえはぶつかったところを見てないんだろう？」

「レイリーさん、息子《むすこ》に最後まで話をさせてください」

全員が、そういった女性《じょせい》のほうを見た。レイリーさんにむかって、だまれ、といっているようなものだ。スペース・コースト不動産で今年の最優秀社員《さいゆうしゅうしゃいん》に選ばれるには、この町の不動産を買いあさっているレイリーさんと仕事をするしかないのに。あれはぼくの母さんだ。カッコよくて、きびしくて、怒《おこ》るとこわいぼくの母さん。

「わたしはこのクラブの会長だ。自分が話したいときに話す」レイリーさんがほえた。

ぼくは深呼吸《しんこきゅう》をした。これからいおうとしている言葉を口にするのは、かんたんじゃない。

「レイリーさんのいうとおりです」

母さんはおどろいてぼくを見た。レイリーさんもだ。

「レイリーさんのいうとおり、ぼくはゾーイがだれかのボートとぶつかるところを見ていません。だから、テレビカメラの前で、あなたを指さすべきじゃなかったと思ってます。あの映像《えいぞう》が広まって、ぼくは地元で有名になりました。それはそれで、まあ、いい気分ではありましたが……

でも、だれかがゾーイとぶつかったのはたしかです。その人も、べつにマナティーを傷《きず》つけようとしたわけではないと思います。ゾーイはいまリハビリセンターにいます。肺《はい》に穴《あな》があいているそうで、新しい傷《きず》もあります」レイリーさんのほうをまっすぐに見ながらいった。

「だから……いまここで、あなたを責《せ》めてるわけじゃないんです」

そういったら、きっとレイリーさんも喜《よろこ》ぶだろうと思っていた。それを望んでいると思っていたのに、ちっとも喜《よろこ》んでいるようには見えなかった。怒《おこ》って、イライラして……なんだろう、ほかにもありそうだ。ぼくにはわからない、なにかが。

ボートクラブの会員のほうにむきなおった。

「ぼくがいいたいのは、これはぼくたち全員にかかわることだ、ということです。みんなでマナティーを守ってあげないといけない。マナティーもぼくたちと同じ生き物だから。どうでもいいと思ったり、傷《きず》つけても平気な顔をしたりしていてはいけないんです。守ってあげないと」

自分の話が結論《けつろん》にむかっているのを感じた。トミーによると、完璧《かんぺき》なスピーチにするには、いい結論《けつろん》が必要らしい。でも、原稿《げんこう》もないので、むずかしい。

「だから……力をかしてください。ひとりでもできるけど、みんなでやれば、大きなちがいを生みだせるんじゃないかと思うんです」

よし、いまのは結論《けつろん》っぽかった。でも、席に帰ろうとしたとき、ほかにもいいたいことが頭に浮《う》かんできた。

「ぼくたちは、すべての生き物を守らないといけません。鳥も、魚も、トカゲも、全部。だけど、いっぺんにたくさんの生き物を守ろうとしても無理です。頭が爆発《ばくはつ》しそうになります。本当に。だから、ぼくはマナティーを守ることからはじめようと思います。みなさんもマナティーを守ることからはじめたらいいんじゃないでしょうか」

今度は、その場を去る前に、いいたりないことがないかどうか少しだけ考えた。

「ぼくからは以上です」

何人かが拍手《はくしゅ》をしてくれた。想像《そうぞう》していたみたいに、会場にいる全員がぼくに歓声《かんせい》をあげてくれることはなかった。

それでも、すごくいい気分だ。

それに、おじいちゃんが母さんとデクスターさんの手をふりはらって拍手《はくしゅ》してくれているのを見て、もっといい気分になった。

34

話が終わるとすぐに出ていった人もいたけど、そのほかの人は残って、フロリダ・マナティー協会の人と話をしていた。ぼくに話しかけてくれた人もいる。スピーチをありがとうといってくれ、自分たちがインディゴ川でマナティーを見かけたときの話をきかせてくれた。ぼくたちに協力したいともいってくれた。

「いつもマナティーがいないかどうか気をつけて見てるんだけど、見えにくいのよねえ」ロブスターみたいに真っ赤に日焼けした女性《じょせい》がいった。

ぼくは偏光《へんこう》サングラスのことを、もう一度教えてあげた。「つづりはP‐O‐L‐A‐R‐I‐Z‐E‐Dです」

「つづりは知ってるからだいじょうぶよ」

ボートクラブの会員は、みんなレイリーさんみたいに、マナティーのことなんかどうでもいいのだろうと思っていた。でも、気にかけてくれる人もいるとわかった。レイリーさんとはちがう考えの人もいる。

「きみがエディーを指さしてる動画は、おもしろかったなあ」プロ野球チームのマイアミ・マーリンズの帽子《ぼうし》をかぶった男性《だんせい》がいった。

「自分のクラブの会長さんなのに？」ぼくはいった。

男性《だんせい》はふん、と鼻を鳴らした。「そろそろ会長をやめるはずだったんだ。今日の発言にはおどろいたよ。事務局《じむきょく》なんて、このクラブにはないはずなんだがな」男性《だんせい》はそういうと、ないしょ話をするように体をかがめた。「でもな、じつをいうと最近エディーはいろいろと大変なんだ。だから、会長をつづけさせてやってもいいかなと思ってる」

「奥《おく》さんが離婚《りこん》したがってるという話ですか？」

男性《だんせい》が気まずそうにうなずいた。「かわいそうな人だよ。だれもそばによってこない。実の子どもでさえ知らん顔さ」

「え？　レイリーさんには子どもがいるんですか？」

「ああ、たしか前の奥《おく》さんとのあいだに息子《むすこ》と娘《むすめ》がひとりずついたはずだ。でも、ある日、奥《おく》さんが子どもを連れて出ていっちゃったんだよ。もう何年も前だけどね。二番目の家族ともうまくいっていないようだな」

そういうと、男性《だんせい》は行ってしまった。ぼくはその場に立ちつくしたまま、いまきいた話を理解《りかい》しようとした。それから、倉庫内を見まわしてレイリーさんをさがした。

トミーの姿《すがた》が見えた。おじいちゃんとデクスターさんといっしょにすわっている。

マリアとキャシディとビリーもいた。フロリダ・マナティー協会のパンフレットを、帰っていくボートクラブの会員に配っている。

そして、いた。レイリーさんが。ぼくの天敵《てんてき》。母さんをにらみつけながら母さんの顔の前に指をつきたて、なにか早口でまくしたてている。倉庫内はさわがしく、レイリーさんの声をきこうと耳をすました。「おまえの息子《むすこ》がまた問題を起こしたらどうなるか、いったよな。わたしがもってる不動産の売買をおまえの会社にまかせるのはやめる、といったはずだ。本当にそうするからな」

ぼくはふたりのところへすっとんでいき、レイリーさんを追いはらおうとした。地元のニュース番組でレイリーさんに恥《はじ》をかかせてしまったのはたしかだけど、母さんにあんな言い方をするなんてゆるせない。〝最近大変みたい〟だけど、かまうもんか。

でも、ぼくが追いはらうまでもなかった。

「どうぞ、ほかの不動産屋をさがしてください。あなたと仕事をする気など、さらさらありません。それから、これ以上、息子《むすこ》のことでなにかいったら、どうなっても知りませんよ。あと、その指もどかしてください」

ぼくはふたりがにらみあうのを見ていた。レイリーさんのほうが母さんよりずっと背《せ》が高いのに、とてもそんなふうには見えない。母さんがどっしりとかまえているからだろうか。レイリーさんを挑発《ちょうはつ》するようにあごをつきだして下からにらみつけている。

それとも、レイリーさんの表情《ひょうじょう》のせいだろうか。あれはどういう表情《ひょうじょう》だろう。ぼくは首をかしげながら目を細めてレイリーさんを見た。うす笑いを浮《う》かべてはいるけど、つかれたような表情《ひょうじょう》で……ちょっと……悲しそう？

見慣《みな》れた顔に、いままでにない表情《ひょうじょう》が浮《う》かんでいるのを見るのはへんな気分だ。気づかなかっただけで、いままでもあんな表情《ひょうじょう》をしていたんだろうか。

レイリーさんはなにかをさがすようにあたりを見まわしたけど、見つからなかったみたいで、すごい勢《いきお》いで倉庫を出ていった。フロリダ・マナティー協会のパンフレットを差しだしたキャシディを無視《むし》して。このあいだ、うちの前で自分を車でひきそうになったのがキャシディだと気づいたかどうかはわからない。

「母さん」声をかけると、母さんはおどろいたようだった。

そしてぼくを抱《だ》きよせた。「あなたをほこりに思うわ、ピーター」

母さんの言葉はまるでホタルみたいに胸《むね》の中を明るくしてくれた。この時間が永遠《えいえん》につづけばいいのに。なにかいったら魔法《まほう》がとけてしまいそうだ。でも、ききたいことがたくさん頭に浮《う》かんできて、口にせずにはいられなかった。

「レイリーさんは本当に別の不動産屋にたのむかな？　そしたら母さんはもっとたくさん仕事をしないと、また休めるようにならないってこと？　ぼくの学校がはじまったら、おじいちゃんはどうする？」

母さんはおじいちゃんに目をやった。眉間《みけん》にシワをよせて心配そうな顔をしている。おじいちゃんを知らないところに連れてくるのは、きっとすごく大変だっただろう。母さんはおじいちゃんの安全を第一に考えているから。

もしかすると母さんも、人類でもっとも勇気のある人かもしれない。

「おじいちゃんが退院《たいいん》してうちに帰ってきたら、一日じゅう面倒《めんどう》を見なくちゃならないと思う。だから、プロの介護士《かいごし》さんの面接《めんせつ》をしようと思ってるの。少なくとも週に二、三日は仕事をつづけるつもりだから、わたしがおじいちゃんのそばにいられないときは、プロの人にお願いする」

「おじいちゃんが、その介護士《かいごし》さんを気に入らなかったら？　介護士《かいごし》さんがおじいちゃんのことを、よく理解《りかい》してくれなかったら？　それに――」

「ピーター」母さんがぼくの両肩《りょうかた》に手をかけ、まっすぐにぼくの目を見た。「本当のことをいうとね、それでうまくいくかどうかは、わからない。わたしだって不安。でもね、一日一日、なんとかやっていくしかないの」

母さんはぼくの肩《かた》から手を放さなかったし、視線《しせん》もそらさなかった。まわりのものが輪郭《りんかく》を失い、ただの背景《はいけい》になっていく。小さな島に、母さんとぼくのふたりしかいないみたいだ。仲間がいる。母さんとぼくはチームだと思えた。

「あなたが気絶《きぜつ》した、あの嵐《あらし》の日は、人生でいちばんこわい日だった。だから、毎日あなたの姿《すがた》が見られるだけで、とてもうれしい」母さんはぼくの肩《かた》を軽くゆすった。「あれを乗りこえられたんだから、わたしたちはどんなことがあってもだいじょうぶ。今度はまわりの力もかりるし。ね？」

「そうだね……ありがとう」

母さんにはたくさんお礼をいわなきゃならない。会合に来てくれたこと、おじいちゃんを連れてきてくれたこと、ポスターをもってきてくれたこと、トミーをうちによんでくれたこと、それからレイリーさんにいいかえしてくれたこと。

「百万回分のありがとうだよ」そうつけくわえた。これで足りるといいんだけど。

「こちらこそ、ありがとう」どうして母さんがお礼をいうのかわからなかったけど、あえて尋《たず》ねないことにした。その気もちはありがたく受けとっておこう。

「それはそうと」おじいちゃんにむかって歩きながら母さんがいった。「今日の会合のことを、あなたのお父さんにも知らせておいたの」

「また父さんと話したの？」

「数日前に電話が来たのよ。だから、あなたがスピーチするって知らせておいた。興奮《こうふん》してるみたいだったよ」

「あの父さんが？」

「まあ……お父さんなりに、って感じだけど。連絡《れんらく》してあげたら？　どうだったか教えてあげたらいいんじゃない？」

ぼくは複雑《ふくざつ》な表情《ひょうじょう》をしていたんだと思う。母さんがぼくの肩《かた》をさすりながらいった。「無理にとはいわない。どっちでもいい。でも、ちょっとだけ考えてみて」

「うん、わかった」

ボートクラブの会員がみんな帰ったあと、キャシディとマリアとビリーを、母さんとおじいちゃんとデクスターさんに紹介《しょうかい》した。キャシディと母さんは初対面ではないのを、すっかり忘《わす》れていた。州立公園に連れていってもらうときに迎《むか》えにきてくれたんだった。急にいろいろな人がぼくの人生にあらわれたから、だれとだれが知り合いだったか、覚えておくのが大変。でも、いまはもう、みんな知り合いだ。考えてみたらちょっと不思議だけど、最高だ。でも、トミーにとっては人が多すぎるみたいで、レイリーさん家《ち》の茂《しげ》みにかくれるみたいに、ぼくの後ろにかくれている。

「きみのスピーチ、ぜんぶ録画しておいたよ、ファルコン」トミーが小声でいった。「話しおわったあとの拍手《はくしゅ》も」

「ありがと、フォックス」トミーに録画してもらったのは、あとでおじいちゃんに見せてあげるつもりだったからだ。でも、もう必要ない。おじいちゃんがここにいるんだから。でもなにかの役にたつかもしれない。ユーチューブに投稿《とうこう》したら、またバズるかもしれないし。そうだ、父さんに送ってあげようかな。父さんと話をしたいかどうか、自分でもよくわからないけど……少なくとも、動画を見せてあげることはできる。まあ、父さんが見たければの話だ。

みんながしゃべっているあいだ、ぼくはおじいちゃんのそばにそっとよっていった。ここで起こっていることを、おじいちゃんがすべてわかっているかは、わからない。でも、おじいちゃんは笑顔《えがお》だった。ぼくが声をたてて笑うと、おじいちゃんも声をたてて笑った。デクスターさんがいうところの〝調子がいい日〟なんだろう。いい調子がつづかないことはわかっているけど、だからこそ、いまこの瞬間《しゅんかん》がとても特別なものに思える。

いままでずっと、おじいちゃんの認知症《にんちしょう》のことをかくしてきたけど、みんなに紹介《しょうかい》できて、正直なところ、ほっとしている。会ってもらえてよかった。

倉庫を出るとき、デクスターさんの代わりに、ぼくがおじいちゃんの車いすを押《お》していった。ゆっくりと歩く。みんなは先に行ってしまい、ほんのひととき、おじいちゃんとふたりきりになった。

「来てくれてうれしかったよ」

「ピーターが話すところを見のがすわけにはいかんだろう」おじいちゃんは肩《かた》ごしにぼくを見て、いたずらっぽく笑った。

「わたしの話の一部分がぬけてたけどな」

「え、そう？　どの部分？」

「水にとびこんで、いっしょに泳いだんだよ。マナティーと泳いだんだ」

マナティーと泳いだなんて、いままできいたことがない。でも、いまのおじいちゃんの目はすんでいて、モジャモジャのまゆげがくいっと動いている。それに、ぼくの名前も忘《わす》れていない。だから、おじいちゃんのいうことを信じることにした。全部、信じる。

35

チャンネル9のワゴン車が町に来るころ、運河《うんが》の土手には大勢《おおぜい》の人が集まっていた。むし暑い空気の中、期待に胸《むね》をふくらませた人たちがガヤガヤと話をしている。蚊《か》もブンブンとんでいる。すごくたくさん。

今日は八月一日。インディゴ川ボートクラブの会合の二日後、トミーがミシガンに帰る日の二日前、そして、ぼくがカーター中学校に入学する一週間前だ。太陽がギラギラと照りつけてくるので、トミーとぼくはゾーイが来るまでヤシの木《こ》かげで身をよせあっていた。

思っていたより、ずっとたくさんの人が来ていた。マリアによると、マナティーを野生に返すのにこれほどの注目が集まるのは、ここ数年で初めてだという。ゾーイを救出《きゅうしゅつ》する様子が地元のニュース番組で取りあげられたおかげだ。母さんはすぐ近くでマリアとキャシディと話をしている。レイリーさんの奥《おく》さんも来ていた。奥《おく》さんはぼくとトミーを見つけると、ゆっくりとこちらにむかってきた。

「なんだか、わくわくするわね。いまは隣町《となりまち》の妹の家にいるんだけど、ちょっと顔を出しにきたのよ」奥《おく》さんはトミーを見ると、目をパチパチさせた。「引《ひ》っ越《こ》したんじゃなかったの?」

「はい、奥《おく》さん。遊びにきてるんです」トミーが答えた。

「あら、いいわね!」そういいながらも、奥《おく》さんはほかのことに気を取られているようだった。奥《おく》さんは目の上に手をかざして太陽の光をさえぎりながら、運河《うんが》のむこうにあるトミーの家、いや、前にトミーが住んでいた家を見た。「あの人はもう、あそこに引《ひ》っ越《こ》したようね。このあたりでいちばん大きい家を手に入れて、きっとごきげんでしょう。それが望んでいたことなのかは知らないけど」

ボートクラブの会合でのレイリーさんの表情《ひょうじょう》を思いだした。大きい家を手に入れてよかったのかどうか、ぼくにもわからない。

「あのかわいそうなマナティーがケガをしたあと、エディーにいったの。モーターボートでスピードを出すのはやめたほうがいいって。カヌーまで買ってあげたんだから」奥《おく》さんは、トミーが住んでいた家の船着き場近くの芝生《しばふ》に置いてある、ピカピカの赤いカヌーを指さした。カヌーがあることに、いままで気づかなかった。「使ってなさそうね」奥《おく》さんは首をふり、ご近所の人と話をしにいってしまった。

「ぼくが結婚《けっこん》しそうになったら、止めてくれよ」ぼくはトミーにいった。

「わかった。がんばるよ」

ぼくたちはチャンネル9のチームが機材をセットするのをながめていた。ゾーイを救出《きゅうしゅつ》するときにぼくにインタビューをしたレポーターがいた。ハリケーンが来ているときに車を運転するのは無謀《むぼう》だ、といっていた人だ。ハリケーンを生きのびたみたいでよかった。

そのうち、トラックが一台やってきた。フロリダ海洋生物委員会のトラックだ。

あたりが静かになる。ついにゾーイがもどってきた。二か月近くにおよぶリハビリを終えて。様子を見守るしかないといわれ、流動食を注射器《ちゅうしゃき》で注入され、もう一度泳ぎを覚えたゾーイが、いよいよ野生に返される。

昨日、キャシディが電話で知らせてくれたとき、キャシディの話を信じるのがこわかった。もし中止になったら、がっかりすることになるから。でも、いま、本当に起ころうとしている。

みんなが道をあけると、トラックは運河《うんが》のそばまでバックで入っていった。トラックの後ろのドアがひらくと、ゾーイの姿《すがた》が少しだけ見えた。ブルーシートに横たわっていて、ビリーと、そのほか数人にかこまれている。あの人たちが州立公園からゾーイを運んできてくれたのだ。

今度は、ただながめているだけなんていやだ。人のあいだをぬって前まで行き、ゾーイを降《お》ろそうとトラックの後ろに乗りこむ人たちに加わった。母さんに、下がってなさい、といわれるかと思ったけど、母さんもトラックに乗りこんだ。キャシディもだ。ぼくたちはぎゅうぎゅうのトラックに乗りこみ、空いているスペースを見つけてブルーシートの端《はし》をもった。

「だいじょうぶか？　すごく重いぞ！」ビリーがいった。

「まかせといてよ」ぼくは胸《むね》をはった。

「そうか。仲間に加わってくれてうれしいよ！　よし、みんな、三つ数えたらもちあげるぞ。一……」

このあいだの、ゾーイの背中《せなか》の傷《きず》に目をやった。いまはもう、ほかの傷《きず》あとと同じように白くなっている。昨日、電話でキャシディがいっていたことを思いだした――以前と同じように泳ぐのはむずかしいかもしれない。傷《きず》がなおったといっても、完璧《かんぺき》に前と同じというわけじゃない。

「二……」

おじいちゃんも来られたらよかったのに。計画はしていた。母さんが今朝、おじいちゃんとデクスターさんを迎《むか》えにいき、ゾーイが放されるところをいっしょに見にくる予定だった。でも、朝早くデクスターさんが電話をかけてきて、今日のおじいちゃんは頭がすごく混乱《こんらん》しているようだから、行くのは無理だといってきた。おじいちゃんはチャンネル９で見るのがいいだろうってことだった。

「三！」

みんなでブルーシートをつかんでもちあげた。「うおおおお！」ぼくはさけんだ。さけぶつもりはなかったのに、思わず大きな声が出た。ビリーがいっていたことはウソじゃなかった。ゾーイはめちゃめちゃ重い！　もちろん、マナティーが重いのは知っていたけど、しゃれにならないくらい重い。「なにを食べさせてたの⁉」

「たっぷりのロメインレタスだよ！」ビリーが大声で答えた。

やっぱり横で見ていればよかったかも。でも、もうおそい。ぼくたちは土手をくだり、水しぶきをあげながら運河《うんが》に入った。

土手の上ではトミーとレイリーさんの奥《おく》さんがみんなを応援《おうえん》し、チャンネル9の人がカメラを回している。ぼくはカメラにむかってにっこり笑ってみせた。マナティーを一頭運ぶくらいどうってことないって表情《ひょうじょう》で。本当は腕《うで》がぬけそうだったけど。

でも、運河《うんが》に入っていくにつれ、ゾーイは少しずつ軽くなっていった。そして……

ついに、ゾーイが水の中に入った。

最初は、ブルーシートの真上でただ浮《う》かんでいるだけだった。だれもが息をつめてゾーイを見つめる。ゾーイが宇宙《うちゅう》の中心で、ぼくたちはそのまわりにいる惑星《わくせい》だ。かたずを飲んで、祈《いの》るような気もちでゾーイが動くのをまつ。

しばらくすると、ゾーイはパシャッと尾《お》びれを動かしてブルーシートからはなれ、運河《うんが》を泳いでいった！

その場にいた人たちは歓声《かんせい》をあげ、ゾーイを追いかけるように土手にそって進み、スマホで写真をとった。チャンネル９のレポーターも、カメラを回してしゃべりながら歩いている。キャシディとビリーが腰《こし》まで水につかりながらハグしているのが見えた。いままでいちばん、ぎこちなくないハグ。進歩しているみたいだ。

母さんと運河《うんが》からあがると、トミーがまっていた。「手伝えなくてごめんね。水の中に入るのはこわいんだ。腕力《わんりょく》もないし」

「いいんだよ、フォックス」いつもなら水をこわがるトミーにイライラするところだけど、いまはいてくれるだけで、すごくうれしい。

ぼくとトミーは見物人のあいだをぬってゾーイを追いかけた。母さんもついてくる。水の中でゆらめくゾーイの影《かげ》が、すいすいと進んでいく。マナティーにしては速い。まだ傷《きず》はなおりきっていないけど、泳がずにはいられないみたいだ。そして、こんなにも暑くて、うるさくて、人がいっぱいいるのに、ゾーイを見ていると自分の心が幸せでおだやかになるのを感じた。

そんな気もちにひたっていると、チャンネル９のレポーターがぼくを見つけてマイクをつきだしてきた。「あのマナティーがケガをしているのに気づいたのは、きみでしたよね？　野生に返されるのを見て、どんな気もちですか?」

カメラのむこう側から、トミー、母さん、キャシディ、ビリー、それからレイリーさんの奥《おく》さんが、ぼくを見つめている。

「よかったな、と思ってます。すごくうれしいです」

「ボートでマナティーとぶつかった人のことは、まだ腹《はら》だたしいですか?」

チャンネル9のニュース番組のスタッフたちは、またバズらせたいんだろう。ぼくにもそういう気もちがないわけじゃない。でも、ボートクラブの会合でいったことが本心だ。問題なのはレイリーさんじゃない。ぼくでもない。これはぼくだけの問題じゃないんだ。

「ぼくたちひとりひとりが、マナティーを守るために、なにかしないといけません」ぼくはいった。

レポーターはとってつけたような笑顔《えがお》を浮《う》かべたけど、ちょっとがっかりしているみたいだった。カメラがくるりとむきを変えた。ぼくの映像《えいぞう》がバズることはもうないだろう。

でも、もしかしたらドッグウッドのリハビリセンターで、おじいちゃんがチャンネル9を見ているかもしれない。ぼくの姿《すがた》を見てくれたかもしれない。すんだ目で。

36

ぼくとトミーがかん高い鳴き声をきいたのは、夜中の十二時近くだった。

ぼくたちは肩《かた》をならべて寝室《しんしつ》の床《ゆか》に腹《はら》ばいになり、母さんのノートパソコンで自然ドキュメンタリー番組を見ていた。十時に寝《ね》るのがうちのルールだけど、トミーがいるあいだは、母さんが例外をみとめてくれた。といっても、ふだんから十時に寝《ね》ることなんか、まずないけど。

はじめは、番組の中の声だと思っていた。でも、サメの番組だったし、サメはかん高い声で鳴いたりしない。

トミーが一時停止《いちじていし》ボタンを押《お》す。すると、またきこえた。ギャーッ！

番組の中じゃない。なんだかゾクゾクするような声。「鳥かな？」

トミーがうなずく。「どんな鳥かは、わからないけど」

ふたりで窓《まど》のそばに身をかがめ、ぼくがブラインドをあげた。外をのぞけるように、ほんの少しだけ。今夜は月と星が明るく裏庭《うらにわ》を照らしだしている。どっちが先に鳴き声の主をさがしだせるか、競争みたいになった。

「あそこだ！」ぼくはいった。でも、植え込《こ》みが風にゆれているだけだった。

「ちがう、あっちだよ」トミーがいう。

トミーが指さすほうを見た。裏庭《うらにわ》でいちばん高い木の、てっぺんの枝《えだ》。葉っぱのあいだから小さな顔がちらりとのぞいている。白くて大きな目が、まばたきもせずにキラッとかがやいている。フクロウだ。野生のフクロウを見たのははじめてだ。うちの裏庭《うらにわ》にいるものを野生とよんでいいならば。

フクロウがもう一度かん高い声で鳴くのを、耳に手をあててきいた。

「フクロウはホーホーって鳴くんじゃなかったっけ」

トミーは早くも母さんのノートパソコンでフクロウのことを調べている。

「ハートの形をひっくりかえしたみたいな顔の形から判断《はんだん》すると、あれはメンフクロウだ。ホーホーじゃなくてギャーって鳴くらしい。郊外《こうがい》をはじめとして、さまざまな場所で見ることができるって書いてある」

そのフクロウがまた、かん高い声で鳴いた。ぼくはぶるっと身ぶるいした。でもそれは、鳴き声のせいじゃない。「トミー、これがどういうことか、わかる?」

トミーがしっかりとうなずく。「100番目の発見生物だね」

ゾーイが運河《うんが》に放されたあと、ぼくたちがあまりに興奮《こうふん》しているのを見た母さんが、自然公園に連れていってくれた。そこは生き物を見つけるのにはすごくいいところで、森の中を散歩しながら、ヒロズトカゲとヒガシフェンストカゲを見つけることができた。発見番号98と99だ。家に帰ってきたあと、ぼくたちはすぐに新しく見つけた生き物の記録をつけ、200ページある生き物発見ノートの198ページまでうめることができたのだった。

そしていま、ぼくたちは身をよせあいながら最後の2ページを書いている。右のページにトミーがメンフクロウについての文章を書き、左のページにぼくが絵をかく。メンフクロウはしばらくすると、サッと羽を広げてとんでいってしまった。でも、ぼくたちはページがうまるまで書きつづけた。生き物発見ノートが完成するまで。

書きおわると、長いあいだノートを見つめていた。

トミーとぼくは二年間、生き物発見ノートに取りくんできた。今年の夏には完成させようと約束していたけど、トミーがいなくなってしまい、もう完成することはないと思っていた。

それが、ついに完成した。

トミーがエアーマットレスの上でやわらかな寝息《ねいき》をたてはじめたころ、ぼくは暗やみの中でひとつひとつの生き物を思いだしていた。ひとつひとつの冒険《ぼうけん》の記録を。忘《わす》れられないのは発見番号77のアオジャコウアゲハだ。

正確《せいかく》にいうと、アオジャコウアゲハのサナギ。幼虫《ようちゅう》はじゅうぶんな大きさに成長すると、自分ではいた糸で体を木の枝《えだ》や葉に固定する。幼虫《ようちゅう》の皮ふは殻《から》になり、その殻《から》の中で幼虫《ようちゅう》がチョウへと姿《すがた》を変える。この変化が起こっている最中のものがサナギだ。

去年の秋、トミーの家の裏庭《うらにわ》でサナギを見つけた。ちょっと変わったクリスマスのかざりみたいに木の枝《えだ》にくっついていた。ぼくはたいしたものじゃないと思っていたけど、トミーはよく知っていた。だから、それからの数週間、学校が終わると毎日ふたりでそのサナギを見にいった。毎日、なにも起こらなかった。ただくっついているだけだった。

でもそのうち、明るい青色のものが透《す》けて見えるようになってきた。

「あれが羽だ」トミーがいった。

青い羽は日増《ひま》しに明るい色になっていき……ある日の午後、チョウはいなくなっていた。木の根もとに脱皮《だっぴ》したあとの殻《から》が落ちていた。チョウはとんでいってしまった。チョウになったのはうれしかったけど、ぬけ殻《がら》を見ると少し悲しくなった。毎日サナギを見にいくのが習慣《しゅうかん》になっていたから。生活の一部になっていたのに、とつぜんなくなってしまった。とつぜん、いろいろなことが変わってしまった。

母さんから最初におじいちゃんの認知症《にんちしょう》のことをきいたときも、同じ気もちになった。それからトミーが引《ひ》っ越《こ》してしまうときいたときも、ゾーイが州立公園に連れていかれるときも。

いまもまた、同じ気もちだ。

この夏もあのサナギと同じ。いつの間にか時間がすぎていて、気づいたら、もう終わろうとしている。

ベッド横のテーブルから腕時計《うでどけい》をひっつかむと、八時にアラームをセットした。いや、七時にしよう。明日という日が永遠《えいえん》につづかないのなら、せめて早起きをしよう。

37

朝日がじりじりと照りつけてくる。道路からはゆらゆらとかげろうが立ちのぼり、素足《すあし》が焼けつくようだ。朝からこの調子だから、日中はもっと暑くなるだろう。

でも、今日はさわやかな風がふいていて、魚のいやなにおいはほとんどしない。それに、いろいろな生き物を見ることができた。トミーとぼくは近所の家の庭をとびはねていくトウブワタオウサギ（発見番号4）を見つけたし、屋根のひさしの上でさえずっているキノドアメリカムシクイ（発見番号35）も見ることができた。運河《うんが》の岸にすわって足を水の中につけると、オタマジャクシ（発見番号12）がサッとにげていった。

どれも新しい発見ではないけど、生き物発見ノートをもってきていないのはへんな気分だ。もしなにか新しい生き物を見つけたとしても、もう空白のページは残っていない。メンフクロウを見つけていなかったら、今日はふたりで100番目の生き物をさがすつもりだった。だから、いまはなにをしたらいいのかわからない。

「ゾーイが来てくれたら、お別れをいえるのにな」ぼくはいった。

「ぼくがフロリダにいるのは今日が最後だって、ゾーイが知ってるはずないよ」トミーは水から少しはなれたところに立っている。「ゾーイに会えるなんて思うほうがおかしいよ」

「運河《うんが》にいないとすると、どこにいると思う?」

「川かな、たぶん」

ぼくは目の上に手でひさしをつくって、むこうに見える運河《うんが》の端《はし》を見た。運河《うんが》はトミーが住んでいた家の裏手《うらて》で曲がってインディゴ川に合流する。そのとき、天才的な考えが浮《う》かんだ。

「ゾーイが来るのをまってる必要なんてないんだよ」ぼくは立ちあがった。天才的な考えは、立っていうともっと天才的にきこえる。「こっちから会いにいけばいい」

「どういうこと?」

「行こうぜ!」ぼくはトミーの手をつかんだ。

運河《うんが》にそって走り、息を切らしながらトミーが前に住んでいた家まで行った。ぼくはていねいにドアを数回ノックした。強すぎず、弱すぎず、ちょうどいい感じで。

「ピーター、99・99パーセントの確率《かくりつ》で、これはよくない考え――」トミーがいいかけたときドアがあいて、ヨット柄《がら》のパジャマを着たレイリーさんが顔を出した。ワラみたいな色の髪《かみ》の毛がツンツンとおかしな方向に立っていて、ねむたそうな目をしている。よくねむれなかったのかもしれない。レイリーさんはインディゴ川ボートクラブのマグカップに入ったコーヒーをすすりながら、目を細くしてぼくたちを見おろした。

トミーの家の玄関《げんかん》からレイリーさんが出てくるなんてへんな感じだ。しかもパジャマ姿《すがた》で。トミーにしてみたら、もっとへんな気分だろう。でも、そんな気分に負けてはいられない。

「おはようございます」どうどうと落ちついた声でいった。ボートクラブの会合のときのマリアみたいに。さっきのノックと同じように、強すぎず、弱すぎず。

レイリーさんはぼくを無視《むし》し、トミーを見て顔をしかめた。「ここはもう、おまえさんの家じゃないのはわかっとるよな？」

「は、はい。わかっています。ピーターのところに遊びにきてるんです」

「トミーは明日には帰るんです。それで、今朝、あなたのカヌーを貸《か》していただけないかと思って」

「わたしのなんだって？」

「レイリーさんのなに？」トミーもいった。

ぼくは船着き場の横の芝生《しばふ》に置いてある、ピカピカの赤いカヌーを指さした。

レイリーさんがあごをゴリッと鳴らす。「うちのじゃない。近所の家のものだろう」

「本当ですか？　ゾーイがケガをしたあと、あなたのために買ったと奥《おく》さんがいってました。カヌーがあれば、モーターボートにそれほど乗らなくてもすむだろうって」

レイリーさんはパチパチとまばたきをした。「エレーンと話したのか？」

「ゾーイを運河《うんが》に放すとき、奥《おく》さんが見にきたんです」

「あいつは……その……なにか……」レイリーさんはゴホンとせきばらいをしてから、いいなおした。「なにかいっておったか？　わたしのことを？」

どう答えたらいいのか、よくわからない。トミーを見るともじもじしていたので、ぼくにまかせとけ、という視線《しせん》を送り、本当のことをいうことにした。最近、本当のことを口にする場面が多かったから、本音をいうのがうまくなってきた。

「奥《おく》さんは、あなたが元気にしていることを願ってました」

レイリーさんはガクッと肩《かた》を落とした。マグカップからコーヒーがはねる。ほんの一瞬《いっしゅん》、レイリーさんの顔がやわらかく、そして少し若《わか》く見えた。

でもすぐに、しかめっつらにもどった。ズズッと大きな音をたててコーヒーをすすり、トミーをにらむ。「おまえの両親は二階の洗面所《せんめんじょ》が水もれしてるなんていってなかったぞ」

「でも、ぼくたちが引《ひ》っ越《こ》したときは、水もれしていませんでした」

「この家はあちこち直さなきゃならん。だまされたよ」

はあ、まったく。トミーの両親のことはよく知っている。だれかをだますような人じゃない。もし本当に水もれしているのなら、きっとレイリーさんがなにかやらかして、こわしてしまったんだろう。それか、ウソをついているのかもしれない。カヌーなんてもっていないとウソをついたみたいに。

トミーの両親のために反論《はんろん》しようとしたとき、レイリーさんの背後《はいご》にあるリビングが見えた。まだ片《かた》づけていない引《ひ》っ越《こ》し用の段《だん》ボール箱でいっぱいだ。床《ゆか》にはむきだしのマットレスが置いてあって、そのまわりにはテイクアウトした料理の容器《ようき》が散らばっている。エアホッケー台も見えた。いまとなっては遊んでくれる相手もいないだろう。

数秒間、目をとじた。そのあと目をあけ、レイリーさんに会うのはこれが初めてだと思うことにした。この人は天敵《てんてき》じゃないと自分にいいきかせる。そうだ、それほど悪い人じゃないと思うことにしよう。

「母さんが修理業者《しゅうりぎょうしゃ》をいくつか知ってます。水道屋さんを紹介《しょうかい》してもらいましょうか」

レイリーさんはふんっ、とあざ笑ったけど、すぐにその表情《ひょうじょう》は消えた。いつまでもそんな顔をしてはいられない、とでもいうように。「カヌーはもっていけ。返さなくていい。カヌーをこいでるボートクラブの会長なんてきいたことがない」

カヌーが好きな会長でもいいんじゃないかな、と思ったけど、いわないでおいた。最近は口にする前にきちんと考えるように努力している。

レイリーさんはたたきつけるようにドアをしめたあと、またちょっとだけドアをあけていった。「水道屋を紹介《しょうかい》してくれるか？」

「もちろんです」

バタンとドアがしまった。さっきよりもやさしく。ぼくはトミーを見た。「人間ってへんだな。そう思わない？」

「ピーター、ぼく、川に行くのはちょっと無理だ」

「川の中に入るわけじゃないよ、フォックス。カヌーに乗っていくんだから。川にも入らないし、水にもぬれない」

「でも、落ちない保証《ほしょう》はないよね？　もし遠くまで流されたらどうする？　そのまま海まで流されていったら？」

「フォックス、ぼくを信じてないのか？」

トミーはもじもじ、そわそわしていたから、てっきり「信じてない」っていわれると思った。今日までいっしょにいろいろなことをしてきたのに、そんなのひどい。

でも、トミーはこういった。「信じてるよ。かなりね……87パーセント」

思わずニンマリした。「じゅうぶんだよ！」

カヌーの中にふたり分のライフジャケットがあったので、それを身に着けた。トミーのは明るい黄色で、ぼくのはオレンジ味のアイスみたいな色。

ライフジャケットを着けていても、トミーはどうしても水の中に入るのをいやがった。だから、トミーを乗せたカヌーを、ぼくが運河《うんが》まで押《お》していかないとならなかった。これが大変だった。昨日、ゾーイをもちあげたせいで、腕《うで》がまだ筋肉痛《きんにくつう》だったし。くだり坂を押《お》していって、なんとか運河《うんが》に浮《う》かべることができた。カヌーが土手から遠くはなれてしまう前に、ぼくはとびのった。

小さいころ、おじいちゃんと何度かカヌーに乗ったことがあるけど、もう何年も前の話だ。でも、ぼくは生まれながらのプロだといっていいと思う。運河《うんが》を進みはじめるまでに、船着き場にカヌーをぶつけたのは、たったの七回だったから。オールをこぐときはリズムが大切だ。トミーが水の中にはいろんなバクテリアがいて、もし落ちたら死ぬとかなんとかいっているあいだにも、カヌーはどんどん進んでいき、運河《うんが》を出て、大きなインディゴ川に入った。

「わあ」ぼくは思わず声をあげた。

これまで何百万回もインディゴ川を見てきた。たぶん、毎日といっていいほど見ている。いま、その川の上にいる。岸から見るより、ずっと大きい。波でカヌーがゆれ、ぼくとトミーはカヌーを安定させておくだけで精一杯《せいいっぱい》だった。トミーがへんなさけび声をあげる。キャシディが国道に合流するときに出すような声。

「フォックス、だいじょうぶか？」

「どこまでが〝だいじょうぶ〟なのかわからない」

いそがしくさせておけば、たぶん気もまぎれるだろう。そこで、トミーにオールを一本わたして、こいでもらうことにした。

「やってみる。でも、いっとくけど、ぼくは腕力《わんりょく》がないからね。どっちにこげばいい？」

顔をあげて川を見た。南のほうには、川ぞいにずっと家がならんでいる。北のほうにもいくつか家があるけど、それほど多くはない。自転車でよく通るから知っているけど、北のほうが自然が豊《ゆた》かなので、マナティーがいるとすればそっちだ。川は北から南にむかって流れているので、北にむかってこぐのは流れに逆《さか》らわないといけないから大変だ。でも、そのぶん帰りは楽になる。帰りは腕《うで》もつかれているだろうから、これはなかなかいい考えだ。

「北へむかうぞ」川にオールをつっこみ、川上にむきを変えた。さっきもいったとおり、なんたってぼくは生まれながらのプロだから。

オールをこぎながら、マナティーがいないか目をこらした。魚もいたし、水生植物が浮《う》かんでいるのも見えたけど、大きな灰色《はいいろ》の体は見あたらない。ゾーイもいない。

「運河《うんが》からあんまりはなれないほうがいいんじゃないかな」トミーがいった。声が不安そうだ。ぼくへの信頼度《しんらいど》は87パーセントから82パーセントまで落ちているかも。

後ろをふりむいた。「あれ？　まだぜんぜん運河《うんが》からはなれてない！　ぼくたち、ほとんど動いてないよ。そんなことってある？」

一台のモーターボートが横を通りすぎていった。そのせいで波がたち、カヌーがひっくりかえりそうになった。このときになって初めて、天才的な考えだと思ったものは、じつはあまり天才的ではなかったかも、と思いはじめた。もう汗《あせ》だくだ。川の上にいると太陽がいっそう暑く感じられる。トミーがしょっちゅうオールで川の水をぶっかけてくるから、そのときだけはちょっと暑さがまぎれる。

ぼくたちが川にいると知ったら、母さんはあまりいい気がしないだろう。今朝、仕事に出かけるとき、母さんはぼくとトミーに、「あまりトラブルを起こさないように」といいおいて行った。これはじゅうぶん〝トラブル〟に入ると思う。

「フォックス、こんなこといいたくないけど……ひきかえして、川岸を自転車で走るくらいにしておいたほうがいいかもしれないな」

「ちょっとまって」トミーが身を乗りだしていった。「あれ見て！」

見つけるまで数秒かかった。太陽の光が水面に反射《はんしゃ》していたし、汗《あせ》が目にしみていたから。でも、波の下に影《かげ》が見えた。マナティーみたいな影《かげ》が。

興奮《こうふん》しすぎて、あやうくオールを川の中に落とすところだった。「ゾーイかな？」

「ちがうと思う。ゾーイより小さいみたい」トミーがいった。

「どっちに行った？」

「あっち。あー、見失っちゃった」

オールがマナティーにぶつかってしまうといけないので、こぐのをやめた。「偏光《へんこう》サングラスが必要だったな」ぼくはいった。

「きっとまた浮《う》かんでくるよ」

そのまま、まっていた。川の流れに身をまかせ、また浮《う》かんできますようにと願いながら。

しばらくすると、数メートル先にさっきのマナティーが浮《う》かんできた。背中《せなか》の傷《きず》が見える。Z《ゼット》の形ではなかった。トミーがいったとおり、ゾーイより体が小さい。

そのマナティーが川上にむかって泳ぎはじめると、ふたりとも運河《うんが》にひきかえそうとはいわなくなった。トミーもへんなさけび声をあげなくなった。マナティーの影《かげ》を見失わないように水面に目をむけたまま、やさしく、でもすばやくオールをこぐ。暑さも気にならなくなった。筋肉痛《きんにくつう》ももうあまり感じない。何日でもつづけてこげそうな気がする。

しばらくすると、マナティーは浅瀬《あさせ》に入っていった。川のほとりが三日月の形にカーブしている。オールを置いて、汗《あせ》でヒリヒリする目をこぶしでぬぐった。目をあけるとマナティーの姿《すがた》は消えていた。「どこ行った？」

「あっちだよ」トミーが指さしていう。

「いや、あっちだ」ぼくはいった。

「あれは、さっきとはちがうマナティーだよ」

「じゃあゾーイかな？」

「わからない」

二頭目のマナティーのほうにカヌーをこいでいった。オールをあまり水の奥深《おくふか》くまで入れないようにして。そのとき気づいた。マナティーは二頭だけじゃない。三頭、ううん四頭、いや数えきれないくらいいる。あっちにもこっちにも。

鳥肌《とりはだ》が立った。ゆるくカーブした岸を見て胸《むね》がいっぱいになった。岸にそってヤシの木がずらりとならび、低木がうっそうと生えている。そうか、だからいままで見たことがなかったんだ。自転車が通れる道はこの木々《きぎ》のむこうにある。そこからだと、川のこのあたりは見えない。

「なあ、フォックス」息を切らしながら尋《たず》ねた。「ここ、入《い》り江《え》かな?」

「川が陸地に入りこんでるから、入《い》り江《え》っていっていいと思う」トミーが答えた。

一瞬《いっしゅん》、自分が笑いたいのか泣きたいのか、よくわからなかった。次の瞬間《しゅんかん》、ぼくは笑いながら泣いていた。

「えっと、ピーター。だいじょうぶ?」

うなずきながらマナティーを見た。いろいろな大きさのマナティー、傷《きず》の形のちがうマナティーが、カヌーのまわりで浮《う》かんだり、もぐったり、くるくる回ったりしている。

ぼくはライフジャケットとシャツと靴《くつ》をぬいで、太陽光で動く腕時計《うでどけい》をはずした。

「なにしてるの?」トミーが必死にカヌーを安定させようとしながらいった。

ぼくはつま先をピクピクと動かした。涙《なみだ》が頬《ほお》を伝っていく。「近くでよく見るんだよ」

「でも、ピーター。バクテリアが！」

カヌーのへりをまたいでインディゴ川に入ると、反動でカヌーがゆらゆらとゆれた。水はそれほど冷たくない。朝からたくさん汗《あせ》をかいていたから天国みたいに気もちいい。少しすると、なにかふっくらしたものがぼくの足と腕《うで》をサッとなでていった。体の内側からソーダ水のあわみたいに笑いがこみあげてくる。

「気をつけて！　カヌーの近くにいてよ。流されそうになったら、ぜったいに——」

そのあとトミーがなんていったのかはわからない。水の世界にもぐったから。

視界《しかい》はあまりよくない。でも、水生植物と水のあわのむこうに何頭ものマナティーがいるのが見える。灰色《はいいろ》の大きな体がぼくのまわりに浮《う》かんでいる。川床《かわどこ》からゆらゆらと生えている水生植物をのんびりと食べながら、ぼくをやさしくつついてくる。肺《はい》がいたくなるまで、マナティーたちのあいだを泳いだ。

息つぎをしに水面に出ると、トミーはまだしゃべっていた。

「——泳ぐのはすごく体力を使うから、気づかないうちに疲労《ひろう》がたまるんだ。体力を使いきらないように気をつけないと――」

「おまえも来いよ」

トミーはまるでインディゴ川のバクテリアを四リットル飲めといわれたみたいな表情《ひょうじょう》でぼくを見た。「ぼくには無理だって知ってるでしょ」

「川に波はないんだよ、フォックス」

「めがねをかけてるから」

「取ればいいじゃないか」

「めがねがないと、ほとんどなにも見えないんだ。だから、ぼくはカヌーの上にいるよ」

そんなにこわがらなくてもいいじゃないかっていいそうになったけど、トミーにしてみたら、カヌーに乗るのだってものすごい勇気が必要だったはずだ。ぼくに会いにミシガンから飛行機に乗るのだって、もちろん勇気がいったと思う。

「わかった。じゃあ、あと一分だけまってて」

ぼくはもう一度川にもぐって、マナティーたちの背中《せなか》にある傷《きず》あとを見た。どれもボートにぶつけられてできた傷《きず》だ。ほとんどのマナティーが何度もぶつけられているようだった。でも、Z《ゼット》の傷《きず》あとのあるマナティーは見つからない。どこにいるんだろう？　きっといるはずだ。ぼくにはわかる。

急に水があわだって、視界《しかい》が悪くなった。ふりむくと、すぐ横でトミーがバシャバシャとあばれていた。頬《ほお》をふくらませ、ぎゅっと目をとじ、足をプロペラみたいにバタバタと動かしている。ライフジャケットは着ていない。ぼくはトミーの腕《うで》をつかんで水面にひきあげた。

「フォックス！　とびこんだのか！　どうして気が変わったんだ？」

「勇気を出してみた」トミーが早口でいう。「ぼくだって勇気を出せるんだよ」

「すごいよ。人類でもっとも勇気のあるやつだ」

「ほんと？」

「うん。でも……マナティーがまわりにいるときは、あまり足をバタバタさせないほうがいいな」

「しずみたくないんだ」

「泳ぎ方なら知ってるだろ？」

「知ってるけど、ただ――」

「ぼくがつかまえててやるから」トミーの腕《うで》をぎゅっとつかんだ。

トミーが足をばたつかせなくなると、水面がおだやかになった。でも、あたりを見まわしたとたん、トミーはまたパニックにおちいった。「カヌーはどこ？」

「岸のほうに流されてる。念のため岸にあげておこう。来て！」

トミーをひっぱって、マナティーのあいだをぬうようにカヌーのところまで行った。カヌーを岸にあげ、その横にふたりでならんですわり、ひと息ついた。太陽はもう空高くのぼっている。泳いだあとは日差しが心地いい。体をあたためながらマナティーを見た。何頭いるか数えてみる。

「十五頭かな？」トミーがいった。

「え？　最低でも二十頭はいるだろ」

「わあ、すごい」

「すごいな。もう一回泳ぎにいく？」

「うん。でも、ぼくの手を放さないでよ」

「ったく！」

ぼくたちはまた水に入っていった。トミーは自分の腕《うで》をぼくの腕《うで》にからめたままだ。浅瀬《あさせ》の岩の上にカメがいるのを見つけて立ちどまった。「なあ、見ろよ」ぼくはいった。「発見番号19だ！」

トミーがよく見ようとかがむ。「同じカメでも、発見番号19はリバークーター。これはちがうよ。背中《せなか》に赤いしましまがあるでしょ？　それに甲羅《こうら》の下のほうがオレンジ色だ。ピーター、これは新しい発見だ」

「でももう生き物発見ノートのページはいっぱいだよ！」

「科学者によると、地球には八百七十万種類もの生き物がいるんだって。だから、一冊《さつ》じゃとても書ききれないよ」

「八百七十万種類？」

「推定《すいてい》でね。じっさいはもっと多いかもしれない」

八百七十万ってどれくらいだろう。頭の中で思いうかべてみた。でも、数字が大きすぎて想像《そうぞう》もできない。それに、これから死ぬまでずっと生き物をさがしたとしても、八百七十万種類もの生き物を見つけて絵をかくなんて無理だろう。ぼくがいくら発見のプロだって、それは無理だ。

トミーとインディゴ川の中に立っていたぼくは、とつぜん、世界の大きさを思いしった。おそろしいくらいに大きい。胸《むね》がきゅっとなった。ぼくが知らないこと、これから先も知りえないことがたくさんあると思うと、押《お》しつぶされそうになる。

明日の朝、ぼくと母さんはトミーを空港まで送っていく。そしてトミーはミシガンに帰る。数日後には、ぼくも中学校に入学だ。新しい学校は気に入るだろうか？　新しい友だちはできるだろうか？　次にトミーに会えるのはいつだろう？　完成した生き物発見ノートはどっちがもっていればいい？

おじいちゃんはどうなるだろう？　いつ家に帰ってこられるのか、認知症《にんちしょう》はよくなるのか、いつになったらゾーイに会えるのか、まだわからない。

母さんはもう一度、スペース・コースト不動産の最優秀社員《さいゆうしゅうしゃいん》になれるだろうか？　所有者がレイリーさんじゃない家をたくさん売って。

インディゴ川ボートクラブの会員は、マナティーを守ってくれるだろうか？

キャシディとビリーはつきあうようになる？

頭の中はカテゴリー5のハリケーンみたいだ。いろいろな思いや疑問《ぎもん》がぐるぐると頭をかけめぐる。今度こそ本当に爆発《ばくはつ》するかもしれない。

でも、だいじょうぶ。深呼吸《しんこきゅう》をしてみる。大きく息を吸《す》って、大きくはきだす。足の下にあるやわらかな水生植物にぎゅっとつま先をめりこませ、肌《はだ》をじりじり焼くような太陽の光を受けとめる。魚のにおいのするそよ風がふいてきて、思わず鼻にシワをよせる。頭上をとんでいくカモの鳴き声に耳をすませ、岸に生えているアシのあいだからきこえてくるカエルの鳴き声をきく。

「ピーター？」

「行こう、フォックス」

水しぶきをあげながら、ぼくたちはまた川の中に入っていった。今度はトミーも水中で目をあけていた。めがねをかけていないから、あまりよく見えていないのはわかっている。でも、遠くが見えなくても問題ない。マナティーは目の前に、すぐ横に、すぐ後ろにいる。どこを見てもマナティーだらけだ。ぼくたちはマナティーにかこまれながら水の中をたゆたい、息がつづくかぎり水中にいた。

水面に顔を出すとトミーがいった。「ねえ、ピーター。今日は人生最高の日だよ。これまでのことを全部覚えているわけじゃないから、本当にそういっていいのかはわからないし、これから先のこともわからないけど……人生最高の日だ」

トミーは笑顔《えがお》だった。この笑顔《えがお》が大好きだ。

人生最高の日は、さらに最高になった。次にもぐったとき、ぼくはまたあるものを発見した。新しい発見じゃないけど、最高の発見だ。マナティーの群れのあいだから、見たことのある顔がぼくたちにむかって泳いできた。背中《せなか》のZ《ゼット》の字を見なくてもゾーイだとわかる。ゾーイもぼくがわかったはずだ。だって、すぐ近くまで泳いできて、真正面からむきあって、あのつぶらな瞳《ひとみ》と目が合ったから。ゾーイにはふれちゃいけないってわかっている。「野生動物を尊重《そんちょう》する」のが発見クラブの大事なルールだ。

でも、ゾーイが頭を低くして、鼻でぼくの胸《むね》をつついてきた。ちょうど心臓《しんぞう》のあたりを。

ぼくはトミーの手をぎゅっとにぎった。するとトミーも手をにぎりかえしてきた。

ほかのマナティーたちも、まわりでダンスをしはじめた。太陽の光を反射《はんしゃ》させせながら。ゾーイはぼくのそばからはなれない。ぼくの胸《むね》に鼻をあてたまま。

あとでおじいちゃんに、この話をしてあげよう。

著者《ちょしゃ》あとがき

ピーターと同じように、ぼくも中央フロリダで育ちました。急にものすごい嵐《あらし》がきたり、夏には息苦しいくらい暑くなったりするところです。ピーターが住んでいる町は、ぼくがいた町がモデルになっています。近くを流れる運河《うんが》の土手の芝生《しばふ》にすわっていると、運よくマナティーの姿《すがた》を見られる日もありました。

当時はウェスト・インディアン・マナティーが、ぼくが住んでいる地域特有《ちいきとくゆう》の種だということも知りませんでした。その後、フロリダをはなれて暮《く》らすようになりましたが、あの灰色《はいいろ》の大きな体が泳ぐ姿《すがた》をいつも夢《ゆめ》見るように想像《そうぞう》していました。マナティーに魅了《みりょう》されつづけていたのです。そこで、何年かたってからフロリダに帰り、マナティーについて調べることにしました。

フロリダにいるあいだ、クリスタル川でマナティーと泳いだり、マナティー・リハビリセンターに行って専門家《せんもんか》の話をきいたりしました。エメラルド・スプリングス州立公園はじっさいには存在《そんざい》しませんが、これはホモサッサスプリングス州立野生動物公園を訪《おとず》れたときのことを思いだしながら書いたものです。そこにはマナティーをはじめとする、たくさんの動物がいました。さまざまな理由から、自然の中では生きられなくなった動物たちです。

ピーターとトミーが学んだように、ウェストインディアン・マナティーがいまでも生息しているのは、保護活動家《ほごかつどうか》が何世代にもわたって勇気ある活動を行ってきたおかげです。ですが、フロリダにいるマナティーは、ボートとの衝突事故《しょうとつじこ》や気候変動など、いまもたくさんの危険《きけん》にさらされています。だから、現在《げんざい》でも保護活動《ほごかつどう》がつづけられています。ぼくがこの小説を書いていたとき、たくさんの生き物が生息しているインディアン・リバー・ラグーンにいたマナティーは、エサをさがすのにも苦労している状態《じょうたい》でした。人間が水をよごしたことによって、マナティーのエサとなる水生植物が、広い範囲《はんい》にわたってじゅうぶんに育たなくなったからです。

フロリダ・マナティー協会とフロリダ海洋生物委員会は、ぼくが本の中で創作《そうさく》した団体《だんたい》ですが、マナティーやマナティーの生息環境《せいそくかんきょう》を守る組織《そしき》は、じっさいに存在《そんざい》します。ほかにもあなたが好きな動物がいたら、ちょっと調べれば、その動物を保護《ほご》する活動をしている団体《だんたい》がすぐに見つかるでしょう。絶滅《ぜつめつ》があやぶまれる種類であれば、なおさらです。

インディゴ川ボートクラブでピーターがいったように、ぼくたち人間には、自然と、自然界に住むすべてのすばらしい生き物たちの世話をする責任《せきにん》、そして喜《よろこ》びがあることをどうか忘《わす》れないでください。

エヴァン・グリフィス

謝辞《しゃじ》

ぼくの家族――母、父、そしてクリス――へ愛と感謝《かんしゃ》を。しゃべれるようになったときからずっと物語をつくりたいといっていたぼくを支《ささ》えてくれてありがとう。この物語を書くために、子どものころの思い出をほりおこすことをゆるしてくれて感謝《かんしゃ》している。

そして、海牛目《かいぎゅうもく》の体くらい大きな感謝《かんしゃ》をマナティーへ。ぼくの喜《よろこ》びと好奇心《こうきしん》の源《みなもと》となってくれてありがとう。きみたちと同じ星に生きていることが最高にうれしい。

エヴァン・グリフィス
Evan Griffith

アメリカ・テキサス州在住の絵本作家・小説家。バーモント・カレッジ・オブ・ファインアーツで、児童向け、ヤングアダルト向けの創作を学んだのち、2021年に絵本の作者としてデビュー。本作『マナティーがいた夏』は、初めての読み物となる。執筆活動のほか、児童書の編集、子どもを対象とした文章教室なども行っている。フロリダ東海岸の出身で、マナティーを見ながら育った。

多賀谷正子
Masako Tagaya

英日翻訳者。上智大学文学部英文学科卒。ノンフィクション、実用書の分野で訳書多数。近刊に『夜明けまえ、山の影で―エベレストに挑んだシスターフッドの物語』(双葉社)がある。

Manatee
Summer

ほるぷ読み物シリーズ セカイへの窓

マナティーがいた夏

2024 年7月9日　初版第 1 刷発行

作　エヴァン・グリフィス

訳　多賀谷正子

発行者　中村宏平

発行所　株式会社ほるぷ出版
〒102-0073 東京都千代田区九段北1-15-15
電話03-6261-6691　ファックス 03-6261-6692
https://www.holp-pub.co.jp/

印刷・製本　中央精版印刷株式会社

装　画　南波タケ

装　丁　西村弘美

NDC933 182 × 128mm 360P ISBN978-4-593-10430-7